斯妤文集

中短篇小说卷

红粉

斯妤 著

人民文学出版社
PEOPLE'S LITERATURE PUBLISHING HOUSE

斯妤，女，当代作家，中国作家协会全委会委员，中国散文学会常务理事。

1980年开始写作，已出版散文集、小说集二十多部。代表作有散文集《两种生活》、《斯妤散文精选》，小说集《出售哈欠的女人》等。

曾获"鲁迅文学奖"、"庄重文文学奖"、"紫金山文学奖"，两度获"当代女性文学创作奖"。其散文既先锋又典雅，既绮丽又深情；小说则奇崛诡异，灵动饱满，熔沉重与幽默、悲剧与荒诞、现实与幻想为一炉。作品受到青年读者和知识女性欢迎，并被译成英文、法文、德文介绍到国外。现居北京专业写作。

不让自己仅仅是"自己"

(代序)

林丹娅

二十多年前,少女斯妤站在她家乡闽南海边番薯地的青青藤蔓里,拄着锄头想起她刚读过的一篇小说,忽发预感:"我相信自己此生将是一个作家。"

当一个人在说自己经历不多而能感到很多的时候,当一个从来不喜怒形于色的人说"有一种眼泪是从心里流出来"的时候,当一个一贯周正平和的人说出"先锋是一种精神"的时候,当一个历来就讷于言语的人说出"语言是我钟爱所在"的时候,我们不得不相信,有一种作家的潜能,正从她的身体内部苏醒。平顺的生活秩序,庸常的生命节律因为她的出现而打破了惯常的表现形态与运行轨迹。斯妤,就是这样一种现象的命名。它首先表征了被它命名的生命所具有的诗性气质,接着标示了她以文学抵达诗性生活的一种言语方式。一九八〇年,斯妤开始文学写作,而散文作为一种文学样式,曾经是她的最爱。"我近乎执拗地在散文这个小小的空间里着力耕耘,发愿要在它的内涵、形式、风格上有所拓展。"这真是斯妤化了的文学言志，全然突破了她一贯温良恭谦的态度，于是从第一本散文集《女儿梦》开始，到迄今为止出版的《两种生活》《感觉与经历》《文字内外》等散文集中，我们可以清晰地看到她对上述理念持恒不懈的追求：上世纪八十年代初期对"三家模式"的反叛，力图在散文中表现以真为宗旨，以善为极致的审美情趣；一九八五年后转为对人生荒诞与人性荒谬的审丑思考；而九十年代前后萌发的女性意识的自觉，不仅使她的散文内涵增添了文化历史的质感，而且也增添了思想的厚重感与浓郁的思辨色彩。斯妤对散文文体写作的偏好，对拓展其形式与内蕴的执着，成全了她在散文方面的建树，使她以散文名家蜚声文坛。文评家吴义勤曾指出斯妤的那些带有终极意味的形而上追问的散文，改写了散文"轻文体"的形象，提升了当代散文的品格。这个评价应该说是恰如其分的。如此看来，斯妤的出现，即便就是为了散文写作，那么至此也算是功成名就了。然而，斯妤的作家使命似乎还不止于此，散文文体的写作似乎并未全面开发出作家斯妤的潜能。散文也许可以直接宣泄她的情感，也能充分体现她的智性，它给我们带来平实的生活气息，也不乏思想深度的冲击与震撼，但它并没有完成把她带入真正的文学创造中去的使命，因为文学绝不止于真实的表述或记录。文学与所有真正的艺术一样，它更能体现世界上所有事物本质之间的联系，以及这种本质联系与作家想像力之间的奇特关系。

或许是出于作家特性的感召，或许是出于内心表达的需要，一九九三年，斯妤暂时结束了如日中天般的散文写作而转向小说领域。如果说写散文的斯妤，还在人们的料想之中,那么斯妤写的小说,可就大大出乎人们的意料了。一向温柔敦厚,并以散文写真名世的斯妤,作起小说来却一反常规,出手凌厉,风格怪诞,立意高远,内涵繁复,意味深长。一种洞明世事的清澈与鞭辟入里的尖刻,把个众生相,尤其是女生相的本质,通过充满想像力的架构入木三分地铺陈给我们看,令人触目惊心。如《狂言》中的"我"在失态后的狂出真理:"我不是透彻之后才善良(更彻底的善良),而是善良导致了不透彻。所以我说我更像个瞎子而不像是圣徒。"斯妤把人性方面一个十分微妙的症候揭了开来:善良有时就是怯弱的美化与托词,所以看起来对人满怀善意的人,走到后来却只有对人的恐惧。《浴室》把这种人性的荒诞表现得更为具像化了:一个常常受制于人,不敢说"不"的怯弱女人,通过一次幻想式的境遇改变了她一直想改变的现状。饶有意味的是,用幻想替代现实恰恰是女人逃逸现实的通病,幻想的力量后面是真实的无能。因此,当女人也用这个方法去改变她的色狼上司——女性生存恶劣境遇的象征时,他反而得以如愿以偿地占有了女人的身体。此时,身体被锐痛刺激的女人才真正如梦初醒。如果想了解女性主义"身体写作"的真正涵义,这个文本倒真是一个十分形象的诠释:也许头脑还在接受并制造幻觉,只有身体感受才会真正道破真相。斯妤的叙事揭示了女性在性别关系中不仅弱势而且劣势的生存形态、心理形态与反抗形态。对现实的逃逸,结果是被现实罩牢。女性幻想式的反抗反而成全了男性的梦想而成为男性的现实、女性的梦魇。斯妤在小说中充分施展了她对事物本质的认识,故事被她以荒诞的形态所呈现,人生与人性的荒谬尽在其中流露无遗。《出售哈欠的女人》、《竖琴的影子》就是她此类小说的代表作,当这些小说惊艳文坛时,一个文学的斯妤真正诞生其中:在笨拙的言谈举止后面,是思想的灵动与锋芒毕露;在循规蹈矩后面,是诡异狡黠的横空出世;在躯体的懒散惰性后面,是汹涌澎湃不能止息的内心生活;在粗糙的日常事务后面,是精细入微的观察与思考;表面的随和、懦弱后面,是敏感、尖锐、执着、特立独行。当斯妤写出这些小说时,我们才能真正理解罗兰·巴特把作家区分为两类是什么意思:一类作家写重要事物,一类作家不写重要事物而只写人,他觉得后者才是真正的作家。而对于斯妤来说,她起码以此实践了她的口出狂言:"不让自己仅仅是自己"这样一个貌似简单实则极具伟大的目标。

目　录

不让自己仅仅是"自己"（代序）……………………林丹娅 001

红粉 ………………………………………………… 001
蜈蚣 ………………………………………………… 012
吉娜的浴室 ………………………………………… 023
梦非梦 ……………………………………………… 037
一天 ………………………………………………… 058
故事 ………………………………………………… 066
梗概 ………………………………………………… 081
段落 ………………………………………………… 099
浴室 ………………………………………………… 113
风景 ………………………………………………… 126
断篇 ………………………………………………… 135
寻访乔里亚 ………………………………………… 169
蓝光 ………………………………………………… 216
出售哈欠的女人 …………………………………… 276

跋 …………………………………………………… 328

红　粉

　　红粉本来并不叫红粉,她的原名是陆雨凝。但是那年她看见文坛一片热闹,好不风光,决定也跻身其中时,她就给自己起了一个笔名叫红粉。那时她和我还是常有联系的朋友,所以她兴冲冲地跑来告诉我她的决定。前一个决定我表示赞赏,后一个决定则被我大加鞭挞。我说你疯了,起这样一个俗不可耐、厚颜无耻的名字。她听了哈哈大笑,说:你说对了,我要的就是这份俗不可耐、厚颜无耻——你倒说说,如今哪一个不是俗不可耐、厚颜无耻?啊?

　　她"啊"了一声后就一股青烟似的飘走了。这一飘就是半年。半年后我再见她,是在一个颇有档次的笔会上。笔会几乎云集了当今文坛的各路青年高手。陆雨凝混迹其中,非但没有被淹没,被相形见绌,反而是有鹤立鸡群、独立寒秋般的风度。她雍容大度又妩媚迷人,心闲气定又热情可亲,一派说不尽的风情与气度,令众多青年男性高手由衷赞叹。

　　我见到她时,头一句脱口而出的话就是:雨凝,好漂亮!

　　她赶紧夹夹眼,纠正我说:是红粉,红粉!

　　我只好也说:对,红粉,红粉好漂亮!

她笑笑,过来挽起我的手,说:好姐姐,别嫉妒。等我挣了稿费,请你吃西餐。

我一向喜欢雨凝的灵巧与聪慧,所以我真心地为她那个讨厌的笔名惋惜。我说:雨凝如果你还没有开始发表作品,我建议你还是扔掉这个笔名,重新起一个的好。

雨凝瞪了我一眼,说:你还是那个木头脑瓜啊,真没趣!

说完她很不满地扔掉我,转过身挽起旁边正走着的随便一个男人的臂膀,亲亲热热地和他说起笑话来。

我想起雨凝的前一个男友。那是一个循规蹈矩的青年。他后来离开雨凝时痛苦万分地昭告所有的朋友:陆雨凝是鬼!她虽然美丽风趣但她的确是鬼!

我不知道妩媚可人的雨凝为什么会被男人看做鬼(好像不只那个男人,还有别的男性公民也这样评判过雨凝),不过我知道雨凝虽然只比我小几岁,但在观念上我们几乎相差整整一代——我过于古老,她则过于现代了。好在这没有妨碍我们做朋友。至少在当时如此。

我的确喜欢她。所以虽然我不喜欢她那个既俗气又古怪的笔名,我还是一心惦着要帮她。我知道她浑身灵气,只要稍稍用功,她很快就可以"浮出水面",靠作品而不是靠天生丽质在文坛鹤立鸡群。

吃过晚饭,我去找她,想约她一起出去走走,顺便问问她有什么打算。不想推开她的房门,却看见她的房间里青烟缭绕、热气腾腾,一大帮男士正众星捧月般地环绕着她。而她,亭亭玉立其中,一派"孤舟蓑笠翁,独钓寒江雪"的气度。她正用清丽爽朗的形象加上清丽爽朗的声音,在一派烟熏火燎的浑浊中,朗朗讲述什么。

整个一幅亭亭荷花,出污泥而不染的绝妙景象!

看见我,她点点头,示意我坐下,然后继续她的讲演。

我被这种场面吸引住了,自然老老实实坐下来,和那些男士一样,充当她的热心听众。

坐下来之后我才知道雨凝原来在口述她的小说!

我在极度惊讶中听完了她的小说。她的小说听起来实在是妙不可言。天知道她那小小的脑瓜里怎么能够装了那么多与她的年龄不相称的思想、感觉、经验、词汇!

还有那奇特的构思!

男士们显然也是听得如醉如痴、心服口服。因为在雨凝结束她的口述时,房间里爆发了一阵热烈的持久的掌声。

"一颗新星诞生了!"不知是谁有些夸张地喊了一声。于是这些平日还算矜持的绅士们都忘形起来。大家拿酒的拿酒,欢呼的欢呼,一派节日般的喜庆景象。

我的目光透过熙攘的人群去寻找雨凝。我想她一定也会为自己这轻而易举的成功陶醉,而放下那多少有些做出来的典雅矜持,和大家一块儿兴高采烈一番的。不想雨凝却令我大吃一惊:

在房间的那一头,她端坐一隅,冷冷地看着满屋闹哄哄的人,仿佛这些人全是疯子,而她自己是偶然落入疯狂人间的一片飞碟。

我和她的目光相遇时,我发现她的眼睛如同虚设。那两个黑洞里一片茫然,仿佛两眼干枯了很久的深深的古井。

红粉的小说很快就在当代中国最有影响的文学期刊上频频露面(自从她的小说发表后,我也就改口叫她红粉了,雨凝这个名字简直无人知道），一时间红粉成了文学圈人士津津乐道的话题。大家发现这个二十一岁的女孩原来有这么多的故事、这么好的感觉，还有这么多深思熟虑的思想（这一点自然最难能可贵）。不仅如此，随着她的小说日益出笼，人们还惊喜地发现，这位红粉不仅写得好，而且写得快。她简直就是一个天生的写家，滔滔不绝地就倾倒出来成批的精品，让人目不暇接，眼花缭乱。和她比起来，那些三年出一篇，五年露一手的苦吟派实在太可怜了。

听到这些议论，我很为红粉高兴。我给她打了几次电话，想告诉她这些信息，让她也高兴高兴。不想几次电话都没人接。有一次好不容易通了，却是一个男人的声音。他告诉我红粉出门了，什么时候回来不知道。说完不知道他就"啪嗒"一声挂断了，让我这边握着话筒呆立半天不胜惆怅。

后来我碰见一位听说和红粉有密切往来的文坛骑士，就忍不住向他打听红粉的行踪。他倒是不怪我唐突，不过他叹了一口气，怏怏地说：你这个朋友你还不知道吗，她一个月后就和我没有任何关系了。

我一时无言以对，并且十分后悔自己的唐突。看他的样子像是真的伤心伤感。难道红粉的确是天生迷惑男人、杀伤男人的好手？

不过，即使这样，男人们显然仍旧抗拒不了她的魅力。即便是那些曾经被她迷惑又很快被她扔到一边的男人，在关键的时候仍然心甘情愿地为她出生入死，建功立业。

不久后举行的"屈原文学奖"评奖活动很快就证实了这一点。

"屈原文学奖"是目前民间最大的文学奖。头奖奖金高达九万元。竞争者除了当前最活跃的中青年作家以外，一些影响很大的老作家也在评选之列，显而易见，竞争是非常激烈的。红粉除了当下正走红外，并无其他优势，要想夺冠，实在有些天方夜谭的味道。

入围名单出来后（在两位男士的力荐下，红粉顺利入围），就有人并无恶意地预言：初出茅庐的红粉若要夺冠，除非太阳从西边出来。

可是不久太阳就偏偏从西边出来了。评委会最后一轮投票结果，红粉以二十九票的最高票数，摘取了本年度"屈原文学奖"头奖的桂冠。

消息传出，文坛反应强烈。一些人（大都是男士）举手欢迎，认为此举一扫论资排辈的陋习，给文坛吹来了一股清新凉爽的风，令人振奋。另一些人（有男也有女）则摇头叹息，哀叹人心不古，世风日下，连男盗女娼之功也用到文学奖项上了，实在是文坛奇耻，文学奇辱。

不过，举手也好，摇头也好，颁奖会一如既往如期举行。据说组织者曾经担心会上会闹出事端，因为有人扬言要在颁奖仪式上群体抗议。组织者担心丑闻见诸报端，所以在挑选记者上很费了一番心思，把关颇严。

不料事情的进程完全出乎意料，会上并没有爆出丑闻，反而出来一件意味深长又令人费解的事。

那是在"获奖作家代表"红粉代表所有六位获奖作家发言的时候。主持人宣布完当下议程之后，全场顿时安静下来。所有与会者都在静候红粉出现，因为关于她人们实在听得太多了，赞扬的贬抑的，一片纷纷扬扬。

红粉出场了，不过不是她一个人，而是三个人。她的身后跟着一个尼姑,还有一个扭扭捏捏、透着几分艳俗的女孩(天知道她什么时候把她们弄来的)。红粉带着她们走到话筒前,让她们在一边站着(顺便说一句,那个面色苍白的半老尼姑和那个扭捏艳俗的年轻女子站在那儿真像一幅漫画),然后从口袋里掏出一张纸,凑在话筒前念了起来。她的语调有些古怪,似在嘲讽,又像是调侃,有时又仿佛很认真地在平铺直叙。念完那张纸后,她清了清嗓子,用一种完全不同的声音说:

"刚才我念的是全体获奖作家的话,现在我想说几句自己的话。我在这里谢谢评委会、组委会对我的好意,同时我想请他们允许我把这次的奖金转赠给山南戒台寺的女尼,和(她顿了一下)广宁越心园的姐妹们。"

说完,她不顾众人还在惊讶之中,径自走到主席台前,在放在桌上、尚待分发的红口袋里找出头等奖,递给那位跟在身后,但明显有些惶恐的尼姑。

"给她一半。"红粉指着那个越心园的姐妹,对尼姑说。

尼姑诺诺。红粉转身向主席台点头致意,然后迈着轻松的步子走下主席台。

会场喧哗起来,与会者交头接耳,议论纷纷。

主持人显然也乱了方寸,愣了一会儿,才匆匆宣布:

奏乐!开始颁奖!颁奖开始!

红粉在颁奖会上的举动如一声响雷,给沉寂多时的文坛带来了一阵兴奋。一时间,文坛内外都在议论红粉其人。传闻也立时大增。有人说红粉曾经出家为尼,寺庙就是山南的戒台寺。也有人说红粉家世不好,出入文坛前曾经一度沦落风尘。持此说的根据是,据考证广宁越心园是一家暗中经营皮肉生意的酒楼,红粉若不是曾经出入那里,为何想起捐钱给它？更多的人则在琢磨红粉此举的目的。他们很想弄明白红粉到底是怎样一个人,她为什么要把好不容易争得的巨额奖金分送他人,难道她自己本是大款？或者竟是一个傍大款的女人？

总之文坛足足谈论了红粉好久。而红粉其时却不知去向。蜂拥而上的记者和慕名约稿的编辑发现红粉家里永远只有一个男人。男人除了一连声的不知道就是一脸的不耐烦。到最后连男人也消失了,红粉家里索性只剩下一台录音电话。录音电话里那个男人恶狠狠地说:红粉死了,要想找她到地狱去找！

锲而不舍的记者和编辑打听到红粉曾经和我是至交,便拐弯抹角地找到我家来,希望我能提供点红粉的行踪。我说红粉自从写小说以后就不再和我做朋友了,我的确不知道红粉如今的去向。记者编辑们不信,他们认为我在撒谎,因为据他们了解,红粉曾经不止一次提到我,认为我是少数几个可以交往的朋友之一。我说谢谢你们,可是可以交往并不等于还在交往,我也很关心红粉,但我的确不知道红粉的去向,你们如果打听出来,麻烦你们也告诉我一声。

我倒不是在和记者耍嘴皮子,我是真心希望此刻有红粉的行踪。我对红粉知之甚深,自从她在颁奖会上抛出惊雷,我就对她的思路有所感觉了。我不免替她担心。

但是红粉仍旧无影无踪。她简直像一个总设计师,把一场戏设计好了,她这个设计师兼主角却溜了,让一帮演员和台下的热心观众不胜唏嘘。

两年以后我才重新得到红粉的消息。那是一个夏天的早晨,我睡懒觉还没起来,突然电话铃大响特响。我突然心有所感,想到红粉也许从天而降。抓起电话,果然是红粉清脆的声音。她告诉我她在南京,正在中苏合拍(苏里南而非苏联)的电影《红粉》剧组里拍戏,她演那个女主角小萼。我一时没有反应过来,以为红粉将自己的故事写成电影,然后自任主角尝试影星滋味。不想红粉连声嚷嚷:是红粉,苏童的红粉,不是我的!你这个木头脑瓜!

我这才弄明白红粉指的是根据苏童小说改编的电影《红粉》。我说好啊,你一定能演得入木三分的,你是一个聪明绝顶的人。红粉笑笑说,别捧我了,我现在觉得一切都无聊透顶,连演大戏都觉得没劲儿了,怎么办啊?

拍完戏你再回来写小说,我说。好多人都等着看你的小说呢。我又说。

红粉听了似乎有些黯然。她说,不写了,还是不骗人了吧。

我愣了一下,不知说什么好。最后我只好说,拍完戏你回北京来,我们好好聊聊。

平心而论,我说这话其实也底气不足,因为我并不相信我们在一起能谈得多好,我们从来都是话不投机的。不过我们倒是真的互相喜欢。

红粉停了一会儿才说,好吧,我会给你消息的——如果你看报,记住我现在的艺名是小芹则天。

听到红粉报出这个名字,我简直愣住了。一种古怪的(荒唐的?灰色的?黑色的?)总之一种说不出的晦涩崎岖的感觉牢牢罩住了我。好半天,我才找到一条勉强的出路,我想红粉一定是在开玩笑。她不可能真的玩得如此离谱的。

不过事实上我并不相信自己给出的这条通道。因为自从红粉报完艺名挂断电话后,整整一个星期我都心神不宁,总觉得有什么事要发生似的。

要发生的事过了三个月终于发生了。那是在《红粉》剧组拍完最后一场戏的时候。按照剧情,红粉所扮演的小萼在一个冬天(秋天?)的早晨跟着一个收玻璃瓶的男人去了北方。红粉和扮演秋仪的演员在月台上说着悄悄话,红粉始终茫然地望着远处的什么地方。"我在找翠云坊的牌楼,怎么望不见呢?"红粉不胜惆怅。

后来火车就呜呜地开走了。扮演《红粉》一剧主角的红粉本该在下一站下车,剧组的车已开到前面的南京西站,等着接他们回饭店庆贺该剧停机,不想走下站台的只有那个收玻璃瓶的北方男人,女主角红粉女士则无影无踪。收玻璃瓶的北方男人愣了,说,到站后她一直跟在我后头往外走的,怎么突然就没了。难道她不下车,直接回北京了?——那也得打个招呼啊。

于是第二天晚上,估计红粉已经蜷在家里的沙发上懒洋洋地看电视的时候,剧组负责人的电话到了。他们预备委婉地兴师问罪的,不料红粉的男友却说红粉未到家。这下两边都急了。于是四处打听寻找,希望红粉是恶作剧躲起来了,或者是要图清静,暂不露面——以她的个性,大家都认为太有可能。

不料十几天过去了,一个月过去了,两个月过去了,红粉仍旧毫无消息,大家渐渐断定红粉是遭遇不测了,不是被拐卖就是被图色害命,或者竟就是自杀了。传媒也开始披露此事,一时间传闻甚多,谣言四起。

到了中苏合拍的电影《红粉》上映时,《红粉》这部片子已是妇孺皆知了。人人都知道女主角小芹则天在最后一场戏里上了火车,上了火车后小芹则天就神秘地失踪了,直到现在仍是下落不明。很自然,这样的片子上座率一定是高的。一时间影院内外人头涌动,一扫门庭冷落车马稀的昔日景象。

银幕上的红粉果然不负众望。她的表演恰到好处,浑然天成,把一个无奈无望的风尘女表演得淋漓尽致,使人几乎要疑心这样好的表演是否和演员的自家身世有关。观众们出了影院,很少有不为女主角的天生丽质、高超演技以及她的红颜薄命唏嘘慨叹的。人人都为她的命运叹息。

只有我始终不相信红粉就此烟消云散。那些日子我一直在绞尽脑汁,冥思苦想,试图从一堆乱麻中找出红粉的思路。可是始终是"剪不断,理还乱"。红粉的笑声,红粉的嘲讽,红粉那朗朗口述小说的情景,总是不断冒出来干扰我。

最后连我也灰心了。我差不多要缴械投降,承认自己智商不高,猜不透红粉布下的迷阵了(我的直觉使我一直认定红粉绝不是被动失踪)。可是就在我准备放弃的时候,我母亲一句偶然的问话,像闪电一样突然照亮了我的脑海。我顿时获悉了红粉的秘密。

我母亲的问话是:

那个小萼后来上哪儿去了?

我激动得不能自持。我立刻找出苏童的小说原作,寻找苏童为小萼安排的归宿。我相信我的朋友红粉(鬼一样的红粉)是潜心去做小萼了。她此刻正躲在东北乡下的某个村子里,一边心不在焉地给一个收玻璃瓶的男人当老婆,一边面带嘲讽地瞟一眼饭桌上的那台黑白电视。那上面正在播放关于电影《红粉》及其女主角失踪事件的讨论。

可是我大大地失望了。小说家苏童并没有标出小萼北去后的方位。究竟小萼随那位收玻璃瓶的男人去了哪个省、哪个市、哪个县、哪个乡,小说里并没有规定。那么,我如何能够打捞出我的朋友红粉呢?

最后我终于忍不住还是给苏童打了个长途电话。我问苏童在他写《红粉》时,心目中有没有一个小萼北去后的大致方位,苏童说你问这个做什么?我说我在找红粉。苏童听了呵呵直乐,他说斯妤你也真是死心眼,即使我在写它时心里有个大致地点,红粉她又怎么能够知道?她又不是我肚子里的虫。

我想想也是。可是我还是不死心,我坚持要苏童回答我的问题。大概我下意识里认定只要苏童心里有个方位,红粉她就能找到那里去。结果苏童给了我一个不幸的消息。苏童说,他在写作时,从来不去设计压根儿不会涉及的问题。

这个回答当然很真实。不准备写到的事当然不会费心去思量。只是这么一来,我的朋友红粉永远不会被我找出来了。

或许这正是红粉选择小萼作为遁身之途的原因?红粉何等聪明过人,她存心消失,自然要让我们这些俗人面对谜团束手无策。

(1994年)

蜈　蚣

　　我一觉醒来，发现自己横在一张正吱吱嘎嘎摇头晃脑的竹床上，这吱吱嘎嘎摇头晃脑的竹床又横在一间又高又黑又空旷的房间里。我一下想不起来这是哪一世纪，在什么地方。我只好随便翻个身。这一来，丢掉的记忆成串地溜回来了——对面是陈明，他昂首挺胸地躺着，一只手摆在脑门下方，不知正在朝谁致敬。另一只手按在小肚子下面，肯定又在做他每日必做的青春梦。石子兜。石氏祖庙。我躺在我已经躺了一年的石子兜的石氏祖庙里。这祖庙早已不燃香火。二十年来，它历任小学堂、"炼钢炼铁厂"、食堂、仓库、屠宰间、蘑菇房。现在，其中的两间又高又黑又空旷的房间则被提升为知青宿舍。我就躺在这被提升了的知青宿舍里。

　　我对着高高的房顶打了个哈欠。立刻我就想起那个打了个哈欠就稳稳地被压在手扶拖拉机底下的戴涵。他那时已经在拖斗上美美地睡了一觉，翻车的前一刹那，他刚刚醒来，伸着两只修长的手臂，打了一个又潇洒又漂亮的哈欠，然后，就潇潇洒洒地被翻了个个儿，手扶拖拉机稳稳地压在他的前额他的胸脯他的大腿他的脚踝子上，这一压就是永恒。他从此不再伸开修长的手臂,打他的又潇洒又漂亮的哈欠了。

我又连着打了五个哈欠。这一次是为戴涵打的。想到他和我有过不错的交情,他又先我而作古,我就不忍心不替他把没打完的哈欠接着打完。

一只硕大无朋的蜈蚣沿着墙目标陈明袅袅婷婷地爬过去。陈明却临危不惧,照样做他美滋滋的青春梦。想到陈明一觉醒来发现怀里不是妙龄女郎而是张牙舞爪的大蜈蚣,我就恨不得立刻给大蜈蚣发一个"模范知青"奖外加一套精装"毛选"。

讨厌的是司徒就在这个时候推开房门。房门照例趔趄了一下,照例差点砸了司徒,又照例不无歉意地站在它已经站了几十年的老位置上。

"你们呀,又睡懒觉了。"司徒一开口永远极亲切极真诚。说实话,要是掸掉她的极亲切极真诚,她其实还是个蛮漂亮的妞儿。

"呀——"

司徒突然悠悠地叫了一声,奔过去一把拽起陈明。

陈明的好梦被拽断了。他睁开眼,茫然地看看四周,突然惨兮兮地也叫了一声。

我没事似的看着他们。司徒此刻相当可爱,脸上该红的红该白的白该黑的黑,既不亲切也不真诚只是一脸的惊慌。要不是陈明已经回过神来正恼怒地盯着我,我想我说不定会来点罗曼蒂克,过去锛她几下的。

陈明恶狠狠地盯着我。"你、早、就、醒、了!"他说。

我对他莞尔一笑。然后,我走过去,用脚上那只厚厚的木屐把已经逃到墙角的大蜈蚣送给了戴涵。我碰巧记起来,今天是他第十七个生日。一份生日礼物。

司徒虽然过分亲切过分真诚,但丝毫不妨碍我们每天享用她准备的早餐。这傻妞儿至少每天比我们提前醒两个小时。挑水,烧番薯稀饭,然后扫院子扫天井。然后看书做笔记。有时哲学有时政治经济学有时不知什么学。

这天当然还是番薯稀饭。陈明边吞边说:"百食不厌。百食不厌。"我正想也发表一点高见。嚷伯一摇一晃地进来了。这位嚷伯是负责对我们进行再教育的大队支委,又是大队贫协主任兼公社贫协副主任兼县贫协副主任。据说他家世代赤贫,从清朝时代到民国结束前全靠一根打狗棍一只破瓷碗乞食为生。直到嚷伯手里,这打狗棍破瓷碗才完成其历史使命,光荣地进入阶级斗争展览馆,而它们的主人也因忆苦得力而终生辉煌。他的全名叫石傻嚷。公社县里上上下下见了他都尊称他老石,石子兜的少男少女当面叫他嚷伯背后直呼其名。我则送给他一个极亲切极真诚的绰号"摇啊摇"。这一来全村都叫开了。有几次不幸被他听见,我以为我得挨几个巴掌了,没想到他倒不怎么计较,只是瞪了我一眼,嘟嚷了几句,就走开了。他这样宽宏大量,大概是因为他还有点自知之明。因为他的的确确是个瘸子。

嚷伯看我们正在天井里吞番薯,就很自觉地向我们房间摇去,边摇边仁慈地说:"慢慢吃,慢慢吃,嗯,吃完开个紧要会议。"说完他落座在我们的门槛上。

司徒于是说:"快点吃,吃完开会。"

于是又一片"唏唏溜溜"的吞咽声,各位加快了吞番薯喝稀饭的速度。我当然也遵旨行事。大概三分钟后,司徒陈明刘苏亚林虹他们个个都去洗了碗准备开会。不过,他们的努力照样有点白费。紧要会议并没有在三分钟后召开。因为我一碗接一碗地吞番薯稀饭,足足吞了半个小时,累计八大碗。当然,这顿饭使我受害不浅,至今我的胃还时时作疼。

但是当时,大家都耐心地等着我,于是我也就气宇轩昂地让他们耐心到底。

紧要会议在嚷伯的嗯嗯声中开始了。他无比郑重无比严肃又无比激动无上欢欣地传达了县委知青工作会议精神。这精神对于我仍如万物万事对于我一样,只需一笑就对付过去了,而对于司徒他们不啻是惊雷一声。

嚷伯嘟嘟嚷嚷反反复复强调的会议精神其实就两个字:扎根。

"县委……嗯,县委让动员你们学生娃扎根……扎根农村,也就是说,在我们这里成家立业……嗯,也就是说,要和贫下中农成家,成家……最好是和贫下中农成家……当然,也可以你们学生娃自己和自己成家……不过,最彻底的扎根当然是和贫下中农……"

看得出来,司徒他们目瞪口呆。我立刻幸灾乐祸起来。我伸出手,拍了几下巴掌。但我的脚立刻被司徒狠狠踩了一下。我可没想到司徒也会这么不亲切。

"嗯,县上还决定,我们这里作为试点……也就是说,在最近两个月内,要把这个工作完成……也就是说,嗯,实现人人扎根农村,人人铁心务农……"

我又拍了两个巴掌。这回司徒不踩我了。她脸色煞白,呼吸急促,大有立刻要晕过去之势。看到她也有沉不住气的时候,我真想给嚷伯还有县里还有市里那些发明扎根的家伙也发一个什么奖。

嚷伯看到只有我一个人反应热烈,很有些扫兴。他于是拍拍我的肩,说:"你们讨论讨论吧……反正两个月内要把这个任务完成……嗯,也就是说……嗯,这是县知青办的要求。"说完,他很有气度地朝门口摇去。

嚷伯刚出门,司徒立刻低低地说了声"散会"。但是,只有我一个人奉旨走开,陈明刘苏亚林虹他们都没挪身子。

公社知青办来了一个姓薛的干事。他是专门来抓扎根试点的。他大概听嚷伯介绍过我在紧要会议上的突出表现,所以一来就猛拍我的肩膀,说:"好样的。好好表现。我将把你树为典型。"

我满怀敬意地朝他三鞠躬。"多谢栽培。"我说。"我早就是典型了。黑崽子典型。后进知青典型。往后,则要当扎根典型了。"我又接着说。

他愕然。"黑崽子典型?老石怎么没说?嘿,这个老石啊!"他摇头,不再和我拍肩膀了,他头一昂钻进我们宿舍。

司徒正好从厨房出来,看见我,便请我上她房间去坐坐。

"训话?洗耳恭听,洗耳恭听。"我一脸谦恭,径直走进她的宿舍。

其实,算起来,我和司徒称得上是青梅竹马。她比我大一岁。大概十五年前我常常从窗口里探出脑袋来,拿着个玩具喇叭冲着她大喊"姐姐"。可十五年后(真见鬼),她又是知青组长又是妇联副主任又是民兵营副营长又是头号傻妞儿,我就不再理她了。为这个,她大概心里常常觉得委屈。

这不,她这会儿又万分委屈地看着我,"别这样和我说话,求求你。"她叫起我的小名。她不知道这更使我烦她。

我正想再给她一篇杂文(我是有名的杂文家,而且是鲁迅式的,辛辣尖刻赛匕首赛投枪),她却突然间抽起鼻子来。这一来我只好把已到喉咙的杂文咽了回去。我最见不得少男少女的青春泪。

不过,看见司徒那张极亲切极真诚并且蛮漂亮的脸蛋上已经没有亲切没有漂亮只剩一点真诚外加两窝泪水一个通红的鼻子时,我也就宽大为怀了。

司徒抽着鼻子告诉我,薛干事找她谈过不下五回心了,每回的内容都是扎根,不但扎根,而且要彻底,不但彻底,而且独树一帜,不但要独树一帜,而且要富于牺牲精神献身精神,要轰动全县……

司徒的鼻子越抽越剧烈了。凭这一个,我就知道下文是什么了。我早就从嚷伯这个老单身汉的无上欢欣中看出端倪了。这可真够司徒受的。但我还是忍不住要"祝贺"她:

"恭喜,恭喜,往后殿下又多两个头衔了:扎根典型,摇摇夫人。"

"你……"司徒抬起头,狠狠瞪了我一眼。这一眼之恶之狠之深刻使我足足心惊了三天。

"你以为我要的是这一切?你这傻瓜!——告诉你,我要的是上大学!上大学!"司徒冲着我大叫大喊,一派歇斯底里的样子。

我只好愕然。

后来我才知道,司徒说的倒不是假话。她认认真真地当她的头号傻妞儿,其实只是为了插够两年队后能够被推荐上大学。她从小到大最强烈最真诚最惟一的愿望就是上大学（真他妈见鬼），而现在，她的努力她的幻想一齐完蛋了。她不再像以前那样又亲切又矜持。她动不动就抽鼻子。她甚至跑到石福成老头那儿抽去了。石福成是村里惟一没有领受过我的杂文的大队干部。他是副书记。土改后期就是副书记，现在还是副书记。

司徒在福成老头那儿大概很受了一番安慰，并觅得良方了。因为她回来的时候那张脸又恢复几分漂亮几分矜持。她开始和陈明过从甚密。

可惜的是陈明突然对他每日必做的青春梦丧失了兴趣。他常常离开他的吱吱嘎嘎的竹床和司徒和我们和前仆后继、生生不息的蜈蚣们，往市里往家里跑，后来才知道他的目标其实不是有橘黄色台灯有悠扬琴声的温馨的家，而是冷冰冰黑乎乎厚厚实实四四方方的监狱。他和他的同样年轻的战友们散传单贴标语，传播政治谣言组织反革命游行，结果不久就和他的同样年轻的战友们一样戴着手铐拖着脚镣走向昏暗的牢房。此举使我的匕首投枪沉默了几天，并且有好几次突然后悔以前对他的种种不恭。

司徒的反应比起我当然强烈得多，她的鼻子又不断地抽起来了，她甚至埋怨陈明没有发展她为难友，否则一扇铁门就能牢牢隔断她旷世的烦恼。对此，我深表同情。

司徒也许曾经把我当做最后一根救命稻草，但我那种杂文家的风度并那种拒人千里之外的姿态肯定使她不寒而栗，她的痛苦于是日益深重日益伟大，直到有一天救命的灵感终于突然光临她悲怆的心田，她才深深地吁出一口气，把矜持和漂亮重新召回脸上。

至于刘苏亚林虹她们在薛干事的反复动员下有何感想做何打算,我不大清楚,因为她们一向只在她们俩独处时表露感情交流看法。但看得出她们不像司徒那样失魂落魄。她们肯定正在庆幸自己以前不曾像司徒那样大出风头。

薛干事虽然早就不再拍我的肩膀,但他显然没有忘记"出身不能选择,道路可以选择"的训诫,仍然定期对我训导。他的话深得我心。

"你出身于反革命家庭,只有彻底和贫下中农结合,才能新生。"

"再说你的父母早就畏罪自杀。你已经没有家。你只能把石子兜当做你的家,牢牢地扎下根来,彻底脱胎换骨。"

我举手赞成他的话就像举手赞成枪毙他一样真心诚意。我当然知道当今当世我该干些什么和我想干些什么。

当两个月的试点大限终于到来的时候,薛干事、囔伯召开了一个名曰"扎根会议"的重要会议。参加者是全体知青、全体贫协委员,外加部分石子兜籍的少男少女。公社知青办、县知青办都派员列席了会议。

会议就在石氏祖庙的四四方方的天井里举行。天井四面的墙上贴着薛干事口授,我自告奋勇书写的红色标语:"志愿扎根农村,立志铁心务农";"农村就是我的家,贫下中农就是我的亲人"等等。天井中央的方桌上,摆着几朵纸做的大红花,那是准备对宣布扎根的知青表示祝贺的。不用说,气氛挺像一回事。

可惜的是薛干事虽然苦心经营了两个月,谈心动员说服引导累计不下一百人次,并且自信已水到渠成,可以庆功领赏了，事情的结局却远非如此。

　　鉴于戴涵已作古，陈明已锒铛入狱，所谓全体知青，实际上就是司徒刘苏亚林虹外加我四个人。刘苏亚、林虹这两个妞儿实在是老谋深算。会前她们不动声色，跟没事人似的，还在那里张罗着贴标语做纸花，待到会议进行到实质性的一项——由各到会知青宣布扎根决定（包括和谁结合何时结合等）时，我们那胜利在握的会议组织者才发现这俩妞儿已经没影了——她们带着几件半旧的衣服，悄悄地永远地离开了石子兜。于是，司徒和我就成了全体知青，也成了薛干事的救命稻草了。

　　确切地说，是司徒成了薛干事的救命稻草。因为薛干事心里，肯定对我打了不下十万八千个问号。他对一个黑崽子会有革命行动无疑是深表怀疑的。而在这一点上，他确实是明察秋毫，极富洞察力的。

　　但令薛干事伤心万分的是，一向驯服、听话的司徒也背叛了他。当他强作笑脸宣布会议继续进行，由先进知青模范知青革命知青司徒文心表态扎根时，司徒惨白着小脸，摇摇晃晃地站了起来，她的所有的亲切矜持漂亮全都化成了一头冷汗：

　　"我……我……我……"所有的目光都集中在她惨白的小脸上。期待的、好奇的、同情的、幸灾乐祸的……应有尽有。我也盯着她。我的目光里，没有期待，没有好奇，没有同情，也没有幸灾乐祸，我的目光里只有一个字——笑。不含任何内容的笑。

　　"我……我……"司徒不停地嗫嚅着，好长时间没有说出一句实质性的话来。薛干事不耐烦了，索性站起来，接口说道：

　　"司徒文心同志对这一次的人生转折是太兴奋了。我来替她宣布光荣而神圣的决定吧……"

"不,不——我自己来,自己谈。"司徒的啜嚅顷刻全无,可贵可敬可钦佩的大智大勇重新回到她的身上,她一字一顿一句一停地宣布了她的决定。这个决定,使嚷伯顿时嚷嚷起来使薛干事差点没背过气去使县知青办的大员深表遗憾使全场哗然使我的目光更加充满笑意……

司徒宣布的是,她和戴涵青梅竹马,从小一起替五保户搔背为学校养猪帮警察叔叔抓特务,感情深厚无比,自从戴涵为新农村的建设光荣献身,一年来她对他的感情和怀念与日俱增。值此扎根农村的大好时机,她决定把自己的一生和戴涵和石子兜紧紧联系在一起,从今天起她就是戴涵的妻子石子兜的永久公民,她要把一生都献给戴涵的热血浇灌过的这一片土地,等等等等。

薛干事显然绝没想到司徒会来这一手,顿时方寸全乱了,"你!你!你!"他只能对着司徒又愤怒又无可奈何又欲罢不忍地瞪着。会议像被送进冷库速冻一样突然凝住不动了,足足僵持了上千秒钟。最后,久经考验的老练的福成老头站起来收拾残局。

"我们尊重司徒同志的选择,也,嗯,钦佩她的献身精神和扎根精神……嗯,考虑到新郎已经安息了,接下去的仪式就免了……这个……嗯,这个……我看,会议就开到这里吧。啊?"

薛干事似乎已经背过气去,他既不点头也不摇头只眼睁睁看着司徒发狠。于是福成老头不低不高地说了一声"散会",又于是全体贫协委员、部分少男少女和全体知青的二分之一都起身准备退席——就在这时,我听见自己叫了一声。

"慢。"

于是大家全都站住全都回过头来。薛干事一看是我，丢了半天的魂儿全回来憋了半天的火立刻发作了。"你这个黑崽子想干什么想干什么？啊？"他气汹汹地对着我叫。

我不理他，顾自不高不低不慌不忙地对大家说：

"请大家留步，我还没有宣布我的扎根决定呢！"

薛干事大概料定我干不出好事来，急忙连声对大家说："散会了，散会了。"说完他又回头来对我嚷："你给我老实点。"并且给了我一个极阴森极严厉极凶狠的眼神。

但我仍旧不理他，仍旧不高不低不慌不忙地朗声说道：

"我决定响应县知青办公社薛干事、大队嚷伯的扎根号召。我决定和本大队最贫穷因而也是最革命最不幸因而也是最光荣最平凡因而也是最伟大的贫农社员结合。我决定今天就和她办理结婚登记手续。"

天井里顿时响起一片嗡嗡声。各种各样的脸，奇怪的惊心的愤怒的茫然的都对我大扬特扬。我全都视而不见。

我满怀柔情、郑重无比地指着门口一位女郎，"她，就是我选中的新娘。"我说。

站在门口（严格说，是趴在门口）的是绰号"四脚蛇"的贫农女社员。她天生畸形，两条腿萎缩，既不能站立，也无法如常人一样行走，她只能像蛇一样四肢着地爬行。她那年芳龄三十八。她当时正趴在门槛上，扬起有着一块红记的粗糙的脸，不解地看着天井里纷纷扰扰的世界。

我气宇轩昂地走过去，和她并排趴了下来。

（1988年）

吉娜的浴室

　　吉娜小姐常常挂在嘴边的一句话是：我的最爱是白色。事实上她更想说的话是：我的最爱是浴室。吉娜是在最近买了一套房子后才强烈意识到这一点的。她的房子说一套不如说一间，因为那是一种时髦的户型（当然也可以说是偷懒的户型），77平方米的空间毫无分割，空空荡荡一览无遗地交给你，仿佛你要的就是一间大堂或仓库。但是吉娜非常喜欢这份空空荡荡一览无遗，她一见到它就深深爱上了它，为此她还和男友闹得势如水火，不欢而散。因为这位古板拘谨的男友欣赏不了这份新潮，他对它的激烈排斥令吉娜大为不快。吉娜甚至觉得一个不喜欢开阔、不喜欢通透的人肯定不是什么好人，更不会是什么好男人。吉娜由此对自己生起气来。她觉得自己真是愚蠢，居然和这样一个古板拘谨封闭小气的男人交往了两年，而且居然和这样古板拘谨封闭小气的男人谈婚论嫁。吉娜当时就给这份婚约判了"死刑"。她让这位男友走开，回他的"三间半"去（他总说他的父母有三间半房子），而她要自己一个人留在这只有一间的仓库式的房子里品味、欣赏、规划。吉娜的逐客令让男友大为光火。他想这是什么怪女人,三间不要要一间,男人不要要仓库。想到自己还不如一间仓库,男友就怒不可遏。他想起母亲的话,母亲说你怎么找了这么个女人,你看她眼神幽幽的脚下飘飘的哪像真实踏实的人?吉娜的男友悲愤难禁拂袖而去的时候对自己当过处长的母亲大为敬佩。他后悔没有早听母亲的话。早听母亲的话他就不会白白浪费了两年时间,更不会到了看房买房的关口上才在一间仓库跟前败下阵来。想起那间仓库式的房子吉娜的男友就悲从中来。他们本来预备选的是三楼的正常户型,三室一厅110平方米,卧室朝阳客厅通风,装修以后肯定是温馨可爱舒适实用,可是一听说六楼是不打分割一览无遗的新户型,吉娜立刻把这温馨可爱舒适实用扔到一边。她拉着他一阵风似的卷到六楼,进了门就两眼放光钦羡不已。"多开阔,多通透呀……"吉娜喃喃自语仿佛眼前是久违的情人。吉娜的男友就是在这一刻铁了心要跟吉娜唱反调。他拿定主意绝对不要这房子,即使为此和吉娜闹翻也在所不惜。于是吉娜和这位交往了两年,已经预备结婚的男友就无可挽回地闹翻了,分开了。

现在吉娜如愿以偿独自一人搬进了新居。

新居如她所愿仍旧是一览无遗开阔通透。吉娜的男友退场了,吉娜自然不需经过争执才能按照自己的心思装修房子。想到她的同事、女友为了装修和男人费多少口舌,闹多少别扭,吉娜就觉得单身女人幸福吉祥。吉娜的装修方案当然也被包工头质疑过,可是包工头只是包工头,他再吃惊再不以为然他也不必坚守立场,他甚至都不必出声说出他的真实看法,因为说到底他只关心他能拿到多少钱,而不是女主人的神经正常不正常。虽然他对此至今仍然心存疑问。

吉娜才不管包工头怎么想呢！全世界怎么想她都不会去理会！她觉得自己今生今世惟一值得骄傲的就是这一点了：我行我素，独往独来！同学觉得她孤僻，亲戚觉得她古怪，父母觉得她独立，她自己呢？她自己认为这是一份骄傲——不看人脸色，不仰人鼻息，超然物外，随心所欲，这不是人生化境是什么呢？

此刻，吉娜小姐躺在她的方形浴缸里，环顾四周，心里对自己满意极了。

这间77平方米的"仓库"如今已经被装饰成一间洁白通透的"大浴室"——四面墙上贴着雪白的瓷砖，天花板是明亮的玻璃吊顶。两个马桶沿西墙而立，其中一个真的，一个假的，但都被装饰成圈椅模样，中间摆了一个别致的大理石茶几——不用说，这是一个会客区（兼卫生间）。紧挨着它的是造型新颖的玻璃洗脸盆，旁边坐落着气派的大理石梳妆台，梳妆台上除了几样护肤品，更显眼的是文具和一台银色的笔记本电脑，一面宽大而且高至天花板的玻璃书柜沿墙而立，提示这里同时也是"书房"兼工作区。对面的东墙边，竖立着一间又高又宽的桑拿房，桑拿房左侧上方开着一扇宽大的木质窗户，而里面，如果推开房门，你会发现里面的卧板有单人床那么宽！——原来吉娜将它设计成了既可桑拿，又能安卧的两用桑拿房。这样天冷的时候，失眠的时候，吉娜小姐就可以把这里当做舒适的眠床了，她随时可以在桑拿过后暖烘烘地进入梦乡。

现在吉娜的视线转到了桑拿房的北面，也就是大门的右侧。那里是银光闪闪的开放式厨房。一套质优价昂的德式橱柜，一台双开门的西门子冰箱，还有一套银白相间的现代风格的餐桌椅,使厨房显得晶莹时尚。高大宽敞的冰箱里(那里面藏个大活人毫不费劲)塞满了各式食物——就像吉娜的母亲说的,吉家小姐即使一年不出门,也绝不会遭遇饥荒的。

而吉娜小姐此刻正幸福地龟缩在其中的方形大浴缸,则傲然挺立在浴室的正中,这里,是这所房子的中心。浴缸沿南墙而立,雍容华贵,大度气派。浴缸上方的墙里藏着一张尺寸相当的方形床,每当夜幕降临,吉娜小姐一按开关,墙里的床就会徐徐降下,落座到浴缸上面特制的槽里,于是吉娜小姐就有了一张北京城独一无二的"浴缸上的床"了。(她为这张特别的床花费的心思气力绝不亚于当年哥哥办理出国手续所费的心思气力。)

不用说,吉娜对自己的新居满意极了。她爱它的洁白光滑,她爱它的开阔通透,她爱它的独一无二。她尤其热爱那方方正正的大浴缸。每天下班回来,她做的第一件事就是,除掉面具衣冠,放下烦扰疲乏,赤身走进那堆满泡沫升腾着热气的亲爱的浴缸,放松身体,尽情遐思。

吉娜惟一觉得遗憾的是,她所钟爱的这个居所无法明示于人。换句话说,她不太能请朋友到这个家里来。

最先给她警告的当然是她的母亲。

她的母亲是在吉娜搬进新居一周后才大驾光临的。吉娜和母亲一向不是很亲近,因为吉娜从小我行我素,是个相当独立的人,而吉娜的母亲恰恰又是一个爱自己胜过爱子女的人。既然吉娜刚强独立,她也就顺水推舟,乐观其成,很多事听凭吉娜"自生自灭",不予过问。日久天长吉娜和母亲之间就如同一对不冷不热的朋友,总是彬彬有礼,从不勾肩搭背。所以吉娜买房也好,装修也好,甚至吉娜是热恋是独处,是得意是沮丧,她都从来是入眼不入心,动口不动手的。吉娜有时也觉得母亲冷血,但更多的时候吉娜感谢母亲的冷血,因为这使她的我行我素顺当很多。想到首先要和家人激战一番才能稍稍遗世独立,吉娜就不胜其烦。因为她知道自己是善于超脱不善征战的。所以当母亲在最初的惊讶过去之后立刻给了吉娜一个忠告时,吉娜知道自己不能置若罔闻了。

母亲走进吉娜的家门后显然相当吃惊。她料到吉娜的装修肯定要别出心裁,标新立异,但绝对没有想到吉娜把整所房子弄成了浴室(此时吉娜母亲的第一反应是自己老了,连想像力都跟不上女儿的行动力了。对此她不无沮丧)!但是吉娜的母亲毕竟是吉娜的母亲,她的惊讶只维持了短短的几秒钟,然后她就以她一贯的悉听尊便的态度来冷却她的惊讶了。"彻底,彻底。"吉娜的母亲评价着,走到圈椅跟前,观赏着,揣摩着,然后一把掀开马桶盖,坐了下来。

吉娜佩服母亲的开明和敏锐,正要说句感谢的话,母亲却把话锋一转,说:

"这样的房子自己住可以,待客却不行。你可不要带朋友到家里来。"

"为什么?"

"你要是带人来,诽谤你的人就有口实了。"母亲接过吉娜递给她的手纸,言之凿凿地说。

然后吉娜的母亲起身,在这间大浴室里溜达起来。

母亲走到浴缸前的时候,吉娜犹豫了一下,不知要不要把墙里的床放下来给母亲看。"咦,你的床呢,不会是藏在墙里头吧?"母亲问道。吉娜只好再次佩服母亲,走过去乖乖地启动开关,把床放了下来。

吉娜的母亲此刻是真正欣赏起女儿来了!她欣赏她的异想天开,欣赏她的胆大妄为,更欣赏她不管不顾维护自我的劲头!她想这种为了保持自我不惜放弃男友毁弃婚姻的劲儿她们那一代人是只有钦羡的份儿了,时代没有给她们提供哺育这种精神的土壤!

吉娜的母亲在这张独一份的"浴缸上的床"上躺了下来。她完全退回了自己的内心。感慨,感伤,感念……纷繁的思绪于瞬间弥漫了她的全身。她感到自己飘了起来,就像灵魂脱离躯壳,就像落叶游荡在水面,就像浮云悬挂在空中……

当然吉娜母亲后来还是回到现实中来了。她返回现实时天已经黑了,吉娜留她吃晚饭,她拒绝了。母亲参观了她的厨房评判了她的冰箱后就告辞了,临走时她再次叮嘱女儿:

"不要带人到家里来!嗯,我得说这房子确实不错,但是,不要带人到家里来!"

吉娜从母亲的言之凿凿里体会到了一种关切。她想母亲毕竟是母亲,冷血的母亲也还是母亲。她也知道很少给她建议的母亲一旦开口,一定是她不能置若罔闻的。

应该说,吉娜将母亲的叮嘱放在心上至少有一个月之久。一个多月后她渐渐有些松懈了,这时候吉娜的好友欧阳芳第四次提出拜访她的新居,吉娜犹豫了一下,答应了。

吉娜的朋友很有限,有限的几个朋友里这位欧阳芳和她是最情投意合的。最情投意合的朋友都不能信任的话吉娜觉得有些说不过去,而且几次下来吉娜也找不到新的借口将好友拒之门外了。

欧阳芳带了一束百合花来。进门后她惊呼起来:"这么大的浴室,你的家是皇宫吗?!——哎,怎么进门就是浴室,这是哪国的时髦啊?"

当她得知一切尽在眼前时,她愣住了。

巡视一圈后吉娜将仍在愣怔中的女友带到房子中间的地毯上。这张地毯差不多可以说是为了迎接女友才铺上的。因为女友喜欢席地而坐。吉娜还买了几个美丽的大靠垫,这样女友坐累了就可以枕着靠垫就地而卧。在过去的几年里她们常常这样席地而坐促膝倾谈。吉娜虽然个性独立也还是不能完全免俗,她对友情甚至比对爱情还热心一些,因为同性容易理解而异性常常咫尺天涯。

女友对这所房子的诧异显然远远高过母亲(由此吉娜再次感到母亲的不俗与不凡),她落座地毯上好一会儿了仍旧没有回过神来。

"你的床呢?你的床在哪里?你不用睡觉吗?"

女友终于恢复正常,开始了一连串的质疑。

"我嘛,我睡浴缸里。"吉娜说。

"睡浴缸?你骗谁呀,浴缸能睡觉吗?"

"我还就是睡浴缸了。你看这浴缸,多宽敞,多平整,夏天睡里面,空调都不用开!"

吉娜这话半是玩笑半是事实。下班回来,她确实喜欢就着半缸热水在里面小睡片刻,身体不适不能泡澡的话她就铺条浴巾在浴缸里,然后在里面午睡或遐想。当然夜晚就寝她一般都会睡到真正的床上去,浴缸只是她小憩的地方,放纵遐思的地方。

不知为什么她没有将这一点告诉女友,也没有将墙上的床展示给女友看。

"冬天呢?冬天你怎么办?"

"冬天我铺两床棉被在里头呀,铺两床,盖一床,你说能冻着我吗?"

女友狐疑地看着她,不知是对她的话将信将疑还是对她的正常将信将疑。

晚餐的时候吉娜将她华丽的法国烛台拿了出来(这是她去年生日时哥哥从国外捎来的生日礼物,她一直都舍不得用,此刻却很想和女友分享)。斟上红酒,点上蜡烛,两个好友举杯相庆,庆贺吉娜乔迁之喜,庆贺单身女士自由幸福。

她们就着摇曳的烛光喝1993年的波尔多葡萄酒,敞开心扉倾心相告。她们说了很多歌颂友情贬低爱情的话,她们赞美同性情谊质疑两性关系,她们称道独立自由批评附庸归属,她们说了一箩筐两箩筐十箩筐的话,也喝了一杯两杯五六杯的酒,说着喝着吉娜的女友突然呜呜咽咽哭了起来。

吉娜吓了一跳。她以为她们的话题触动了女友心事,赶紧噤声不再涉及心灵领域,而改说柴米油盐、家长里短。

可是女友依然呜呜咽咽哭个不停,任凭吉娜怎么劝解,怎么安慰,女友就是大放悲声。

最后女友酒也不喝饭也不吃了,她起身要走。推开桌椅往外走时,吉娜听见她嘟嘟囔囔悲愤难禁:

凭什么你要踢开男人就踢开男人?凭什么你就可以我行我素,为所欲为?凭什么你有德国橱柜法国烛台还有双开门大冰箱而我只有一个半聋半哑的爹一个家长里短的娘……

好友欧阳芳将吉娜的大门狠狠一甩,悲愤交加地走了。吉娜愣在原地不知所措。直到此刻她才明白母亲是多么先知先觉、英明伟大,可是已经晚了,历时五年的友谊之泡已经破损了。

最后一个走进吉娜家的是吉娜哥哥哈佛的同学,现任职于外企大公司的美籍华人大卫·扬。大卫·杨自从帮吉娜带来哥哥的生日礼物后就常常约吉娜喝咖啡、听音乐。吉娜知道他是有家室的人,只是受哥哥之托照拂她,所以宽心放心地和他来往。大卫是彬彬有礼的绅士,又富于幽默感,他的风趣常常令吉娜开怀,而且吉娜非常喜欢他们之间那种既亲切随意又始终分寸得当的关系。大卫·杨是美国出生的有六分之一白人血统的华人,英文娴熟中文流利(他的孩子就不会说中文了),被派到中国大陆来惟一的缺憾是妻子儿女不能同行(因为怕耽误一双儿女的教育),所以他在北京的生活就显得有些悲壮了。他常常宣称他正在撰写新的《两地书》,是网络版的,因为他的业余时间几乎全花在给妻子写电邮和在网上与家人通话了。吉娜说他夸大其辞时他微微一笑,他说不在网上的时候就是他和吉娜喝咖啡的时间了,然后他掉转话题说起伊拉克战争来。一说起伊战吉娜就喊他美国大叔,并且毫不掩饰地攻击美国人的虐囚行为,说那和纳粹有什么两样?人类的兽性怎么总是伴随着人类,一有条件就窜出来疯狂肆虐啊。

大卫同意这是人性的污点,美国的污点,他痛心疾首的程度绝不亚于吉娜。但是吉娜还是不依不饶:

"美国人,反省吧,无论借口多么堂皇,战争就是罪恶,就是罪恶的孵化器!"

"是啊,是啊。吉娜,没想到你这么关心政治。"

"这不是政治,这是道德!"吉娜说。

大卫看看吉娜,陷入沉思。他大概没想到一个二十七八岁的中国姑娘这么有想法。

"你大学学什么专业?"大卫问。

"我吗,我学的是金融。怎么了?"

"我在想你的思想是哪儿来的?"

"思想还需要学吗?"

吉娜很想加一句"可怜的美国大叔!"但还是忍住了,毕竟这是不礼貌的。

"走吧,我请你吃'佛跳墙'去。"仿佛为了弥补刚才心里的尖刻,吉娜说,"我家附近新开了一家闽菜馆,很不错的。"

佛跳墙是吉娜的偏爱,大卫对它略知一二,但尚未领略过。

"你请客,我买单。"大卫说。

吉娜于是笑他来中国不久却很中国化了。

"我本来就是中国人嘛。"大卫说。

他们吃饭的餐馆就在吉娜家所在的小区附近。吃过饭,大卫说:

"都到你家门口了还不请我上去坐坐?我还想借鉴你的装修呢。"

吉娜知道他说的不是假话,他刚刚买了一套公寓,正在考虑装修的事。可是想起母亲的警告,吉娜有些犹豫。

"怎么,不欢迎?"

"不是,我是怕把你吓住。"

"把我吓住?你家里住着拉登吗?"

"走吧,到了你就知道了。"

优雅的美籍华人,风趣的美籍华人大卫·杨很快就知道吉娜不是开玩笑了,当他站在吉娜那光滑洁白、敞亮通透的家中时,一种从未有过的感觉把他罩住了。

"你这是……叛逆?前卫?……酷?"

"你说呢?"

"登峰造极……登峰造极!"

"这只是梦想成真——我爱浴室。"

吉娜将大卫带到厨房的餐桌边坐下来,开始动手煮咖啡。

大卫却说:

"给我一杯马蒂尼吧,我要向你致敬!"

大卫果然端起吉娜递给他的马蒂尼酒,说:

"亲爱的吉娜,你让我刮目相看!"

"是吗?"

"为我们勇敢的小妹妹干杯!"大卫举杯一饮而尽。

"谢谢。"吉娜也浅斟一口。

大卫又给自己倒了一杯,然后再次把酒杯举起:

"你,吉娜,你击中了我的心。"大卫扬起脖子一饮而尽。

"你除了学会狂饮,还学会调侃了?"

"不是调侃。"大卫给自己倒上酒,再次举起酒杯。

"别这么喝,你会醉的。"

"套一句俗话,酒逢知己千杯少嘛。亲爱的吉娜,我没醉,我只是要发表宣言。"

美籍华人大卫·杨高举酒杯如同高擎美国国旗,他神色庄严,声音铿锵:
"听着吉娜,我爱你的标新立异,我爱你的特立独行!"
"你真是醉了!"
吉娜伸手去拿大卫的酒杯,却被大卫一把拽住。大卫将酒杯放到餐桌上,然后将吉娜揽了过来.
"小姑娘,你不明白吗,我爱你!"
"美国大叔的字典里还有爱情这个词?"
"我爱你,吉娜!"
"最多,只能说你爱这个浴室。"
"我爱创造这个浴室的人。"大卫说,紧紧拥抱吉娜。
吉娜很奇怪大卫的突兀没有令她反感。她知道自己对他绝没有男女之情,可是大卫的拥抱似乎融化了她的冷漠,她觉得在他的怀里温暖而惬意。
大卫将她抱了起来。吉娜没有反抗。她似乎想知道大卫会把她放到哪里。同时她也感谢大卫没有坚持要吻她。她不喜欢接吻,尤其在她心里并没有爱情的时候。
令吉娜惊讶的是大卫把她放到浴缸里了!
在宽敞的浴缸里,大卫温存地脱去吉娜的衣服,又将搭在浴缸边上的浴巾给她盖上,然后才脱掉自己的衣服,在她身边躺了下来。
吉娜闭着眼睛,在享受大卫温情的同时在心里嘀咕:"拒绝,还是接受?"
但是吉娜喜欢这份温存,她不喜欢激烈的性爱,却喜欢温情,所以大卫温柔地吻遍她的身体时,她相当享受。
直到温情结束激烈来临时她才如梦初醒。可是已经晚了,她已经没法将他推开了。

大卫·杨进入她的身体以后完全变了一个人。他不再彬彬有礼,温存温情了,他也不再顾及吉娜的感受。他像一头猛兽,又如大军压境,趾高气扬,蛮横无理,左突右撞,一意孤行。

让吉娜惊讶的还有他的口无遮拦。他说着各式各样的粗话,中文的,英文的,粗俗的,直白的,好像只有这样才能让他进入幸福境界。

在他身下的吉娜却只有惊讶的份,苦笑的份,因为在这种完全单方面的猛烈激烈中,她的感觉丧失殆尽。

而且她开始疼痛起来。不仅里面痛,后背、四肢也疼痛起来。

最后是吉娜的疼痛达到了极点,忍耐也达到了极点。她一个爆发力,狠狠将大卫推了出去。

正在一心一意朝他的幸福进发的人愣住了,此刻距他的幸福仅一步之遥!功亏一篑的大卫怒从心起,抬手给了吉娜一个响亮的耳光。

嘹亮的耳光清脆决绝地奏响时,大卫和吉娜都愣住了。

片刻,吉娜默默起身。她走到穿衣镜前察看身后。她看见她的背部和肘部有鲜血弥漫。

"对不起,我忘了浴缸里没有铺垫。"大卫说。

吉娜将大卫的衣服扔给大卫:

"走吧,不要再给我打电话。"

"可是……"

"就当没有这一幕,就当大家都不认识。"

"吉娜……"

"走!"

优雅的美籍华人,风趣的美籍华人大卫·杨在吉娜的要求下穿上他的衣服讪讪地走了。吉娜小姐顾不上处理后背和四肢的血迹,便迫不及待地用消毒液使劲刷起浴缸来。

不用说你也能猜到,从此吉娜小姐那洁白光滑、独一无二的家不向任何人开放了,连吉娜的母亲都无法再次进入那里。

三个月后吉娜接到了赫赫有名的美国《世纪周刊》杂志,那上面刊登了一组照片,正是吉娜那装饰成浴室的家。照片中间印着一行醒目的黑体字:

红色中国叛逆的一代

吉娜相信那是那位优雅的大卫·杨在举杯前用高端手机拍摄的。吉娜小姐将刊物扔进了垃圾桶。

(2004年)

梦 非 梦

她记不清这是第几次重复这个噩梦了。醒来以后她按住突突狂跳的心口,绝望地想:再这样下去她一定会死的,一定活不成了。梦中的景象像一个血盆大口,再次呼啦啦地朝她逼来。她尖叫了一声,把毛巾被使劲往头上拽。可是梦里那张凶神恶煞的脸仍旧不依不饶地朝她逼来。透过毛巾被,她仍旧可以看见那张脸其实是两张脸,或者说是一个脑袋顶着两个面孔。前面一个十分面熟,促狭的天庭,促狭的下巴,眼睛不大却闪着钻石一样的光芒,活像暗夜里出巡的狼。后面那张脸更让人触目惊心。那是一张蛇的脸。当它第二次翻到前头来的时候,她才惊恐万分地看清,那其实是一张女人的脸。这张脸晦涩得出奇又尖利得出奇,一双没有眼珠只有眼白的眼睛像一对匕首一样斜插在鼻子两边,发出闪闪的寒光,给人一种白日见鬼的恐怖。她不由得又发出了一声号叫。我要疯了,我再也受不了了。她捧住心口,稍稍犹豫了一下,终于破罐破摔毅然决然地坐了起来,同时,伸手去拽床前的灯绳。"啪"的一声,灯亮了。

通过对面衣柜里的穿衣镜,她看见自己浑身瑟瑟,缩在毛巾被里惊恐万状。灯光惨白地照着她。她终于完全清醒过来。她记起这个梦已是无数次地重复了,梦中的景象以及事后的恐怖几乎是分毫不差地一再重演。她懊恼极了,也绝望极了。不知道这种可怕的状况还要持续多久？那个狼一样的男人和那个没有眼珠只有眼白的可怕的女人还要劫持她多久恫吓她多久？

　　定了定神,她开始强迫自己思索目前的处境。

　　她知道自己是一个过于脆弱的女人,同时还是一个神经质的女人。这样的女人容易做受人胁迫、被人劫持的梦。这一点她老实承认下来了。可是,为什么总是同样一个梦,为什么梦里总是那样一个两张面孔的怪物,为什么那个狼一样的男人总是十分面熟而她又想不起他是谁,而那个没有眼珠只有眼白的女人总是隐隐地好像在嘲笑她呢？

　　她呆呆地坐在那里想了半天。她发现自己其实无法集中注意力思考。她的脑子像过电影似的,总是出现那几个字:为什么……为什么……她知道自己的思维又被"为什么"这几个字给缠住了,像以往很多时候一样。在她受到强刺激的时候,在她惊恐万状的时候,她的脑子总是这样,总是被"为什么"三个字牢牢定住,无法思索,无法探询。

　　于是,她沮丧地重新躺下来,把脸转到朝墙的一面。她不敢关灯,生怕灯一灭,噩梦重又降临。她就这样就着灯光,似醒非醒似睡非睡地躺着,脑子里不停地闪出那行字:为什么……为什么……

　　第二天早晨,她起床后照例是头昏脑涨。而且不仅头昏脑涨,她甚至觉得恶心得厉害。刷牙的时候,她居然对着水池一阵干呕,好像那些行动笨拙、反应过敏的孕妇。她觉得一切都荒谬极了。她居然像个孕妇,她最不屑的孕妇!她想起她惟一的那次怀孕。那次她正准备结婚但还没来得及结婚,可恨的孕期反应就出现了。她眼眶凹陷,面容浮肿,每天早晨都对着水池大吐黄水。为此,她开始憎恨起那个带给她这一切的男人。男人却不以为意,认定她是孕期烦躁,反而百般照顾,百般呵护。直到有一天她再也不想忍受,执意要去做流产,并且宣布从此决不再怀孕时,男人才怒不可遏,破口大骂她是一个骗子、婊子,是只配在窑子里接客的一文不值的混账娘们!骂完以后,男人扬长而去,扔下她一个人在那间借来的屋子里痛哭流涕,发蒙发呆。

自然啦,她的婚没有结成。孕期则如她所愿提前结束了。她的身体松了一口气,但她的精神却从此萎靡不振。她弄不懂男人为什么一听她不要孩子便暴跳如雷,扬长而去。难道他要的不是她,而是那个从没见过面的什么孩子?再说,难道他不懂她的反应只是年轻女人一时的生理反应,过一些时候她就会平静如常,开始爱腹中的孩子远胜过身边的男人?

不过这后一个常识可不是她自己体会到的,而是她的大姐痛骂那个溜之大吉的男人时她听明白的。至于她自己,她相信只要存在孕期反应,她就不会热衷于当孕妇。平心而论,哪个女人希望自己笨拙浮肿蹒跚而行,并且每天早晨对着水池大呕特呕呢?

但是奇怪的是,虽然她很高兴妇产医院的女医师用那种特制的仪器把她身体里的负担给吸出来了,可是从那以后她也开始觉得心里空空落落空空落落总有一种茫然若失的感觉。她有时甚至怀疑那种造型古怪的妇科仪器在进入她体内的那一刻,是否超越权限或者突然功能紊乱,把她的心、肝、肺之类的也给误吸了一块出来呢?

总之从此以后她常常精神恍惚。她那无所不知的大姐说这是因为她失去了孩子同时又失去婚姻所致。她听了不置可否。除非她正好不处于恍惚状态。不处于恍惚状态的时候她多少有些兴致,所以她会分辩说,她并不在乎什么孩子,但是她痛恨那个曾经在她耳边山盟海誓的男人。

就是因为这个山盟海誓的男人在她遇到麻烦又年轻任性的时候逃之夭夭,她从此对男人产生了无法遏止的厌恶。十年过去了,她从一个年轻姑娘变成了一个三十二岁的女人,变得脆弱、神经质、爱发呆、爱做噩梦,却仍旧形只影单,既没有家,也没有任何亲密男友。

她甚至连一般的朋友都没有。无论男人还是女人。

但是十年了,即使噩梦频仍,孤独凄清,她也从来没有像今天这样绝望过。今天她突然觉得惊惧惶恐,孤独无告。起床时的呕吐像一道闪电,突然明亮耀眼地昭告她:如果不是当年的一意孤行,她何至于噩梦醒来无处诉说,无人慰藉?

她觉得无论如何今天得去找她的大姐了。再这样下去她一定要发疯的。

可是她走进办公楼,劈头碰上那位顶头上司,瞥见他脸上那副永远的阴阴阳阳、皮笑肉不笑的样子时,那原本存在于她下意识里的感觉顿时明确清晰起来。她突然明白:她无须去找她的大姐作心理分析了。她的隔三差五的噩梦根源全在办公室,全在这些阴阴阳阳的人身上。

她走进办公室,放下提包,随便抓了块抹布,开始一边擦桌子,一边听凭往事汹汹涌涌地从心头席卷而过。怨愤使她手上的抹布发出老鼠咬布袋般的"咯吱咯吱"的声响。

和她隔桌而坐的林科长显然对她弄出的声响颇有意见,她抬起头瞪了她一眼,见她不理,又很不满地干咳了两声。

她仍旧不予理睬。仍旧"咯吱咯吱"地弄出很响的声音。她对自己从未有过的这份勇气感到吃惊,同时,也感到从未有过的一份快感。我被你们拿捏了八年了。八年,一个抗战都打下来了。白天被你们拿捏整肃也就罢了,晚上你们还不放过我,还三天两头地来恫吓我。恫吓就恫吓,光明磊落的也罢,偏偏还装神弄鬼,心肠也太歹毒了些——可是,要知道,狗急了也会跳墙的呀!

她愤愤地想着,手上的抹布"咯吱咯吱"叫得更欢了。对面林科长的不满变成了诧异,终于抬起头看着她,问:

聂心,怎么回事?

被叫做聂心的女人却毫不理会。她一半是存心,一半也确实是分心了。她的脑海里正在一一重演这八年来她在这栋办公楼所领教的明枪暗箭,酸涩苦辣。她哪里有心思去领会那个眼白多于眼黑的猴子一样尖酸的鬼科长呢!

往事争先恐后、全无头绪地在她脑海里拥挤着、跳宕着。虽然毫无头绪,但她可是越来越清楚地看到,这八年里她像一条狗一样忍气吞声,任人宰割。或者换一种说法,她几乎是像一个呆子一样任人摆布、任人欺压而没有任何反应、任何抗争的。她从没有想到原来她是这样没有血性,没有力量,甚至到了面对羞辱几乎丧失反应的地步!——天哪,她怎么变成了这样一个人?

惊愕与怒火在她心中交替着上升。物极必反,她知道昨晚交织不断的噩梦和今天早晨的呕吐使她的承受力达到了极限。那个温顺木呆、有些恍惚的女人从今天开始死掉了。坐在这里的这个女人是另一个女人。她有力量,有心计,有手段。她要叫你们吃吃苦头了!

被叫做聂心的女人在这个阳光灿烂的初秋的早晨满意地终止了她手里的"咯吱咯吱"。她把抹布轻巧地往暖气片上一扔,拍拍手,给自己倒了杯茶,然后坐下来,开始满怀欣喜地庆贺自己的新生。

坐在对面的林科长显然不明白这个一向迟钝木讷的老姑娘身上发生了什么,但是对方从未有过的目中无人、趾高气扬使她惊诧而且愤怒。她从来都是把她当一只蚊子、一只苍蝇拿捏踩踏的,但是今天,这只苍蝇,这只蚊子居然嗡嗡嗡地在她鼻子跟前叫唤,向她挑衅!

"哼,"林科长从鼻孔里哼了一声,冷冷地笑起来。跟我抗衡,你还没这个本事!林科长打心眼里瞧不起她。

林科长太了解聂心的底细了,她连聂心的孕期维持了多少天,聂心流产后发蒙发呆了多久,聂心怎么神经质地大骂第二个无辜的求婚者都一清二楚。这些年来,就仗着这个,她林科长哪天不是紧紧抵着聂心的喉咙口,让她有气叹不出,有苦往肚里咽?

窄天庭、窄下巴的谢局长恰在这时走进她们的办公室。见他进来,林科长的脸立时灿烂起来。她一边娇嗔着给局长让座,一边大有深意地说:

"老谢,你知道什么叫做臭狗屎撒葱花吗?"

"什么臭狗屎撒葱花?没听说过。"

"你可真是孤陋寡闻啊,咱们这里就有,你没闻到?"林科长说着,故意拿眼去瞟聂心。

聂心抬起头,正好碰见林科长那意味深长的目光。聂心不由大喜。送上门的岔子,今天真是可爱的一天啊。聂心端起茶杯走过去,微笑着看面前这对深有默契的上司,漫不经心地说了一声:"狗男女!"然后把茶水照他们脸上泼了出去。

泼出去的茶水像炸弹一样轰然作响,把那对"狗男女"炸得目瞪口呆,把聂心也炸醒了。天哪,我干了什么?我疯啦?聂心看着面前两个目瞪口呆的上司,吓得也目瞪口呆,六神无主。三个人一齐愣在那里足足有半分钟,最后还是聂心先醒了过来。聂心羞愧至极,尴尬至极,惶恐至极,差一点就跪了下去,是林科长一声老羞成怒的"哼"阻挡了她。她知道如今告饶也没用,赶紧找来一块干毛巾,忙不迭地替两位上司擦了起来。两位上司当然不领情,他们"哼"了一声一齐拂袖而去,剩下聂心一个人呆在那里羞愧惶恐,乱箭穿心。聂心觉得这回天真要塌下来了。

失魂落魄地熬到工休铃响,聂心再也没有力气继续将班上下去了。整整两个小时,那个林科长都躲在谢局长的办公室里。不用说,他们是在密谋如何报复她这个一时昏了头的愚蠢女人了。聂心觉得自己真是蠢透了,不,不仅仅是愚蠢,她觉得自己简直就是疯了,居然忘了他们是如何的有头有脸,有谋有术,心辣手狠,卑鄙狡诈了。而她是什么呢?一只蚊子,一只苍蝇,一只蚂蚁罢了,而且是孤零零的一只蚊子,一只苍蝇,一只蚂蚁!

踩死她是多么容易!

聂心越想越害怕,越想越觉得无路可逃。她仿佛看见一个天大的陷阱已经挖好在她脚下,她只要迈一步,不,甚至只需半步,只需抬一下脚,她就会无可挽回地掉下去,万丈深渊刹那间就会把她吞噬。所谓死无葬身之地,所谓像气泡一样消失得无影无踪,她此刻是深切地体会到了。

惶恐不安的聂心终于站了起来。她不能在这里等死,她得走,她得逃,至少她得去找人想个办法。孤独无援的聂心这时想到了大姐聂平。对,大姐。无所不通的大姐聂平如今是她惟一的救命稻草了。

聂心说走就走。她顾不得下班时间未到,匆匆忙忙将桌上的东西扫进皮包,拎起来就走。就在她仓皇拉开办公室的门,准备飞也似的逃离这险恶之地时,那个林科长也同时推门进来了。聂心差点和她撞了个满怀。

看见聂心要走,林科长会意地点点头,她甚至还大有深意地笑了一下。这一笑笑得聂心毛骨悚然。聂心由此更加认定他们已经天衣无缝地挖好了陷阱,单单等着她往下跳了。而他们将像看社戏似的在一旁欣赏她的悲壮表演,高潮时争着将手拍疼以泄心头之恨,以雪今日之耻。他们将会多么兴奋、多么痛快啊。

聂心茫然无措地走出了办公楼。她觉得自己心里已空无一物。上哪儿去呢?聂心茫然地走着。马路上人来车往,熙熙攘攘,好不热闹,可是聂心视若无睹。她觉得不仅仅自己心里空,整个世界都空无一物了。

一辆"面的"迎面驶来,殷勤地在她身边停下。司机拉开车门,聂心下意识地爬了上去。去哪儿?司机问。去哪儿?聂心跟着重复了一遍。随后她才意识到这是在问自己,于是慢慢搜索地名。朝阳门(这是办公室所在地)。西四(十几年前铸成大错之地)。花市(父母亲的家,可父母都不在了)。和平门(烤鸭店?就是在那里她无意中发现两位男女上司的隐情)。和平里,对,和平里。聂心这时才猛然想起自己离开办公室是为了去和平里找大姐聂平。于是她高兴地发出了"和平里"这个词的音。

司机等了半天,才等到和平里这三个字,立刻加足马力朝前开去,同时,小声咕哝了一句:神经病!

走进大姐聂平那杂乱无章的家,和大姐没头没脑地说了几句之后,聂心就后悔了。聂平不仅是个无所不知的女人,她同时还是个敢作敢为的女人。她听完聂心断断续续的话就火了。泼了就泼了,骂了就骂了,你为什么要替他们擦,为什么要害怕?他们能把你吃了,把你宰了?狗男女就是狗男女,你怕他们做什么?——没出息的东西!聂平噼里啪啦把聂心好一顿骂。

此刻,聂心虽然懊恼,但仗着大姐的英武之气,她内心的恐惧与茫然多少去了一些。她看着大姐那火辣辣的眼睛,稍微振作了一下。我怎么办?她问大姐也是问自己。

"从今往后,抬起头,不用理他们!你不偷不抢,不盗不娼,他们能把你怎么样?他们要是胡来,告他们去!"

聂心苦笑了一下。大姐虽然英武有为,可她在工厂当了一辈子工会主席,她哪里懂机关里那一套阴阴阳阳、明里暗里的事。要是她上场,恐怕照样得被他们算计了去。不过,聂心现在倒是心里安定了许多。心里一安定,她的思维能力就逐渐恢复了。她渐渐觉得大姐也有她的道理。人不能一辈子胆小怕事,任人宰割,像她,安安分分,战战兢兢了半辈子,结果呢,处境日益可悲,谁都可以对着你大喊大叫,谁都可以骑在你的脖子上拉屎拉尿。那对狗男女甚至可以,唉,他们对她做下的事,她连想想都觉得不堪其辱!

聂心觉得至少她得反抗一下那对狗男女。她得让他们知道,她不是机器人,一按电钮就俯首听命,服服帖帖。她是会反应,会反抗的,假如她遭人欺凌,受人羞辱的话。

不过,她同意大姐的意见,她不能再那样感情冲动,明火执仗地往他们脸上泼茶水了,至少她该讲究一下策略。比方说,寻找他们的致命之处突然出击;比方说,当他们得意忘形的时候,在他们脚下搁一块石头,让他们重重地绊上一跤。

让聂心觉得好笑的是,她的这些策略,并不是自己冒出来的,而是从《厚黑学》里现找的,是本本主义、教条主义。谁知道这类本本主义能不能派上用场呢?

第二天一进办公室(昨晚为了增加勇气,更为了逃避噩梦,聂心留宿大姐家,但噩梦还是出现了,聂心好不沮丧),聂心就知道那一套全都不管用了。倒不是谢局长林科长他们怎么智勇双全,难以战胜,而是一进办公楼,不知怎么聂心身上的力气、血性、斗志全都不翼而飞了。聂心只觉得浑身发冷,脑袋生疼,手指头不听话地颤抖起来。昨天上午的一幕又像电影似的一一上演。聂心羞愧得无地自容,也尴尬得无地自容,她恨不得地上裂开一条缝,或者天上掉下来一阵陨石雨,这样她就可以不必去想昨天的事,不必面对昨天的事件造成的这一切了。

林科长端坐对面。她矜持地朝聂心点点头,似笑非笑(聂心觉得她还似有似无。最好是无,彻底的无)。聂心也朝她点点头,似笑非笑(聂心觉得她快要哭出来了)。聂心把皮包放下来。聂心拿了一块抹布。聂心"刷拉刷拉"地抹起桌子来(今天不敢"咯吱咯吱"了)。

最重要的是,聂心不敢直视林科长。

林科长却笑容可掬起来。她说:

"聂心啊,你是不是夜里没睡好,脸色好难看!"

聂心诺诺,不知说什么好。她只是觉得自己昨天的行为可恶极了、无耻极了。

"你是不是没吃早餐啊?我这里有奶粉,你冲一杯喝吧。"林科长依旧笑容可掬。

聂心觉得快要控制不住自己了。她很想跪下去,向这个昨天被她羞辱的上司虔诚道歉(虽然对方羞辱了她将近十年)。她,要命的是她果真跪下去了。

林科长似乎吃了一惊。但她很快就微笑起来。

林科长扔下聂心,微笑着走出去。聂心则像定格似的跪在那里一动不动。

林科长很快就返回来了。她的身后跟来了一群人。

跪在那里不知所措的聂心听见脚步声,下意识地抬起头。她看见门口站了那么多的人,顿时一阵眩晕,倒了下去。

林科长见状,连声喊:"她发病了,她发病了,可怜的人!"

林科长赶紧指挥大家将聂心抬到沙发上。她一边认真而忙乱地给聂心松纽扣、灌水喂药,一边如数家珍地把聂心的精神病史向大家作了介绍。

同事们这才知道原来聂心有精神病!难怪她常常木讷恍惚,似笑非笑,难怪她总是孤独乖僻、独往独来,难怪她昨天发展到把茶水泼到领导脸上!啧啧,人真是不可貌相啊,

红 粉

看她挺文静清秀的一个人!

还是林科长心眼好,她赶紧纠正大家说:"唉,她是有病,不过是轻度的,是轻度精神病,大家不要再议论了,以免刺激她——她也怪不容易的,先是未婚先孕,然后是流产,然后男人扔了她,然后一晃就十几年,成了个老姑娘了。唉,人啊!"

医务室的医生来了,林科长把医生请到里屋,小声和他说起什么来。过了一会儿,医生出来了,他让大家回办公室去,只留下两个小伙子。医生翻了翻聂心的眼睛,按了按她的脉,说:"没什么大事,吃点镇静药,休息休息就好了——等她醒来,你们送她回家吧。"他闪烁着眼睛对那两个小伙子说。

聂心一觉醒来,发现自己躺在一张陌生的床上。床头是白色的,床单被罩是白色的,连床头柜也是白色的。聂心好不疑惑。她看看窗帘,还好,窗帘是天蓝色的,窗帘背后的天也是蓝色的。自从那次怀孕流产之后,聂心最怕白色了,她觉得白色简直就是空白,就是一切皆无,就是无聊无奈无可归依。她已经够无聊无奈无可归依了,为什么还躺到这样一片可恶的白色中来?

聂心正在愣怔,门被推开了,一个护士走了进来。

"这是什么地方?医院吗?"聂心觉得自己发出来的声音轻飘飘的。

"这是疗养院。气功疗养院。你来了三天了,一直在昏睡。"护士说。

"三天?"聂心有些不解。她明明只睡了一觉,怎么就三天了。

"是你们领导送你来的。你那个领导真不错,她很关心你。"

"谁?谁是我的领导?"聂心差不多已经忘记自己的社会角色了。

"哦,她姓林,我听那两个小伙子叫她林科长来着。"

林科长。聂心这才猛地忆起前天发生的事。她浑身一激灵,突然毛骨悚然。她强烈地觉得,送她到什么气功疗养院来,这准是那对狗男女的主意,是他们阴谋里的一部分。说不定,这个鬼疗养院就是一座"坦那托斯大旅社",是以"让死亡在睡梦中来临"为己任的谋杀俱乐部,是……

聂心越想越害怕。她赶紧爬起来,抓起椅背上的衣服就往头上套。她必须离开这里。尽快离开这里。她可不能让人家卖了还要跟人家道谢。

就在聂心手忙脚乱地收拾东西准备逃离的时候,刚才那个护士又推门进来了。不过,这次她不是来送药,而是带来一个人。

聂心抬头一看,不禁高兴起来。原来是大姐聂平来了。

聂平一边招呼她,一边把水果奶粉之类的往床头柜一搁,就以她一贯的风格风风火火地说起来。

原来,聂平也刚刚得知聂心的情况,是聂心的一个年轻同事打电话告诉她的。据那个同事说,聂心吃了林科长给的药后一直昏睡不醒,估计是镇静药吃多了,林科长有些紧张,所以连夜把她送到这所既能治疗又能调养的疗养院来。林科长有个熟人在这里当院长。

聂心一听又害怕起来,她飞快地把自己的疑虑跟大姐说了。聂平听罢笑了起来。

"你也太没出息了,光天化日之下,我就不信他们能把你吞了。你放心住吧,这里我也有熟人。趁机休息一段,学学气功,调养调养,多美的事啊,找都找不来!"

"可是……"聂心还心有余悸。

"可是什么可是,我可告诉你,这里当家的气功师功法很高,不仅会看病,还有特异功能呢。听说……"

聂平把嘴巴凑近聂心的耳朵,"听说,还能置人于死地呢!"

聂心一听又惊恐起来。她如今最怕听见"死"这个字了。她觉得这个字的所有含义都是冲着她来的。就像噩梦里那个两张脸的怪物,每次出现都是冲着她的,都是为了把她吓坏、吓死、吓得没了魂的。

聂平对妹妹的胆小如鼠颇不以为然。一个"死"字就能把人吓成这样,她觉得不可思议。

"行了行了,你不是要治治他们吗?好好跟着师傅练功吧,学两手高招,好歹也能吓吓他们。"聂平胡乱地哄着妹妹。

这最后一句话简直是说者无心,听者有意,聂心怦然心动。她不由想起自己这十几年的屈辱与辛酸,想起自己原本并不是这样胆小怕事,任人宰割的,想起前天立志反抗的豪言壮语,手段韬略,她忽然强烈地觉得自己是该扔掉这浑身的"怕"字,好好学点手段,好好做一回人——挺胸抬头,扬眉吐气地做一回人了。

但是,一想到林科长和这里的院长相熟聂心就有点不安。不过聂平说:

"院长怕什么?厉害的是气功师!院长又没功法,她就是想捣鬼也没办法!——你就别胡思乱想了,告诉你,那个气功师我认识,他是我同事的亲戚,你就好好跟他练功吧,错不了——呆会儿我就跟他打个招呼去。"

聂平走了。聂心的情绪也渐渐稳定下来。她决定塌下心来,好好休养,好好练功。她对自己练好功法、掌握绝招充满希望,因为那样一来,她就不必再惧怕那对男女上司,不必在惊惧与恐慌中度过她的日日夜夜了。

气功师姓贺,湖南桑植人,据说是贺龙元帅的同宗,当然辈分比贺龙元帅低许多。气功师功夫果然很深,疗养员们都心服口服地称他贺大师。聂心跟他练了三天之后,便浑身发热,气感十足。到了第七天,聂心发现自己已是云里雾里,出入自如了。聂心兴奋不已,她仿佛看见自己功夫在身,腾云驾雾,无往不胜了。贺大师却一边表扬她入门快,有潜质,一边兜头泼了她一盆冷水。气功师说,练功最忌急功近利,心神不定,聂心却偏偏心神不定,鬼鬼祟祟,这样是不可能练好练成,不可能进入最佳境界的。

而且,气功师顿了顿说,这样最容易出……气功师想了想,把后半句话咽了回去。

聂心翻了翻眼睛,表示接受师傅的批评(表示不能理解师傅的意见?)。总之聂心听完师傅的话只好命令自己收心,不再去想腾云驾雾,制服仇敌的事了。师傅毕竟是高人,他一看聂心的神色就知道聂心已经收心,所以继续领着众人练起功来。

转眼之间,聂心在疗养院已经住了半个多月,这期间大姐来过,小洪(就是给聂平打电话通报情况的那个同事,单位里就她和聂心还偶尔说说话)来过,那个心怀叵测的林科长也来过。林科长来的时候聂心沮丧地发现,"士别半月",她对这个眼白多于眼黑的阴阴阳阳的鬼科长仍旧心怀恐惧！当天夜里，曾经缠绕聂心好久，入疗养院以来却不曾出现的那个噩梦又来骚扰聂心了。聂心惊醒之后，发现自己心头突突，冷汗淋漓，灯光下的脸像鬼一样惨白。聂心懊丧极了，她不懂自己为什么那么惧怕那个鬼科长，为什么那个脸像刀刃一样锋利的讨厌之至的科长一出现，整个晚上她就不得安宁？

第二天，第三天，第四天，第五天，聂心天天夜里都被那个一个脑袋两张面孔的怪物吓得冷汗淋漓，六神无主。无奈之中，她把那个鬼科长带来的吃的、喝的全部扔到窗外。第二天醒来又跑去一一捡起来，扔到更远的地方——疗养院外面那条河里去，并亲眼看着那些东西顺着河水漂流而下，远逝无踪，满心希望从此杜绝了那对男女上司的信息，使他们无法再到她的梦里来张牙舞爪，装神弄鬼。不想只要夜幕降临，只要她一合上眼睛，满脑子上演的便全是那个怪物的狰狞故事。她觉得自己心力交瘁，已无力抵挡了。

聂心深深地叹了一口气。

第二天，聂心就去和师傅"套磁"。她拐弯抹角地和师傅谈起意念杀人的传说。她假装不相信这类无稽之谈，诱使师傅为其辩解。师傅果然上当，滔滔不绝地解释起意念杀人的原理来。聂心听得入迷，也听得心花怒放。她真高兴果然有意念杀人这种事，而且这种事看来也并非"难于上青天"，只要心诚，只要功夫练到，杀人不见血并非白日做梦。

师傅见聂心听得如醉如痴，不禁警觉起来。

"你问这些做什么？你又胡思乱想了？"师傅说。

"不，不是，我随便问问，好玩而已，好玩……而已……"

师傅看了看她,说:"你可不要自找麻烦啊!"

聂心觉得师傅的话大有深意。不过,她顾不得这些了。对她来说,当务之急是把梦里那个狰狞的两面怪解决掉,让夜晚安宁,让心头安宁。

聂心觉得自己的想法没有错。对,是在梦里把那个两面怪解决掉。是在梦里杀梦中人。而不是真的杀人,杀活的人。

聂心由衷地为自己找到这个解决办法而高兴。

其后的日子里,聂心除了继续跟着师傅练功外,就是一门心思地躲在房间里研究搜罗来的各种气功书。不言而喻,她专门钻研那些有可能意念杀人的功法。她博采众长,聚合为一,反复试验,反复修正,力图拓展出一套明确可行的杀人功法。她想一旦这套功法成立成熟,不是可以帮助许多如她一样受人欺侮、无力反抗的弱者、小人物吗?终于有一天,聂心觉得她创制的这套功法已经成熟。剩下的,就是实施的问题了。

五月六日是聂心生日,聂心决定在今天,也就是五月五日,把骚扰了她很长时间的噩梦连锅端掉,使她的生活从第三十三年的第一天开始重获安宁。虽然其实是试验性的行动,可不知怎的聂心对效果毫不怀疑。不仅毫不怀疑,聂心可说是出奇的乐观。她觉得她的所有直觉都在告诉她,她的生活从此将彻底改观,她再也不必战战兢兢,冷汗淋漓,六神无主了。聂心差不多已经决定,办完这件大事之后,明天,她要请几个朋友(其实也就是大姐和小洪),好好庆祝一下生日。她清楚地记得,自从十年前和那个男人分手以后,她就没过过像样的生日。

晚上十时,聂心准时上床。上床之前,聂心反复温习了她自创的那套功法,生怕有所遗漏,功亏一篑,她惟一不是很踏实的,是噩梦出现之后,睡梦中的她能否把这套她早已烂熟于心的功法自如运用,制服仇敌——假如她能如她所设计的在梦中发功,那么那个一个脑袋、两副面孔的怪物必死无疑。

那么她明天的生日将具有双重意义。

噩梦好像并不惧怕聂心这种弱女子。入睡不久,聂心就感到噩梦赫然重现。

聂心一激灵,就在似睡非睡、似醒非醒的状态中,凝神静气,吐纳呼吸,将她那自研自创的功法操练起来。

(此事关乎人命,恕不在此详陈具体功法。)

总之聂心不久就听到一阵"嘶嘶嘶"的声音。她努力想睁眼,蒙眬恍惚中,她看见那个曾经不可一世的两面怪正在如烟消散。只见它逐渐扭曲变形,消解融化,像棉花糖一样忸怩混乱,像蜡烛泪一样柔弱绵软。它的头上,正冒着一股白烟。那"嘶嘶嘶"的声音,就是它熔解消散时发出来的无可奈何的丧音。

聂心自然心花怒放……

不知过了多久,聂心开始觉得疲倦。她勉力睁开眼,看了看对手,发现对手已经无影无踪。地上,有一摊熔化了的蜡样的东西。聂心觉得自己笑了起来。同时,她感到疲惫不堪。于是,她在胜利的喜悦中沉沉睡去……

第二天,聂心直到快开午饭时才猛然醒来。她想起昨天苦心设计的一切,不禁紧张起来。她记得夜里她发功顺利,也记得不久她就听见"嘶嘶嘶"的声音,更记得她清清楚楚地看见那个曾经不可一世的两面怪一步步地扭曲变形,如烟消散……她回忆完这些细节之后,不由大喜,她确切地知道:噩梦已成过往,她的敌人已经烟消云散,无影无踪,不复存在了。

聂心极度兴奋地哼起歌来。

过了一会儿,聂心看见台历上那个硕大的"五月六日",顿时想起另一个计划来。她赶紧披上外套,跑到走廊上打电话。她先打给大姐聂平,用压低了的声音兴奋地说:"大姐,我成功了,我把他们解决了!"

聂平似乎有些莫名其妙,不过她答应尽快过来。聂心意犹未尽,又兴致勃勃地打电话叫小洪。小洪却明显没有兴致。小洪说:"哎呀对不起,这里正乱着呢,昨天晚上……哎呀,谁还有心思去吃饭嘛!"

聂心好不扫兴。她觉得小洪真不够朋友。不过她倒也很快释然,因为认真说起来,小洪确实不能算朋友,顶多是不错的同事罢了。既然这样,也就不能要求过高了。

聂心正想回房间去,突然想起刚才小洪的话,"这里正乱着呢",这里正乱着——"昨天晚上"——难道……

聂心突然一阵哆嗦。难道,她真的把他们解决了?他们真的烟消云散,无影无踪了?

聂心跑回电话前,颤抖着双手重新拨动小洪的电话。她觉得自己的心快要从心口跳出来了,她必须证实一下,或者说排除一下,否则她就要昏过去了。

电话接通了,不过接电话的并不是小洪,而是一个男人。聂心觉得这个男人的声音有些熟悉,却想不起他是谁。

男人说小洪刚刚出去,上医院了,他们科长昨晚出事了。有什么事明天再打吧。

电话"吧嗒"一声挂上了。这边聂心握着话筒一阵眩晕。她说不清自己是庆幸还是后悔,是高兴还是恐惧。她只是站在那里发呆,好半天,好半天。

直到大姐聂平风风火火地赶到,聂心还没完全恢复正常。她就站在电话前(她打完电话后一直没有动窝)向大姐报告情况,并在宣布那一对男女上司可能已经烟消云散,或者灵魂已经烟消云散,肉体尚在医院苟延残喘后突然放声大哭。她边哭边责骂自己,说自己残忍歹毒,居然用气功杀人,居然在梦里杀人,实在是卑鄙无耻,凶残恶毒,实在该下地狱,受惩罚受煎熬……

聂心激动地哭诉着,全然不顾走廊里渐渐聚集起许多病友,不顾大姐聂平生拉硬扯,想把她拽回房间里去的努力。她哭着,说着,骂着,直到把心里那点事全倒出来为止。

聂平尴尬万分,情急之中,只好使出林科长的手段,向大家连比带画地暗示,她的妹妹疯了,神经出了毛病了。

病友们于是一片怜悯痛惜。在几个男病友的帮助下,聂平总算把妹妹送回房间了。

过了两周,聂心却真的疯了。

那是一个不无神秘的夜晚。那天晚上,聂心正在卫生间洗头,突然停电了。聂心两手托着湿漉漉的长发,正不知如何是好,踌躇之间,突然听见疗养院院长低沉的声音。那个声音说:

"聂心同志,你看谁来了。"

聂心应声从卫生间出来。可是一片漆黑,她看不清来客:就在她将头发往后一甩,努力要认清来人时,电灯突然亮了。聂心猛地发现:在她面前站着两个早就被她杀死的人!这两个人神情阴森,面容诡谲,发长如草,活像刚从地狱里返回来的鬼!

聂心怪叫一声,连头带湿漉漉的长发一起往墙上撞。电灯再次猛地灭了。

黑暗中聂心更加乱箭穿心,更加歇斯底里。她的喑哑散乱的怪叫,令病友们事后好几天了还惶恐惊惧,忐忑不安。

有着低沉嗓音的疗养院院长过了好半天才又出现。她叫来了两个护士,让她们把已经自戕得血肉模糊的聂心按到床上,她自己,则送那两个神秘来客出去了。

第二天,聂心就被转到专治精神病的安定医院去了,据我所知,她至今仍留在那所医院里,天天和电椅、电棒、镇静药为伍。她的大姐聂平偶尔去看她,每次都听见她在喃喃自语:"我不该杀人。我不该杀人。"

(1994年)

一 天

　　早晨,春光明媚。可是将这份明媚春光看在眼里的女人却很想哭。因为她突然伤透了心。她早起本来好好的,受那片妩媚春光的影响她甚至有些兴致勃勃,诗意大发。她决定今天要好好做点事,不再像前几天那样懒懒散散,百无聊赖了。可是她千不该万不该不该突然心血来潮伸手拨了一个电话。她其实也不明白自己拨这个电话有何用意。是想将好心境传给对方?还是突然涌起倾诉的渴望?还是什么都不为,只为惦记那个人,就想和那个人说几句话?电话拨通后,她立刻就后悔了。因为对方显然有些冷淡。她手持话筒,猝不及防同时心有不甘地承受着这份冷淡。她想说几句温存的话,可是话说出口,"温度"却和对方完全一致,不咸不淡,不冷不热。她知道自己无力回天。一向如此。她一向无法控制局面,改变局面。她似乎生来就是"被动式"的,只有顺从,只有"附和"。人家定了C调,她就只能唱C调,人家定F调,她就唱F调。无可更改,也无法打岔。不仅因为性格,还有自尊,还有……还有……她知道还有什么。这只能赖自己。她心里一阵冷过一阵,嘴上却维持着应有的"温度",不咸不淡,不冷不热。就这样电话不算长也不算短地结束了。话筒"啪嗒"一声回到原位。眼泪也"啪嗒"一声汹涌而出。她强按捺着,十分费劲地控制着积满眼眶的水分子。宁可硬吞下去让它们在心里乱窜,也不能喷发出来,落地有声。她只剩下自己好控制了。她不能连这点控制力都没有。她不能如此软弱如此无力。

她竭力控制着自己,那张有些苍白的脸憋得通红。她觉得难过极了。为什么如此冷淡?为什么温情这样容易变调?她想起前几天,前几年,甚至前十几年,那时候她所领受的可都是温存、温馨,甚至是地地道道的柔情蜜意啊。虽然她也许一年见不了他一面,可是只要见面,他带给她的总是亲切温存,总是见心见肺的诚挚与爱意。和他在一起,无论是第一次见面还是多年不见后的久违重逢,她从没有丝毫的陌生、困窘,或不适,和他在一起就仿佛是和自己在一起,一切都是那么放松、和谐、自然。而,就因为这份血缘似的融合,亲人般的情感,多少年过去了,无论她在国内还是国外,见得着还是见不着他,也无论她和他多久没通音讯,她的身边环绕着多少追求者,她从来都没把他排除过。他在她心里永远占据着一个位置,一个最重要、最显赫的位置。而对她这种女人来说,一旦心有所属,无论遭遇什么样的诱惑,机会也好,激情也好,金钱也好,权势也好,便统统视若无睹了。

对她来说,他和他所代表的那份情意,便是一切。

偶尔她也伤心过。因为有时候她会突然觉得对方远没有她这样一往情深。可是每回念头转到这里,她总是很快就避开了。她不愿意做如是想。她更愿意相信他的话。他曾经对她那样耐心,那样温存,那样情真意切。他怎么可能虚情假意？他是那样一个让她历历在目、感念不已的人！

可是今天，在这个春光明媚的早晨，那个让她历历在目、感念不已的男人，却用一副拒人于千里之外的天然冷淡使她伤心落泪（她的眼泪终于还是控制不住，滚滚而下了）。

只要倾听过一次他的温情呢喃，他的火一样的热忱，只要回想一下几天前他们在一起时的如梦激情，你就可以明白如今这份冷淡是多么可怕，多么像利刃一样切割她的心！

她知道自己可以承受的东西很多，比如加薪，比如职称，比如出国，比如升迁之类的得而复失，失之交臂。失之交臂固然可惜，可是她绝不会耿耿于怀，思之心痛。她很快就会把它们置之脑后，抛开不顾，如同不曾发生一样。她有足够的信念抵挡这些（或许这是她迂的地方，但是她真感谢这份迂）。只有感情，只有对那个人的这份感情，是她无法左右，无法抵挡的。不但无法左右，它倒是反过来一直在左右她的。她有时是那么害怕它，觉得它简直像一枚潜伏在她体内的定时炸弹，必须时时小心，处处绕开，否则，不定什么时候就引爆了，而一引爆（比如今天），她就命中注定地无处躲闪，全线崩溃。

眼泪像连绵春雨，潸潸而下。

她无声地哭着，畅快而淋漓。她发现不再压抑自己是对的。她现在心口没那么堵得慌了，那种窒息感终于松开手，放过她了。她一边哭一边回首往事。往事里所有场景都变得飘渺恍惚了，只有那个人的神情，那时而开朗、时而阴郁、时而热烈、时而冷淡的神情，像浮雕一样强烈鲜明地凸现于背景中。

她在他不断变化的神情中突然看见了一样东西，那是以前她不曾发现的。她心里一紧,一阵寒意漫过全身。她懊恼极了。她当然不愿意见到这个。她知道自己无力担当。她闭上眼睛,开始躲避,可是她很快又睁开眼睛了,因为当她闭上眼睛时,她发现往事越发肆无忌惮。

于是她大睁着眼睛,泪眼迷蒙。一片迷离模糊中,那人以一种决绝的姿态,又一次将真实显现。她心痛极了,不由失声呜咽。不,不,不是的,不是这样的,我不信,我不能……她在心里喊着,她本来就不甚健康的心脏猛地抽搐起来。

她不知道这是不是心绞痛,她只知道自己突然冷汗淋漓。她颓然躺倒在沙发上,虚脱的感觉猛地袭来。她突然感到自己多么可怜无助,眼泪再次如雨倾盆。他如果看见她这样痛苦,会怜惜吗?会自责吗?他或许会从此收起那份让她心痛的神情,和她一样真心实意,始终如一?

她苦笑了一下。她知道自己这是心存侥幸。纯粹是一厢情愿,她再次苦笑。她觉得心脏抽搐得厉害。难道她要死了?她慢慢伸出手去,从口袋里掏救心丹。摸索了半天,她才知道自己纯粹是徒劳。那些小药瓶她近来已不带在身上。她不相信自己的心脏如此脆弱。她毕竟才三十三岁。她不相信三十三岁的人会死于心脏病。除非她自己想死——那么,她想死吗?她愿意就这样带着一腔哀痛,长眠不起吗?

她的心口再次疼起来。这次的疼痛如此猛烈,如此无情,几乎是一副欲置之死地而后快的劲头。死神找上门来了?她一惊,顿时生出满腔的不甘。疼痛更加剧烈了,她已经无法再感觉她的感觉了。心口疼也好,心里疼也好,她此刻惟一的企盼是疼痛及时止住,找上门来的死神暂且放开她

（这回她不再盲目自信，以为死神和三十三岁的女人无关了）。而且，她心底突然隐隐升腾起一种渴望，一种祈祷的渴望。她想祷告上苍，祈求上苍再给她一次机会，一次活下去的机会……她现在是那么强烈地想活着、活着……是的，活着多么美好……多么惬意……

她觉得自己如果大难不死，很多事情她都会重新想过，重新抱一种态度了。至少，她绝不会再为不值得的人，不值得的事而骤发心绞痛了。这样令人窒息，让人有苦说不出的可怕的心绞痛！……

电话猛地响了起来。

骤然爆发的铃声在这个陷于困境的女人听来犹如一声惊雷，她微微一颤，想起自己不该这样束手就擒，坐以待毙，她至少应该求救……电话……电话就在身旁的茶几上……它正在大响特响……她急切地伸出手去（可是她的手不那么听话了，它表现出来的倒是哆哆嗦嗦，不无犹豫）……话筒……话筒终于抓在她手里了……

她使出吃奶的力气，对准话筒喊："快，快来救我……快……"

她听见自己的声音喑哑而低沉。

她很幸运，电话是楼下的邻居，富裕的阿方嫂打来的。

闲居在家的阿方嫂为了打发时光，近来加入了仙尼蕾德直销网络，此刻正在家里有一搭无一搭地打电话给有购买力的亲朋好友，推销那套价格极高的仙尼蕾德。阿方嫂没想到她的这个有一搭无一搭，用以打发时光的电话，竟然救了邻居兼女友的一条命。热心肠的阿方嫂听到话筒里传出来的声音大吃一惊，立刻拽上丈夫（他是个医生，这两天正巧休假在家),以及随手抄到的菜刀(她以为女友遭遇的是入室抢劫),风风火火地冲上楼来。阿方嫂和丈夫"啪啪啪"叩门不应,立刻当机立断合力撞开女友的房间。进屋后阿方嫂两口子才知女友黎明原来并未被盗贼劫持,而是可怕的心脏病发作……

看见一向典雅矜持的黎明口唇发黑,四脚朝天地瘫在沙发上,阿方嫂顿时手脚冰凉起来。好在阿方嫂的丈夫是医生,自然临场不乱,镇定自若。他一面叫妻子拨打急救中心的电话,一面给病人实施急救。折腾了好一会儿,病人的口唇终于渐渐返红,渐渐醒转过来。

这时,急救中心的车也到了。

急救中心来的医生指挥阿方嫂两口子以及闻讯赶来帮忙的邻居,尽量平稳地把黎明抬下楼,抬上急救车。临上车时,黎明勉力朝侠肝义胆的阿方嫂微笑了一下,十分吃力地吐出"谢谢"两个字,话音未落,阿方嫂看见如豆的泪珠已冲出黎明的眼眶。

黎明出院的那天,一个突如其来的电话证实了一个尚未证实的事实,这就是,经过这场可怕的生死病痛,她已完成了一次脱胎换骨的变化。电话的确是突如其来的,因为自从入院以来,她从未接到那个人的任何信息,当然首先是她没有也不想和他沟通信息。她的心,她的情感在那天的大恸之后已经"硬化",她无论如何也不想再遭遇那样的失望与巨恸了。她甚至开始考虑她久已拒绝考虑的婚事:在她众多的追求者中,其实早有一个合适的人选,只是因为她多年来一直心有所属,所以对这个殷勤、周到、有节制而且有恒心的求婚者始终视而不见。现在,她觉得这一切该改变了。

就在她决定有所改变的时候,她突如其来地接到了那个引发她心绞痛的人的电话。听见话筒里传出的声音,她居然没有立刻反应过来(短短的一个月里,她已经成功地将他逐出她的世界了?)及至听出是他之后,她的语气骤然冷淡下来。对方似乎没有察觉,仍旧关切地询问她的病情,埋怨她发病居然没有告诉他。当得知她今天就要出院时,那人甚至一反常态,热切地宣布要亲自来接她(她听明白后不由冷笑了一下。他今天怎么不怕太太了?不怕校园里的闲话了?)。直到黎明女士以一种拒人于千里之外的口气斩钉截铁地说"不用费心了"时,他才像被兜头浇了一盆冷水,突然愣住了。话筒里传出一片空白。

黎明当然知道他此刻的感觉。她曾经无数次地领教过这种感觉。只是那时她一叶障目,情迷心窍,失望之下总是替他开脱,为自己解围而已。现在,她算弄明白他们这十几年情意的本质了,也总算明白男女两性在"爱情"问题上是多么不同了。唉,她怎么可能再滋生温柔?

于是黎明女士面对这个曾经让她历历在目、感念不已的男人的惊愕与痛苦(?),潇洒地挂断了电话。挂断电话之后她知道自己的确是脱胎换骨过了。她原来对自己所能达到的冷漠和坚定多少是有些没把握的,现在,她知道自己的确"长进"了。

松了一口气的同时,黎明又隐隐有些茫然。她觉得心里突然空空落落起来,有一种说不出的滋味。罢,罢,罢,想想那场病痛吧,有什么比死神找上门来更让你感慨万千的呢?

不想三天后,黎明接到了一封信。信是那个人写的,黎明女士慵懒地躺在客厅的沙发上,漫不经心地看那封信。看完之后她不能再漫不经心了,她惊讶无语,陷入了沉思。

信里说,他知道黎明对于那次通话时他的冷淡十分伤心,对此他感到抱歉。不过他说,黎明如果知道他当时的情形,一定会原谅他的。当时他的冠心病犯了,刚刚被抢救过来,医生们甚至不许他激动。等到他完全康复,才知道黎明也病了。他祝贺黎明痊愈出院,希望黎明经过这场病痛,能够理解他病中的枯寂心态,理解当时他的那种近乎局外人的落寞与冷酷。而现在,他强调说,现在,他是多么强烈地感到,活着多么美好,爱情多么美好,他感谢并珍惜黎明十几年来给予他的爱……

(1994年)

故　事

安力找到这所房子的时候,她那难得一笑的脸上总算有了点喜气。这是一个十分清静的地方。一座小小的砖房,有院子,有栅栏,院里还有一棵桂花树。安力在桂花树下放了一张黑漆斑驳的旧圆桌,几只旧木凳,并且支起一张行军床,这个地方便成了一个不错的休闲之所。安力常常带着女儿星光呆在树下。女儿画画、看童话,安力则在纸上涂涂抹抹,勾勾画画,有时思索,有时发呆。

安力近来情绪不很稳定。她是一家晚报的高级记者,同时还是一本颇有影响的杂志的客座主编。一个月前她刚刚被她那经商的丈夫抛开。她的丈夫和她一样相貌不佳,当年他们在即将跨入三十五岁的时候(他们两人凑巧同年)终于以心相许,决定缔结连理,患难与共,就是因为他们同样为外貌所累。安力皮肤粗糙、身材壮硕,长相酷似男人;而她的丈夫则矮小委琐,虽然也是大学新闻系出身,相貌体态言行举止却更像一个开杂货铺的店小二。

安力没有想到有一天这个店小二会把她像扔一块破抹布似的随手扔开。虽然她也早就对他不屑,但一想到这个比她还矮,比她还丑,一天到晚只惦着赚钱,也只会赚钱的店小二居然先下手把她扔了,她就怒不可遏。

所以暑假一到,她就带着女儿离开省城,来到这个依山傍水的小镇,租了这所房子住下。她要好好想想。她绝不会让那个店小二从此轻松自在、逍遥惬意的。新闻圈里的人都知道安力可不是好惹的人。

女儿星光从屋里跑出来,两手捧着一个很大的、灰乎乎的东西。

"妈妈,我在壁橱里找到的,我可以玩吗?……"女儿有些怯怯地说。

安力看清那个灰乎乎的东西原来是一个发乌发锈、年代久远的布娃娃,不由火了。

"给我扔了!你没看它脏兮兮的全是灰尘吗?——你再到处乱翻小心我打断你的手!"安力克制着没把手里的杂志朝女儿砸去。

"可是我要……玩……"女儿虽然有些害怕,却以她一向的执拗保护着手里的娃娃。

"我叫你扔,你听见没有?"

"不,我不扔,我要她……"星光的拗劲儿彻底上来了。

安力气坏了。在她心境好的时候,她都很难容忍女儿的执拗,如今她心情如此恶劣,她简直气疯了。

安力把杂志朝女儿手上砸去。女儿却早有准备,稍稍一闪便躲过去了。同时,她把怀里的布娃娃抱得更紧了。安力再也无法控制自己。她跳起来,冲到女儿身边,一把抢过布娃娃,猛地一扔,扔到院外的林子里去了。

星光哇哇大哭起来。安力更火了,她抬起手,照着星光那张酷似其父的脸,狠狠抽了下去。

星光的哭声戛然而止。

星光是一个奇特的孩子。有时她的坚韧、执拗能把她的母亲气疯,有时她又进退有节,当止则止。

好长一段时间以来,星光就沮丧地发现,母亲越来越容易震怒,越来越喜欢暴跳如雷了,留给她任性、耍耍小脾气的时候越来越少。这使她那本来就少得可怜的快乐时光越来越少。她不得不常常戛然而止,无论是在兴奋的当口,还是在悲伤的时候。

此刻星光就很识时务地停止悲哭。她将满腔的伤心与愤怒强压下去,只用几下无声的抽噎来安慰自己。她偷眼瞧了瞧母亲,发现母亲怒容未消,就赶紧抬起手来抹眼睛。她大概想尽快将泪痕擦干,好让母亲息怒,可是她忘了她的手是黑的了。于是,星光的脸成了一张黑黑白白的大花脸。盛怒未去的安力一见,满腔的愤怒顿时化作一份辛酸。她越发恨起那个店小二似的男人来。是他把她弄成这样:兴味索然,动则震怒,连跟这样半小不大的孩子也生起气来。她觉得自己再不行动,就要气疯了。

夜里,安力被一种窸窸窣窣的声响弄醒了。她睁开眼,借着窗前的月光,不无惊愕地发现,她的女儿星光正在蹑手蹑脚、梦游似的朝外边走去。安力正想发火,突然"梦游"这两个字提醒了她。莫非女儿是在梦游?安力只好按下火气。她知道梦游是不能弄醒的,弄醒后梦游的人准要吓出毛病来。她的麻烦已经够多了,她可不想再弄出个疯癫女儿来。于是,安力静候女儿的行动。只见女儿微风一样地飘到大门口,轻轻拉开门,然后又微风一样地飘了出去。安力只好爬起来,跟在女儿后头。她不明白女儿要干什么。

星光走到院子里,来到桂花树下。安力看见星光蹲了下去,月光照在她的脸上,她那苍白的小脸现出一份惊喜。"你好吗?"安力仿佛听见星光在喃喃细语。然后,安力看见星光站了起来。

星光又像风一样地飘动起来。这回,风是向外飘的。安力看见星光居然打开栅栏,径直走了出去。安力只好跟上女儿。星光无声无息地走着,一直来到栅栏外的那片林子里。

星光踅进林子,弯下腰,就着月光在地上寻找什么。那副懵懂劲儿,一看就知道是在梦中。安力终于明白女儿是在找布娃娃,下午那只灰突突的布娃娃就是被她扔进这片林子的。安力对女儿的这股拗劲儿实在恼火,她差点儿忘了女儿这是在梦中,而重新对她嚷嚷起来。

安力只好再次提醒自己,而听凭女儿去找那个脏兮兮的布娃娃。星光在林子里转了一会儿,终于找到了布娃娃。安力看见星光以一种喜不自禁的表情,将布娃娃紧紧抱在怀里,然后,重新飘了起来。安力只好闪到树旁,让女儿照原来的路线飘回去。

回到院子里,星光又来到树下。她把布娃娃轻轻放在地上,重又喃喃细语起来。安力有些不耐烦了,这样没完没了的,要折腾到什么时候啊?安力正在考虑是否冒险把女儿叫醒,女儿星光却站了起来。"再见!"安力清清楚楚地听见女儿在和谁道别,不禁吓了一跳。

星光轻车熟路地回到屋里去了。安力也跟着进了屋。她反身把门插上,想了想,又搬来一张条凳,将门顶住。回到卧室,安力看见星光已在自己的床上安睡如常,嘴角还带着一丝笑意,不禁皱了皱眉。但愿明天别再来这一套,安力心里想。

整个下半夜,安力都失眠了。

第二天早晨,安力早早就爬了起来。一夜失眠,安力觉得头痛欲裂,可是躺在床上翻来覆去,她觉得更加不堪。所以,她索性起床,来到院子里。她从来都是体壮如牛的,她相信新鲜空气很快就能使她的头痛止住。

坐到桂花树下,左侧空地上的布娃娃立刻跃入眼帘。安力想起昨晚那一幕,不禁再次皱眉。

安力对女儿不满其实已经好几年了。自从那年安力和丈夫大吵了一场,夫妻关系从此恶化以后,安力就发现女儿原来那么像她的父亲。安力原本就不是一个温情的母亲,这以后她对女儿就更加恶声恶气了。有时她也觉得自己有些过分,星光到底是个孩子,可是她一看见女儿那张酷似其父的脸,气就不打一处来。那个店小二实在太让她恼火了。

何况,星光跟她父亲的关系从来都比跟她亲密。那个店小二卑劣委琐,可是父爱倒是挺足的。星光跟他在一起总是笑声连天,活像一个万物皆备于我的公主。安力每次看见女儿骑在店小二背上像骑着一匹马,听见女儿在马背上发出的笑声像银铃一样叮当乱响,心底的怨恨就油然而生。

这也是安力离婚时坚持要女儿的原因。安力其实巴不得没有小孩(自从她有了孩子以后,她就发现小孩讨厌透了),可是她知道店小二离开女儿不会好受,就坚持女儿应该归她抚养。为此店小二对离婚的事犹豫再三,一拖再拖,甚至曾经想到放弃,最后是在听了一个朋友的建议后才终于提出离婚。那个朋友对他说,只要有钱,女儿跑不了,何况女儿跟他感情如此之好,等她稍大一些,再找个岔子提起诉讼,从安力那儿把女儿夺过来易如反掌。后来有人把那个狐朋狗党的主意透露给安力了,安力听了恨得咬牙切齿。

想要我的女儿,哼!

安力想自己好歹也是个人物,主编且不说,光是知名记者这一条也足以保证女儿攥在自己手里,所以,她对店小二及其狐朋狗党的美梦只是嗤之以鼻。

不过,想到如今的人心不古,世风日下,安力就不由得要丧失信心。如今是什么都可以用钱买了,焉知到时候审判员不会被他收买?人民代表不会被他收买?

果真那样,安力可就大败而归了。不,果真那样,安力宁可把女儿杀了,也不会让店小二称心如意。

把女儿杀了?

安力被自己这个念头吓了一跳。是的,把女儿杀了。你就彻底报复了那个店小二。安力怀疑自己还在梦中,和女儿一样也在梦游,这太可怕了,居然冒出这种念头。安力几乎要相信同行们对她的攻击有几分真实了。同行们常常在背后指指戳戳,说她是凶狠阴毒的女人。

安力不承认自己是个凶狠阴毒的女人。她固然不苟言笑,固然不喜欢小孩,固然做起事来有点不管不顾,只图一时之快,可是她心里并不缺乏温情。比方近来对西玲,她就常常爆发出一种温存友爱的冲动。

她自己也有点奇怪,不知为何近来对西玲的喜爱与日俱增。一见到西玲那秀丽玲珑的样子,她就觉得高兴,有时甚至很想拉拉她的手,拍拍她的脸。要不是考虑到西玲只是她手下的一个小编务,身份不对,她会经常请她一起吃饭,一起去听歌剧的(其实她对这种附庸风雅的事向来很讨厌,只是猜想西玲大概喜欢,所以才有这种想法)。她觉得自己真是见鬼了。

难道这就是同性恋?难道自己确有同性恋倾向?果然这样,同性恋也没什么大不了的事。娇小玲珑的西玲比起那个卑劣委琐的店小二,可是让人愉快多了。安力想到这里,脸上不由露出点笑意。

正在这时,星光醒了,她一边揉着惺忪的睡眼,一边迈过门槛走过来。

安力又皱起了眉头。不仅仅因为星光那张酷似其父的脸,也因为星光出现得不合时宜。她正在想关于西玲的事,星光却懵懵懂懂地走了过来。安力觉得十分扫兴。

星光刚在安力身旁坐下,就发现了左侧空地上的布娃娃。她惊喜万分,立刻跑过去把它抱起来。安力斜了她一眼,不耐烦地说:"去把它洗干净!去!"

星光感激不尽地找水去了。安力看着她的背影,狠狠地叹了口气。

吃午餐的时候,星光想起了昨晚的梦。"我梦见一个女孩,她很漂亮。她在花园里叫我(星光总是把院子叫做花园),我就去和她玩……她很爱她的布娃娃,叫我帮她找回来……可是,我忘了是不是找到了……"星光看安力心不在焉的样子,就壮着胆子将她的梦说了出来。

安力随便"唔"了一声。星光看她确实没在听,就很高兴地趁机自说自话下去。"她说她没有妈妈,也没有小朋友,她叫我每天和她玩。我答应了……可是,我怎么去找她呢?"星光抬起头,看看四周,疑惑地说。

安力听见女儿最后一句话,顿时明白女儿是在说她的梦。"找谁?你碰见谁了?"安力问女儿。

"我不知道她叫什么,她是一个女孩,她很漂亮,还有,她没有妈妈。"星光看到母亲没有斥骂她,十分高兴。

"别犯傻了,那只是个梦,你找不到她的。"安力听完女儿的梦,松了一口气。她想晚上可以睡个安稳觉了,这讨厌的孩子不过是在做梦。

不想到了半夜,星光又窸窸窣窣地起来了。安力睁开眼,看见星光又像微风一样地往外飘,心里真是恼火。她睡意正浓,可是这讨厌的孩子又要故伎重演,安力真想不顾一切把她叫醒算了。可是星光已经到了门口。星光打开门,轻轻飘了出去。安力只好叹口气,随她去了。

安力翻个身,继续睡自己的觉。可是毕竟星光跑出去了,她睡得并不踏实。不一会儿,她又醒了,想了想,只好爬起来。万一这个鬼孩子跑到外头去,失足掉到河里,不是又有事做了?

安力走出屋子,看见星光倒是没跑远,她仍旧趴在桂花树左侧的空地上,又在煞有介事地喃喃细语。月光下,那个布娃娃躺在那里十分醒目。

安力看见女儿分毫不差地重演昨天的故事,料定她不会跑远,就反身回屋里去了。她躺在床上,想重新入睡,可是思维又像昨天一样骤然活跃起来。安力没办法,只好任凭自己胡思乱想,一会儿店小二,一会儿星光,一会儿西玲地胡乱跳跃。但是她心里窝火极了。

星光过了好一会儿才回来。当她窸窸窣窣地飘回床上去的时候,安力强忍住自己,才没把女儿从床上拽起来。

不过,她决定第二天立刻带星光去看医生。

第二天早晨醒来的时候,安力已经改变了主意。她决定先不带星光去看医生,观察几天再说。只要星光不跑到外边,不失足掉进河里,梦游就梦游吧。安力记得很多小孩都梦游,她自己小时候好像也梦游来着,也没出什么意外。何况这种小地方不会有什么好医生,还不是随便开点维生素、镇静药什么的。安力甚至觉得这种小地方有没有维生素都值得怀疑。总之安力经过一夜的胡思乱想,早晨醒来便越来越觉得与其大惊小怪,不如顺其自然,说不定明天这讨厌的孩子自己也不愿这样半夜乱跑了。这样想清楚后,她似乎情绪安定了许多。她觉得晚上即使星光再起来,她也不会再被她弄得整夜失眠了。

当天晚上星光又一次窸窸窣窣把她弄醒时,安力果然安之若素。她只是睁开眼睛看了看女儿,立刻就又沉沉睡去。星光何时回来,有没有发出动静,她都一概不知。她只是第二天早晨醒来时,看见女儿星光安然无恙睡在她的小床上。

安力说不清一早醒来看见女儿安然无恙天真无邪是什么感觉。

她只是隐隐地有一份失望,同时夹杂着对明天、后天、大后天的期望?

不过星光倒是发现母亲突然变得和蔼许多。起床的时候,星光向母亲问早安,母亲也不再像过去那样只是随便

"唔"一声了,她居然认真地回了一声"早上好",这使星光既欣喜又有点受宠若惊,她惊奇地看了看母亲,心里真是高兴。吃早餐的时候,母亲也不再恶声恶气地要么催她,要么嫌她喝粥出声了。母亲甚至还替她剥鸡蛋,把椒盐替她撒在鸡蛋里,而这以前,大概从她两岁以后吧,她就一直是自己吃饭的。无论她是烫着了,还是把汤洒了一地,母亲都是从来不管的,只会伸手给她两巴掌,或者边忙不迭地做事,边恶声恶气地训斥她。星光听惯了母亲的恶声恶气,今天母亲和颜悦色,她除了受宠若惊之外又隐隐有些不安。她不知道母亲的和颜悦色后面会不会藏着更大的怒火。

安力似乎也发现了女儿的不安。她觉得这孩子真是古怪。你对她厉害的时候她有时候又拗又韧,你对她好一点她倒显得怯生生起来。这么点孩子就让你捉摸不透,你还有什么可以琢磨的呢?

说到琢磨,安力觉得确实没什么好琢磨的。人算不如天算,老天要灭你,你怎么会算你也躲不过去;老天要成全你,你怎么糊涂你怎么有福。无为而治,一切都顺其自然吧。

安力如今只是有些后悔以前对星光过于厉害了。她在想"凶狠阴毒"这四个字是否真的和她有点关系。为什么她以前不能对女儿和颜悦色一些呢?

从那以后又过去一个星期了。星光每天晚上一到十二点半就概不例外地窸窸窣窣起床,清风一样地飘出去,好半天,才又分毫不差地风一样地飘回来。安力刚开始十分放心,知道星光起来了,眼皮都不睁一下的,翻个身继续睡自己的觉。可是四天、五天、六天、七天,安力每天早晨醒来都看见女儿星光安然无恙地躺在床上,心里的感觉就开始复杂起来。她渐渐有些不耐烦起来。她觉得星光这样迷恋夜间的游戏实在有些过分。她已经是六岁的孩子,不出意外的话,暑假一过就该上小学了,可是她还这样疯疯癫癫,神经兮兮,无论什么一玩起来就上瘾,实在是不成样子。安力觉得自己近来过于娇惯她了,再这样下去,星光变坏了不说,自己的身体、神经都要被她拖垮了。

安力决定再过两天,星光如果还不改掉她那讨厌的夜游毛病的话,就带她去看医生。

自然,安力下意识里知道,她的女儿星光是改不掉那讨厌的夜游毛病了。

第三天上午八点刚出头,安力果然带着女儿星光叩响了小镇上惟一的中医诊所的门。

说是诊所,实际上就是中医师的家。一间十几平方米的客厅,摆了几把椅子,一张桌子。桌子上放着两个号脉用的小枕头,旁边有一摞《实用中医学》、《药典》之类的书。这就是镇上惟一的诊所了。

一个护士模样的女孩招呼她们坐,说老医师一会儿就来。

安力巡视这家简陋的诊所,对那位尚未露面的"老医师"充满了怀疑。

等了一会儿,老医师从里屋出来了。安力一见,大吃一惊:老医师白发飘飘,精神矍铄,看上去有八十多岁了,可是气色很好。

星光怯生生地走过来,让老医师号脉。安力把女儿梦游的症状摘要跟老医师说了一下。

老医师似乎有些吃惊,他撂下正要开药方的笔,问安力:"你们住在哪里?"

安力回答之后,老医师那有些浑浊的眼睛似乎闪烁了一下(安力觉得颇像昏暗的天空划过一道闪电),沉吟半晌,老医师说:"这就是了,那屋里原是有过一个小姑娘的。"

"什么小姑娘?"安力想老医师是糊涂了,找他看病,他却扯出什么小姑娘来。

老医师示意那个小护士把星光带到外面。星光出去之后,老医师才告诉安力:那座小院五十年前住过一户人家,那户人家也有一个六七岁的小女孩。

"那又怎么啦?"安力还是不明白这和星光的病有什么关系。

老医师长叹了一声,告诉安力,那小姑娘后来失踪了,不明不白地失踪了。

老医师还说,他之所以对这件事记忆犹新,是因为小姑娘失踪后那个做母亲的大病了一场。那期间他每天都去那户人家出诊。"那个妇人秀丽文雅,楚楚动人,我那时年轻,几乎要爱上她了。"老医师不知是调侃还是真的动情,总之是回到往事里去了。

"您说那家只有母女两人?"安力问。

"不,还有一个男人,据说是女孩的继父——也有人说,那是那个妇人的姘头。究竟是什么没人说得清,只知道不是女孩的亲生父亲,因为他们是外来的,又从不和镇上的人来往。"

"是这样……"安力觉得这件事显然蹊跷。

"小姑娘失踪后,那个妇人精神恍惚,整日以泪洗面,那个男人倒没什么，唉，毕竟不是亲生父亲哪。"

安力倒没有老医师那么伤感，安力说："他们没有登报吗？登寻人启事呀，也许能够找到。"

"登了，还是我帮着张罗的，他们俩对此好像都没有信心……不过，他们是对的，毫无效果。"

"后来呢？"

"后来妇人的病好了，他们就走了，走得远远的了……听说去台湾了。"老医师似乎不胜惆怅。

安力则渐渐有些不耐烦了。她是带女儿来看病的，不是来听故事的，可是这老头对五十年前那个小姑娘显然比对星光更关心。安力觉得说不定还得自己弄点镇静剂给星光吃。

老医师好像看出了安力的心事，"别着急，这就开方子。"老医师说，提笔开起药方来。

老医师的药方开得很慢，他似乎在琢磨什么，或者是对那件往事意犹未尽。沉吟了半天，他才将方子写好交给安力。

安力向他告别的时候，老医师又踌躇了一下，说："三服药吃完，如果还不见效，或者应该看看桂花树下到底有什么。"

四天以后，安力早晨醒来看见星光经过夜半游戏，此刻正安睡如常，不禁生出一种既滑稽又尴尬的感觉。她想老中医也罢，她自己也罢，都觉得多少可以改变星光，可事实上星光却不受任何支配，她只是按照自己的轨迹日日运行。安力想，或许人人都是这样，都以为自己在挣扎，在反抗命运，事实上只是在日益接近自己的命运，完成自己的命运而已。

不过安力倒是想起了老中医最后那句话。看看桂花树下到底有什么。老中医这句话说得有些犹豫,又有些神秘。桂花树下能有什么呢?有什么又和星光的病有什么关系呢?

独自吃过早饭,安力突然决定不妨找找桂花树下有什么。

安力是个意志坚决、体格壮硕的女人,所以她说做就做。她找来一把旧铁锹,把树下左侧空地上那个布娃娃一锹挑开(每天早晨布娃娃都非常醒目地躺在那里),然后开始发掘地下。她动手之前就已经把桂花树下这几个字琢磨了一遍,她认为在这个别无他物的空地上,所谓桂花树下指的就是地底下。

总之在这个夏天的早晨,安力趁着女儿星光还在床上酣睡,一锹一锹地挥舞着铁锹,想把地表下的藏品掏出来一睹为快。不过她一边挥汗如雨,一边却也在嘲笑自己:住在这么个鬼地方,挺明白的人也变得神神鬼鬼了。

安力觉得最好挖出来一堆空气,那么就可以去向老中医报告了。老中医总不能建议她再向别的地方发掘吧。

安力一边时而嘲笑自己,时而嘲笑老中医,一边一锹一锹地挖着。天气炎热,她那壮硕的身体活像个小喷泉,汗出如雨。安力怀疑自己是不是相当愚蠢,不过她很快就安慰自己说:权当减肥吧,既锻炼身体,又解开疑团,有何不好?

安力很快就知道自己并不愚蠢了,因为她的铁锹此时触着了什么,安力顿时有一种过电的感觉,她那一向坚强的神经不由得一激灵。她高度兴奋起来,铁锹一锹一锹雨点般地落到那神秘的藏品周围。

藏品很快被起出来了,安力一见,顿时毛骨悚然。

那是一具棕色的小棺材。

尽管安力一向神经坚强,意志坚决,但她终于还是没敢自己动手把棺材启开。她托过路的行人带信给老中医,请他尽快派人来,或者去把治安人员找来。

老中医很快就派家人来了,他们同时还带来了老中医珍藏的当年的寻人启事(启事上有有关资料)。治安人员也闻讯赶来。棺材启开时,老中医也颤颤巍巍地赶到了。

鉴别后的结果自然不难猜到:棺材里躺着的,正是五十年前那户人家失踪的小女孩。

当天下午,安力就收拾行装带上星光回省城了。星光恋恋不舍,她对那所小院充满了感情。临行前,安力为了让她扔掉那个布娃娃,不得不又抬手给了她两巴掌。星光哇哇大哭着和小院告别。这次她可不再进退有节,当止则止了,她呜呜咽咽地一直哭到轮船开出码头好远。

令安力女士感到欣慰的是,女儿星光回省城后再也没有犯过夜游的毛病。

(1994年)

梗　概

　　有一天,我骑车路过一个售报亭,劈头看见报亭上方悬挂着一本新刊物。那刊物十分醒目,苍白的封面上,印着一个笑眯眯的大胡子老头,下面是四个五彩缤纷、滑稽有力的大字:幽默大师。我一向不爱看这类东西,总觉得这种东西浅薄喧闹,可是这一天却邪乎了,我居然就下了车,直奔那刊物而去。不等售报人腾出手来,我已经急不可待地把它从挂绳上扯下来,翻都不翻一下就交了钱。然后,我喜滋滋地带着它去学校接女儿,接完女儿,我们俩就喜滋滋地回家了。

　　回家以后,我忙着洗菜做饭,洒扫清洁,一时竟忘了它。而且,更加好笑的是,与我购买时急不可耐的情景相对照,我居然一忘就是二十多天。二十多天里我很潇洒地将它扔在角落里(那个地方总是堆着成堆的各地寄来的各式报刊)。我忘了它就像忘了一个仓促流产的尚未成形的胚胎。

　　直到有一天,七岁的女儿不知怎么突然将它翻了出来。

　　女儿捧着落满灰尘的《幽默大师》,喜不自禁。她时而"咯咯"地笑,时而"扑哧扑哧"地吹气,过了一会儿,又挤眉弄

眼,哼哈有声。我被她的异常所吸引,也过来看个究竟。女儿却慌忙把刊物藏到身后,一边用那只空着的手推我,一边嚷嚷:

"妈妈走开,走开!这是我的!"

我只好罢手。

我这个孩子性情有些特别。通常她都是大方的,无论吃的、用的,还是她珍爱的玩具,她都很少有"独霸欲",总还乐意与人共享,但一旦她想独霸某物了(那一定是十分特别的),你若和她争,她能不依不饶地跟你斗到底,直到你精疲力竭,不得不让步为止。所以遇到这种时候,我总是不再坚持。

我想到了晚上,她上床了,我总归是能看的。

不想到了晚上,孩子也上床了,我又把这事忘得一干二净。我坐在躺椅上,一边随便地瞭着电视,一边渐渐就睡眼迷蒙起来。

第二天,女儿上学走了,我打扫房间时,才又想起它来。我赶紧去翻女儿的抽屉,可是找遍了每个角落,就是见不到那本《幽默大师》。我想孩子大概把它带到学校去了,正想放弃,突然听见一阵古怪的笑声。我抬头,看见那位尊敬的幽默大师原来端坐墙上,正探头探脑,朝我做鬼脸呢。我惊诧之至,不由失态。我说你是谁,怎么在这里装神弄鬼?

我想我的声音一定十分难听,因为那位幽默大师一听我开口就皱起眉头,一副不堪其扰的样子。我当然不管这些。我的惊恐又有谁管呢?我继续恶狠狠地朝他嚷。我说你如何跑到墙上去的?你这么胡作非为,呆会儿我孩子回来不得大受惊吓吗?你不过就是一本刊物,你怎么敢在我家里……

我正要继续羞辱他,却突然像噎住了一样,只剩目瞪口呆的份了。因为这位幽默大师,这本离奇的刊物,在饱受我羞辱之后,正大摇大摆、派头十足地从墙上走下来。他边走边略带嘲讽地瞭瞭我,仿佛我是一个少见多怪、不知好歹的家伙。

他心闲气定地在桌边的圈椅上坐下来,挥挥手,似乎是示意我送茶来。我呢,居然也就身不由己地动作起来。我殷勤地沏上一壶上好的龙井,谦恭而有礼地倒了一杯递给他,然后,像个仆役一样默默地端立一旁,等候他的吩咐。

我那种怯生生、不知所措的样子一定让他觉得好笑,因为他突然开怀大笑起来。

"来来来,坐下,坐下,你刚才那么凶,怎么这会儿又这样胆怯了?来来来,坐下,坐下。告诉你,我不是魔鬼,不是怪物,我是,嘿嘿,我是你们当中的一员。"

我更加惊愕了。这位幽默大师不仅会上墙,会下地,会冷笑,会示意,而且会说话!会说这样准确无误、得体幽默的话!

我的惊恐一定让他觉得更开心了,只见他端起茶杯呷了口茶,更加满面春风起来。

"好吧,我把我的秘密告诉你,因为我对让你惊恐于心不忍。不过,你可不能外传噢。"

从此,我的家里就多了一个隐性成员。我不再害怕他了,也不再诚惶诚恐地礼待他。我亲切地,带点幽默意味地叫他大师,我的孩子则叫他大叔。而且,非常奇怪的是,他只在我和我的孩子面前显现,也就是说,只有我和我的孩子知道他的存在,我的丈夫,以及经常出入我家的我的亲戚们则对他一无所知。

我常常忍不住要赞叹孩子惊人的理解力。当那天孩子放学回家,突然发现幽默大师从她刚刚打开的《幽默大师》里微笑着坐起来,以一个有鼻子,有眼睛,会说话,会发笑并且长着一把大胡子的大叔形象出现在她面前时,她没有丝毫的害怕和惊慌。她惊喜之至,而且觉得这最自然不过。她惟一不满意的地方是,她无法随时随地让这位她喜欢之至的幽默大师出来。换句话说,这位神奇的幽默大师不受控于任何人,无论你待他友善还是敌意,好还是不好,他总是我行我素,想显现就显现,想逃遁就逃遁,绝对无法可依,无迹可寻。

不过我和孩子渐渐发现,至少每回家里有重大事情的时候,幽默大师准不会袖手旁观。他总会适时地从他那长方形躯壳里坐起来,乐呵呵地或嘲笑或调侃,或津津有味地炮制馊主意、歪点子,让我们在哭笑不得之后不得不佩服他那可爱的想像力。

比如那天,我和先生因为一点鸡毛蒜皮的事吵了起来(读到后面你就会知道为什么我在家里如此烦躁不安)。起因的确小得不能再小,可是所引爆的却大得不能再大。他暴跳如雷,我声嘶力竭,我们两个人的吼声大得差不多可以把房顶整个掀掉了,可是彼此还火气未消,不依不饶,大有不吼个水落石出大获全胜决不罢休的劲头。正在不可开交之际,那位可尊敬的幽默大师出现了。他笑眯眯地走到我面前,手里比画着一把刀,边比画边一脸真诚地问我:

"要不要我把他杀了,替你出气?"

我一惊,顿时如梦初醒。

我感激地看看他,示意他我已清醒。然后我转向先生,对他说:"行了,算你对,上班去吧。"

先生被我的高姿态弄糊涂了,他那张气呼呼的脸顿时变得惶惑不解,他瞪着我说:

"不吵了?"

我笑起来,说:

"不吵了。走你的吧。"

先生一脸疑惑地走了。一场大战就此结束。

晚上,先生下班回来,进门后第一句话就是:"上午怎么回事?哪根弦接错了?"

我笑笑,说:

"弦倒没接错,就是那根愤怒神经突然被人拔掉了。"

先生乐起来,说:

"谁这么有本事?请他来,我得谢谢他!"

我一来情绪,就忘了幽默大师的嘱咐,我指指桌上那本刊物,正要把我们家的新成员和盘托出,幽默大师却突然出现在我面前,他揪揪我的耳朵,用一种鬼鬼祟祟的声音对我嚷:

"你是一个不守信用的家伙!我要把你打包寄到西半球去!……嗯,我看你可以……"他松开手,后退一步端详我,"我看你可以卖五美元,你值这个数。"他肯定地说。

我赶紧连连告饶。我说我是一时糊涂,我说我再不糊涂了。我甚至说我如果再犯糊涂,甘愿受罚。

"罚什么?"幽默大师狡黠地看看我,"罚一个月不许见孩子?"

我只好诺诺。我说行,就这么定了。

幽默大师这才满意地走开。

先生却狐疑起来。先生说：

"怎么回事？你在那里嘟囔什么？"

"哦，没什么，我在想一件事……我，我，哎，你忘了我有自言自语的习惯了？"

有一天早晨，我表妹急如星火地赶到我家来。一进门，她就迫不及待地放声大哭。我吓了一跳，连忙问她怎么回事。她歇斯底里地哭了半天，才慢慢把事情讲开来。

原来，她的丈夫这两年经商发了财，就渐渐吃喝嫖赌起来，甚至在外头养了情妇。她以前虽有耳闻，却总不大肯相信，总是心存幻想，希望这不过是一种流言。她甚至连问问他的勇气都没有，不仅仅怕唐突，更怕不幸被证实。她就这样一边继续伺候丈夫、照顾孩子地操劳不已，一边提心吊胆，生怕不幸从天而降。

可是不幸还是降临了。

昨天晚上，她的丈夫跟她摊牌了。那男人明白无误地告诉她，他对她已毫无情绪，并且他还另有所爱，所以他已不能和她继续婚姻关系了。

我的表妹目瞪口呆。她愣了半天也没回过神来。她就那样呆呆地瞅着丈夫，连质问，连埋怨，连哭泣的心思都没有。

那个男人倒也乖觉，一见这场面赶紧往回收。"你要不愿意离就算了，算我没说，算我没说。"一边说着，一边就借口到公司处理一桩业务，溜了。

可怜我表妹一夜愣怔，一夜无眠，思来想去都是苦涩和哀怨。她憋了一肚子恨,一肚子火,可在那个如今已成尴尬的家里,她却一声也哭不出来。直到进了我家,她才"哇"的一声把全部的委屈倒了出来。

我正不知如何安慰她,幽默大师已闻讯驾到。他拍拍我的肩,示意我不要多嘴。然后,他居然就借我的嘴和我的表妹说起话来。

我的表妹嘤嘤饮泣,一副孤单无助的可怜样,而他居然还和她开玩笑。

他说:

"嘿,别哭了,你该高兴才对……你马上要成为富婆了。"

我瞪了他一眼。而我的表妹却一愣,抬起头瞪了我一眼。

(我过了三秒钟才反应过来,明白我的表妹瞪我是有道理的。她听见这话是从我嘴里发出来的,当然以为是我说的。)

我赶紧张嘴要补救,却哭笑不得地发现,我想说的说不出来,不是我的一堆话倒像泉水一样"咕咕咕"地直往外冒。

我听见"我"在说:

"别不爱听,你好好听着:你原来好像什么都有,有钱,有家,有丈夫,可实际上你什么都没有。钱、家、丈夫,都不是你的。现在,你的机会来了。你丈夫要离婚,自然得给你一大笔钱,有了钱,你自然有家、有丈夫,嘿嘿,还是新的呢(听到这里,我又瞪了他一眼,他则乐呵呵地朝我做了个鬼脸)!你哭什么?快回家和他谈判去吧!……记住,要五百万,至少五百万,少一个子儿也别签字!"

更加奇怪的是,我表妹是多么贤良古典的人,我原以为她会对这通谬论大摇其头,大光其火,甚至拂袖而去的,不想她愣了愣神,居然听进去了(真是怪事)。她沉吟了片刻,竟然感激地对我说:

"表姐,没想到你这么有见地。我原以为你要劝我忍耐,劝我睁一眼、闭一眼的。我这就回去。我想,我想你说得对。"

我的表妹就这样毅然决然地回去处理她的婚姻危机了。

她一走,我立刻不客气地对那位可敬的幽默大师嚷嚷起来,我说:

"你怎么这样?你这不是拆散人家家庭吗?而且你多可恨,你居然借我的口'以售其奸'!还有,你知道人家有多少钱,你教她要五百万,要不来怎么办?你怎么这样瞎闹啊?"

"你就放心吧,女士,错不了,她丈夫公司每年的纯利润五百多万,换个老婆只用掉一年的利润,他拿不出来吗?"

我目瞪口呆。我说:"你是鬼啊,怎么这数字你都知道?哎呀这还了得,你不是可以去干克格勃了?"

"你又糊涂了,女士,克格勃早已完蛋了,难道你连这个都不知道?……我真替你脸红啊。"

我的脸真的红起来了。不过不是因为他的话,而是一想到这么一个神通广大、出没无常的家伙住在我们家里,我的心就怦怦直跳起来。

我表妹一个月后就顺利地拿到她的五百万,潇洒地离了婚。这事儿常常让我觉得不可思议,不得不承认幽默大师除了已知的本事外,一定还另有神通。因为我表妹原本是那样拘谨、愚钝、嫁鸡随鸡的,幽默大师的几句话居然就让她的人生态度来了个一百八十度大转弯。她不但拿了五百万,她还让她的丈夫"良心发现",把房子给了她。那套高级公寓据说价值在八百万以上。

那天我正坐在我表妹那套高级公寓的客厅里喝茶,突然接到家里的电话。电话是我大嫂打来的。我大嫂那低沉的声音让我吓了一跳。她告诉我,我的大哥在单位遭人算计,一时愤慨,喝了过量的酒,差点送了命。现在虽然抢救过来了,但是他的情绪阴鸷得可怕。我大嫂束手无策,她要我尽快回娘家,劝劝我大哥。

放下电话我突然觉得有一种悲哀猛地袭来。我想我非常理解我的大哥,理解那份愤慨,那份绝望。我们家的人大都老实厚道,所以也大都是受气受欺的主。当我们被耍弄、被欺侮到极点时,我们的过激反应,也往往是自戕,而不是还击。

我急如星火地赶到娘家。一进门,就发现我的嫂子在暗自饮泣。看见我,嫂子的一肚子委屈就像瀑布一样倾倒而下。嫂子哭诉了半天,我才明白,大哥在苏醒之后居然仍不醒悟,他趁嫂子不备,又一次企图自戕。

"你说他怎么这么窝囊,被人欺负不去还手,倒回头跟自己过不去!他不想想自己,他也该想想老婆孩子啊!他可是男人啊!他怎么就这么窝囊啊!"我大嫂说着,又呜呜咽咽哭起来。

我一时无话可说。我太知道大哥这种性格了,他的厚道其实也就是懦弱,他们单位的人就是看准了这一点,才肆无忌惮地欺负他的。

我走到大哥的床前,我对大哥说:

"大哥,人家欺负你,你不去还手也就算了,你倒帮着人家欺负起自己来,这叫什么道理啊!

"再说,你要真撒手走了,我嫂子、侄儿怎么办?你这样让我嫂子多伤心啊。"

可是任我怎么说,我大哥始终面朝墙壁,不吭不响。

我嫂子哀怨地看了我一眼。那一眼像刀子一样,瞅得我心里都疼起来。

正在无计可施时,我突然想起幽默大师。我想以他的神通,或许能让我大哥振作起来、有力量起来。于是我胡乱跟嫂子打了个招呼,就匆匆往家跑。

我要回去搬请那本神奇的《幽默大师》。

我刚拉开大哥家的门,劈头就和一个正要进门的人撞了个满怀。我刚想发作,却立刻转怒为喜。原来,进门的正是幽默大师!

"哎,你怎么来了?"

"不是你要我来的吗?你那副十万火急的样子,我敢怠慢吗?"幽默大师慢悠悠地说。

"我是要找你。可是我还没到家呢,你怎么知道我找你?"

"这你就不用管了——管太多老得快!"

我不由笑起来。我说我算服你了,无论什么时候你总有本事让人发笑。

我把幽默大师带到我大哥的房间。我嫂子很奇怪,她说你不是说回家拿东西吗,怎么又回来了?

我笑笑,不置可否。

我把大哥的情况轻声向幽默大师做了介绍,并特意强调了问题的难度,提醒他不要掉以轻心。他眨眨眼,笑我多虑。

(我嫂子疑惑地看着我,不明白我为什么在那里嘟嘟囔囔。)

果然,过了一会儿,我听见大哥长叹一声,翻过身来。

看见我,大哥一愣。"你怎么在这儿?"他的声音仍旧显得低沉。

"我一直在这儿的呀,刚才还和你说话来着。难道你睡着了?"

"我做了一个梦,把我吓出一身冷汗。"

"什么梦啊?说来我们听听。"我嫂子见他开口说话了,十分高兴。

"很奇怪,一个怪模怪样的老头(有胡子吗?我问),有,一把大胡子。他居然说要娶我。我说你弄错了,我是男人。他却说,没错,就是你,我看你是女人。

"我使劲分辩,他却固执得要命,非说我是女人。后来我火了,我(大哥迟疑了一下),我把裤子一把扯下来,说,你还说我是女人吗?他却摇头晃脑的,说,这没用,这玩意儿是可以拉掉的。说着,就拿起一把刀子,朝我走来……"

"然后呢?"

"然后我愣了一会儿,醒了。"

"那你叹什么气?"

"我,咳!你们别啰嗦了,告诉你们,我不是女人!我,以后,咳,算了,以后你们看吧!"

我会意地笑起来。我从心底佩服幽默大师。他可真是一位罕见的大师啊!

我一直记得以前我们家族里一位长辈的故事。

那时我六七岁左右。有一天那位长辈到我们家做客,我母亲做了一桌酒菜招待他。他喜欢喝酒,所以我父亲频频向他敬酒。他本来很正常的样子,可是喝了几杯之后,他突然涕泪交流。我永远忘不了他手举酒杯、呜咽失声的样子。他的手颤抖着,眼泪鼻涕一起流到那摇晃不停的酒杯里,声音也是摇晃不定的:

"他们要抓我,他们要抓我,他们就要来抓我呀!"

我的父母轮番安慰他,可是他死活认定有人要抓他。他后来甚至钻到桌子底下藏起来。而且即使在桌下,他也未获安全感,仍旧不停地发抖,不停地磕头如捣蒜:"饶了我吧,饶了我吧,我不是坏人。"

我记得我的父母事后议论说:问题就出在他不是坏人上。

我母亲说,如果他是坏人,他就不会这样胆小怕事了,恶棍都是胆大包天的。我父亲则说,如果他不是好人,他就不会写那篇忧国忧民却给自己招来麻烦的文章,他也就不会落下这块心病了。

我当时一点儿也不懂,不明白为什么好人倒要这样提心吊胆,坏人倒可以无忧无虑。大人们不是常说好心有好报吗?

现在我明白,某种意义上好人意味着好欺负、好作践。因为好人缺少坏心眼,屠宰起来特别省事,特别利落。

比如我前面说到的那位长辈。那位长辈后来倒没有被真抓进去,可是他却真的疯了。

他的发疯固然有他性格上的原因,可是他的上司,一个一直嫉妒他的才华的小人,利用他的懦弱性格不断朝他施威加压,使他的恐惧、幻觉不断强化,也是非常重要的原因。

他终于报废在小人手里,或者说他终于报废在自己的懦弱善良上。

我是过了好久好久,一直到我四十岁了,才真正懂得这位长辈的悲剧的。

可是为时已晚,我的性格、心眼儿,均已定型。

所以我特别理解我大哥的痛苦。那是一种懦弱的痛苦。就像一个病入膏肓的老人,他渴望站起来,也知道怎么才能站起来,可他就是没有这个力气,缺乏这份力气。他只能望洋兴叹,同时痛苦不已。

不过自从大哥被我们家的那位大师捉弄振作起来之后,我觉得自己也该改变一下了。

最急切的莫过于逃出目前死死缠着我的那张网了。

说起来,那张网能够纠结成形我自己也有责任。我太忍气吞声了。

最早的一个结是十年前打下的。那时我刚从学校毕业,分到这个厂当技术员。我本是学工的,当技术员理所当然。偏偏厂里的三个头儿都看我顺眼。他们争相向我许诺,要调我到厂办去当秘书科代科长。我并不为所动,因为和所有学工的人一样,我们都更乐意干本行。可是几个头儿轮番找我去谈话,轮番许诺,事情就渐渐传开了。而恰恰在这时,刚出校门、幼稚无知的我,终于看出了点端倪,我终于意识到:他们并不是纯粹好意的,当他们频频找我谈话,说明厂办的工作需要我的时候,他们那上下打量我的眼睛流露了更多的内容。

我有些恐惧起来。我不是一个开放的人,我知道自己根本不可能稍稍去迎合一下他们的愿望。不用说迎合了,即使在他们那带点邪气的目光下,我也浑身不自在,感觉受了侮辱。所以,我惟一能作出的决定是:拒绝厂办的职位。

　　我干脆利落地分别向那三个"好意"的领导表明了我的态度。我的借口是我热爱专业,绝不想改行。领导苦劝无效,终于恼怒。

　　不久,关于我的种种风言风语就在全厂上下流传起来。同事们见到我,都用一种古怪的目光看我。有些女工甚至特意跑到科室来看我这个怪物。秘书科的一个女秘书在食堂遇见我时,甚至大张旗鼓地朝我身上吐口水,并引发了一场哄堂大笑。笑声落定之后,我听见这个有些妖冶的女秘书口齿清楚地骂道:

　　"脏货!"

　　我莫名其妙。我感觉到了充斥在整个食堂的鄙视与敌意。可我不知道发生了什么。

　　事后自然有人透风给我,说全厂上下都在传说一个故事。故事的主角是我,故事里我为了能到厂办当科长,不惜以色相诱惑领导,当然啦,此举惨遭领导拒绝。

　　听完这个故事,不用说,我震惊到了极点。

　　我惟一能做的只是,哭泣和逃避。

　　我开始联系调动。我希望换一个没有这些可怕的污泥浊水的单位,希望能够重新开始找那刚刚展开却已无端受挫的人生之旅。

　　好不容易联系了一所学院,他们愿意接受我当助教。我真是高兴极了。不想和厂里人事部一说,立刻化作泡影。人事部长说,厂党委有决定,新分来的大学生一个也不让走。

"凭什么?"我气愤极了。

"凭什么,就凭你们这些人到厂后表现不好!鬼鬼祟祟的!哼!"

我这才知道我想逃纯粹是妄想。那几个人是决不会让我走开的。他们将牢牢把我攥在手心里,把我捏服了,或者把我捏碎了为止……我该怎么办呢?

我自然无法可想。不过我在心里痛下决心:宁为玉碎,不为瓦全!

如今十年过去了。十年里,每一天我在厂里都是忍气吞声,压抑愤慨(你现在可以理解为什么我在家里那么烦躁易怒了)。那几个头儿在别的事情上或许有分歧,但是在对待我这个冥顽不化的人上,倒是出奇的一致。他们轮番找碴儿整治我,似乎每个人都自信能把我治服了、整趴了。我却偏偏不识时务,每次都坚硬地使他们的如意算盘落空。这样,他们的老羞成怒自然日甚一日,而我的日子也一天比一天难熬了。

这两年,那三个头有一个高升了,一个退休了,剩下的一个从副职转成了正职。说起来,我的运气很不好,剩下的这个恰恰是这十年里整治我最凶,也最持续不懈的。

他大概觉得他事事顺心,惟有在我的事情上严重受挫,以他那浅薄男人的浅薄和狂妄,他决不能善罢甘休。因此,在他退休之前,他又开始了一轮新的紧锣密鼓。

以往十年,对付他们的这些明的暗的,我都以不变应万变,都是既忍气吞声,又坚定不移。虽然我在表面上,总是装出一副刀枪不入、若无其事的样子,其实我心里压抑苦恼得不行。只有我的先生知道,这十年里,我是多么度日如年。

不过,很奇怪,我居然这样日复一日地过来了,从没想到奋起反抗。

现在当然不同了,现在家里有了这样一位神奇的大师,我突然有了一种反抗的冲动。

我把我这十年的委屈原原本本地向幽默大师倾诉了一遍。大师听着,时而咧嘴,时而皱眉。

倾诉完毕,我说:

"现在,那个坏蛋又要下手了,我这回可不愿坐以待毙了。有你帮我,我总算可以扬眉吐气,治治恶人了!"

我又说:"你那样神机妙算,咱们赶快制定一个惩恶计划吧!"

可是幽默大师不吭声。

我只好又说:"你有那么多主意呢!——我们弄个黑色幽默治治他,让他哭笑不得,跪地求饶?

"或者你跑到梦里吓唬吓唬他,让他从此醒悟,不再作恶?

"或者……"

我还想继续努力,幽默大师发话了。他的脸从来没有这样肃穆肃然过,我心里不由嘀咕起来。

"我很抱歉,孩子,这事儿我帮不了你。"大师说。

"为什么?你不是神通广大吗?你认为这事儿不对,所以不肯帮我?"

"不是这样,孩子。你的想法没有错,问题是,坦率说吧,我的能力不够,我无力帮你。"

"怎么会呢?我亲眼看见你神通广大的!你不可思议地

让我的表妹一反常态,听从了你的意见;你还跑到我大哥的梦里去,让我懦弱的大哥从此振作……"

"可是孩子,在你说的这些事情里,你忽略了一个细节,那就是,你的表妹、你的大哥都是好人,我的力量只能作用于好人,对恶人,我无能为力。"

我惊讶得说不出话来。天底下还有这种事,连神通也有局限,也怕恶人!

不错,我一向把大师视若神通,可没想到神通也有局限。或者,大师并不是神通,他只是一个幻影?

我沮丧得无以复加。

当天晚上,我早早就上了床,我把头埋在被窝里,在一片黑暗与窒息中,独自品尝深深的失望与失落。

第二天日到晌午了,我才从一堆交织缠绕的怪梦中醒来。我听见女儿在她的房间里喃喃细语:

"大叔,我们班的同学欺负我,他们说我睫毛太长、眼睛太大,说我不好看,还把吐出来的鱼刺往我领子里塞,把我扎哭了。可是美术老师说我是全班最好看的。美术老师还让我站在前面,给大家当模特儿呢!

"大叔,明天你和我一起到学校去,教训教训那些坏女孩好吗?"

我屏住呼吸,倾听大师的回答。

只听大师说:

"好孩子,我不能陪你了,我现在就要走了。等你妈妈醒来,你替我和她说一声吧。告诉她,我很抱歉……"大师顿了顿,"但是,无论事情多么古怪、混乱,我还是希望你们一家笑口常开……还有,明天你到学校,就会发现,没有人敢再往你领子里塞东西了,我这就去教训她们……好了,再见孩子!"

我连忙从床上跳下来。

我跑进女儿的房间,可是幽默大师已不知去向。桌上那本刊物只剩了个空壳,它醒目地横在桌上,像一个值得回味的故事梗概。

我愣了半天。

后来,我终于走过去,和小女儿一起,把那本只余空壳的刊物装进镜框里,然后,周周正正地挂到书房雪白的墙上。

(1994年)

段　落

武某某和汪纪微的共同女友一周前被人谋杀了。

*　　*　　*

武的真名大家都记不清了,倒是他的绰号谁也不会弄错。他当年在学校是非常有名的武三思。当然不是他家和武则天有什么瓜葛,也不是他的做派像那个妄自尊大、野心勃勃的狗皇侄,而是他做事向来优柔寡断,前瞻后顾,"三思而后行"是他的口头禅。所有认识他的人于是都叫他武三思。他也不懊不恼,统统笑微微地点头答应。所以大家就得寸进尺,渐渐把他的真名忘了个一干二净。

这里头也包括我。我刚才挖空心思,一心想报出他的大名以示尊重,可是我把《人名大字典》翻了个遍,也没能联想出他的名字。所以我只好很不礼貌地沿用他当年的旧称了。

总之武某某绰号武三思的前女友同时也是汪纪微的现女友。汪纪微据说也是我们那个班的。他是插班进来的。他插班进来时,我已经因病退学了,所以我对他几乎没什么印象。

我听人说到他已经很晚了,那时他的现女友胡国庆已经快被谋杀了。

　　听说那个女人死得很惨。听说她的脸简直成了爆米花。不幸目睹过那幕惨状的人据说再也无法亲近女士。每一张女人的面孔都使他联想到那幕惨状。那一阵他总是不停地嘀咕,他说要不是那个女人作孽深重就是那个凶手穷凶极恶,否则现场绝不会这样惨不忍睹。

　　(我想他是被刺激得够厉害的,否则不至于这样不停地嘀咕。)

　　武三思和汪精卫(汪纪微绰号汪精卫)理所当然地成了嫌疑犯。

＊　　＊　　＊

　　一切都正常不过。有人这样对我说。可是我却觉得一切都古怪透顶。武三思是多么三思而后行的人,现在却成了穷凶极恶的嫌疑犯。

＊　　＊　　＊

　　我发现我越来越害怕与人交谈。

　　我曾经以为是陌生人使我紧张。一张陌生的面孔,如果不幸他还是异性,是长者,是肩负某种使命的人(慰问,采访,交流,指教,或者代表远方的某个疾病协会传达某项旨意等等),当这样的面孔或者生动或者僵硬,或者亲切或者古板,或者微笑或者讪笑地横在我面前时,我常常不知所措。我努力调动自己身上的各路神经各个细胞,试图陪着他或者生动或者僵硬,或者亲切或者古板,或者微笑或者讪笑,总之我希望与来客完全保持一致也仅仅保持一致,可是我发现每次我都失败了。我是那么可悲地或者过分热情,或者过分冷淡。而,我同时也那么可悲地知道,无论热情还是冷淡,僵硬还是生动,弥漫在我心里的,其实都是那令我一想起来就不由要绝望的可恨的紧张。

(在此,我很想向那些领受过我的热情或者冷淡的来宾致歉!我辜负了他们的好意!我是愿意和他们保持一致的,可是我多么可悲地身不由己。)

这样,我就越来越频繁地把"不"字送到有意来看我的人的耳膜旁。我要求自己尽可能地拒绝来访。为了使那一个个"不"字既坚定又避免生硬,既流畅又显得事出无奈,我还不时加进点谎言。我谎称杂事缠身(其实我常常独自一人在家里发呆),谎称有约在先(其实前约也已被我坚定地拒绝),谎称身体不适,正在发烧(其实是心灵不适,神经发烧),总之我尽可能地找各种借口,避免独自面对一张陌生的面孔。而你知道,所有的借口其实都是谎言。

我知道撒谎是可耻的。

可是谎言无可替代地成了我的救命稻草。

* * *

从警察局传出来各种各样的说法。这些说法按理都不应该在社会上流传的,可是如今除了钱不会无缘无故盲目流传外,什么东西不是像风一样随处飘悠,没遮没拦,愈演愈烈呢?

所以武三思活该倒霉。

武三思之所以成为武三思,就是因为他前怕狼后怕虎,小心翼翼,如履薄冰,可是就是这么个前怕狼后怕虎的人偏偏前遇狼后遇虎,成了人人嘴里琢磨、心里嘀咕的嫌疑犯。

关于武三思的说法各式各样。

有的版本说他忍受不了女友情变,投身他人,一时激愤而举刀相向。有的版本说他根本就是讨厌那个"胡什么",讨厌她旧情不断,总来缠他,厌恶到极点了,一时失控,刀落血溅。另外一个版本则说以武三思那样一个言行谨慎、中规中矩的"温吞人",他若能杀人,天上落下来的雨也能砸死人。

版本之多,简直无法一一陈述。

和武三思也很熟的一个当年的同学说,这些其实都是警察们开会分析案情时的各种推测。警察曾经据此分头进行调查,结果呢,几种推测居然分别得到了事实的支持。

所以我忍不住又要说:

武三思活该倒霉。

* * *

我被女友温厉硬拉去参加一个饭局。

说起来,温厉是我惟一真心实意的朋友。我认为她是真心实意关心我的。比方说,她常常一阵风似的飕飕卷来,不管我是否锁紧铁门装不在(这是我常用的伎俩),也不管我多么辛苦地屏住呼吸不应声,她只管"咚咚咚"地乱砸门,边砸门边扯着你的名字高声叫唤,直到你受不了了乖乖开门为止。

门开了,我骂她侵犯人权,她则说我什么年代了还装孙子。我说我愿意装孙子,干卿底事?她一听,更是骂声连天。她说,走走走,这地方不能呆了,再呆下去要成曾孙子了。走走走,去他妈的书房,去他妈的自闭症!

我就这样被女友温厉绑架到这个烟熏火燎的饭局上。

这是个火锅饭局,除了温厉和我,全都是又抽烟又喝酒又骂娘的大老爷们。我乖乖地坐在温厉旁边,看她和男人划拳斗酒倒国骂,心里的感觉滑稽极了。

就在这时,温厉回头对我嫣然一笑,说:

"怎么样,心里热闹一些了吗?"

我学她的口气骂了她一句(话刚出口,我就发现温厉的阴谋得逞了),我说你没安好心。

当然我知道温厉是不可多得的朋友。即使她嫉妒起来下狠劲给我使绊子,我也知道她是真心实意的朋友——不可多得的朋友。

*　　　*　　　*

我说过武三思纯粹是倒霉,可是认识汪精卫的温厉却说这个案子百分之百是武三思犯的。她的根据是:像武三思那样前怕狼后怕虎、小心翼翼、如履薄冰的温吞人,一旦疯狂起来,那是比谁都如狼似虎,如豺似豹的。因为他压抑积蓄得太多,一旦爆发,必定如火如荼,势不可挡。小小的一张女人的脸,不成爆米花成什么?

我被温厉说得胆战心惊,疑窦丛生。我想武三思那样一个谨言慎行、胆小怕事的人,从来都被我看做最能给人安全感,最可交往的,可是照温厉这么说,倒成了最危险、最阴毒的啦。那么,那么,我们还可以相信人吗?我们究竟能够相信谁?

当然温厉说她的根据不止于此。更重要的是她和汪精卫曾经是哥们,她太了解这个人了。这个人你可以说他卑鄙,你可以说他狡猾,你也可以说他口是心非、见利忘义,可是你无法说他凶狠残暴。那个人,温厉说着"嘿嘿"笑起来,那个人,嘿嘿,告诉你吧,那个人整个一个阳痿!

我在佩服温厉的坦率之后明白了温厉的潜台词:阳痿患者必定是软弱的人。软弱的人必定不敢杀人,万一他杀人,即使他杀人;也必定没有胆量让被害人满脸开花……

也许温厉讲得有道理。可是讲得有道理就等于事实吗?事实讲道理吗?

*　　*　　*

后来我才知道不止陌生人使我紧张。只要是人,走近我的人,都会使我紧张。比如高中的同学,大一大二的同学(我上到大二就因病退学了),他们好意来看我,本来我很高兴,可是我一边觉得高兴,一边却语无伦次。我说了很多欢迎的话、友好的话,可是我的旧日同学听了却面面相觑,脸露窘态,他们有的吃惊地看着我,有的愤怒地瞪着我,有的则不置可否,面无表情。于是我更加起劲地讨好他们,说了一堆又一堆虚伪的表示友善的话,结果呢?结果是他们并不领情。他们终于一个接一个冷冷地告辞了。

他们走后,我松了一口气。我倒在沙发上,把两只脚跷在茶几上,得意洋洋,孤芳自赏。激光唱盘的音量被我调得大大的。帕瓦罗蒂在里面激情满怀地引吭高歌。正在这时,温厉推门进来了。

她一进来就阴险地坐在我对面,审视罪犯似的瞪着我。好半天,终于"扑哧"一笑,说:"服了你了,你把他们都蒙了!"

其实我谁也不想蒙。不,应该说,我想蒙的其实倒是我自己。你很难想像我被生活里这些个真真假假、虚虚实实的微笑讪笑弄得多么身心憔悴、精神分裂了。

*　　*　　*

被温厉"说成一朵花"的汪纪微出人意料地进了局子,当然了,不是正式逮捕,而是拘留审查。

据说在他那个倒霉的女友遇害的当天下午,有人看见他们俩在一起(听见这个我想我真是三生有幸,没有在那个可怕的下午可怕地遇见那个倒血霉的胡什么)。当然了,传播这条消息的某某某又说,光有这个还不足为据,要命的是在他的耳朵眼里发现了一丝血迹,而这个血迹很有可能正是那个可怜的胡什么留下的。当然了,某某某又说(这回带着点神秘),也不见得就是因为这个了,还有人说了,那个汪某人早在三年前就不知天高地厚地得罪了局子里的人(听说还是个要紧人物),这不,撞个正着嘛,不逮他还逮谁嘛。咳,这就叫躲得了初一躲不了十五,该是谁的就是谁的,你说是不?

"那么武三思没事了?"

我很替武三思松了一口气。

"哪能没事呢?——那么容易就没事了?瞧着吧。哼,我琢磨着,好戏在后头呢。"温厉说。

*　　*　　*

我知道我对人的恐惧有点病态。我知道我不应该这样紧张、神经质,而且有点战战兢兢。但是糟糕的是,这已经成了定局了,无法更改。即使看精神医生,进疗养院,到海边去做日光浴、海水浴,我想也于事无补。当然我也不一定去得起。虽然我从来不是个富人,但我也从来不是穷人,可是现在我想我们和穷人也差不了太多了。所以那些富贵疗法我基本上不予考虑。

再说啦,我爱这份病态,我爱这份神经质。你想,在一个病态的、神经质的年代,一个没有富贵爹妈、没有三头六臂的人,若不是和时代同病,与时代共振,不早就被甩出这个时代,甩出这个地球去了?

所谓同病相怜嘛。

我当真(也许是天真)地认为,只有与时代同病这一条路能够使我幸免于难。

所以我就越发纵容自己了。我不愿意别人来打搅我,我也不愿意别人来帮助我,我更不愿意别人来打探我。所有走近我的人,都无可避免地被我视作可疑。

只有温厉例外。温厉是惟一能够让我产生安全感的人。

虽然她其实很厉害,她偶尔治起我来我可真是痛不欲生。可是我相信她,没什么道理,就是相信她。

* * *

一项针对武三思的调查使我吓了一跳,我本来已经替他松了一口气,但是看来我得再屏住呼吸继续替他焦虑了。这项调查据说甚至超出了那桩杀人案的范围,它是有更为严峻的背景的。人们说,武三思这回死定了。不,比死还糟糕。所有人,包括那些本来不大瞧得起他的人,都面带忧虑地说,他若真有这事,那真是比死还糟糕了。

可是因为事关重大,亲戚们、熟人们、邻居们即使面带忧虑也不得不立即采取自我保护措施。他们像逃离艾滋病患者一样逃离他。当局子里的人来调查取证时,大家也都不敢贸然替他辩护了。没有人再说武三思是一个优柔寡断、前瞻后顾、三思而后行的人。更没有人明确认定武三思是一个没有侵略性,没有扩张欲,没有个人野心,更没有集团野心(他哪个团体都不是,何来集团野心?)的平庸之辈,像大家平日里有时议论的那样。

包括我,我虽然因为闭门不出,不曾被找去盘问取证,可是我真不能断定如果他们来问我,我能够斩钉截铁地为他辩护。

不仅仅因为我有一颗比别人小,比别人脆弱的心(我就是因为这个才能够整日呆在家中),还因为我现在比谁都糊涂了。我不知道什么是事实真相,也不知道这世界究竟还有没有事实真相。

说出这样的话我当然应该脸红。因为这意味着你是一个白痴,一个无法洞察世事、练达人情的白痴。

* * *

温厉说其实陌生人并不可怕,可怕的是熟人。熟人熟知你的一切,你的饮食起居,你的兴趣爱好,你的生物周期,你的情绪频度,你的苍茫心事,你的潦草行踪,总之,所有应该欲抱琵琶半遮面的地方,所有应该神秘香醇的地方全都成了白开水。白开水偶尔喝喝还可以,可是白开水喝长了喝久了心里就会陡然生厌,心里生厌了嘴上就会嗖嗖起火。有一张嘴冒出了火花,烽火连天就势在难免,转眼间就是战事连绵,愈演愈烈,难解难分……唉,这时,熟人就不是什么熟人了,熟人变成了敌人,变成了能够置你于死地的可怕的人。

温厉的话我一向不置可否,可是这番话我倒是不得不同意。因为我发现当我偶尔和熟人呆在一起的时候,我更容易犯放松的错误。我们常常以为是紧张使我们出错,其实紧张的时候倒是最安全的时候。因为紧张,你就不会侃侃而谈,而不会侃侃而谈,就意味着你不会出错,不会出错,你就不会被人利用,不会祸从口出。

当然也不会事后懊恼不已,沮丧不止。

* * *

关于胡国庆一案的调查时明时暗、时紧时松地进行着。这期间汪纪微在局子里呆着,武三思被跟踪监视着,温厉一如既往地活跃忙碌着,我则日甚一日地闭门不出"孤独沉思"着(这当然是自我抬轿的说法,我们人类最不愿意的就是贬低自己了)。我也不像刚开始那样替武三思着急,或者替他松一口气了,我渐渐有点事不关己高高挂起的样子。

不仅仅如此,连时间都快要被我事不关己,高高挂起了。时间对我来说只剩下黑白两色了。白色连绵一片,黑色也是连绵一片。只有在黑白交接的那一刹那,我才会激灵一下,意识到又是一天过去了。

一天又一天,我们在做什么,我们为了什么做什么,我们的前面是什么,我们明知前面是什么可是我们还得一天又一天地做着什么,我们到底为什么,要什么,想干什么呢?

温厉听了我这堆为什么顿时哈哈大笑,她说你得了吧,你不就是他妈闲的吗?要是你也得像我一样整天脚不着地地忙,讨好上头呵斥下头,拍拍东头拉拉西头,你还有工夫想这些什么什么为什么吗?——闲的,纯粹是闲的!不过,话说回来了,我有时也羡慕你来着,羡慕你那个必须休养生息,不能剧动,不得激动的富贵病。咳,我要是有这个病,我也乐得吃着国家的劳保,用着爹娘的津贴,天天闭门不出,面壁思过了——不过有一点倒是真的,我这人即使病,也不会病出一个哲学家来。我呀,我大概会病成一个老鸨,整天躺在床上,抽着烟枪,喝着燕窝,恶声恶气地支使姑娘们替我伺候男人去!——哈哈,要真这样,那可太有趣了,太有趣了!

温厉有些狰狞地笑着,自我陶醉,欲罢不能,我却突然心烦意乱起来。我说,喂,说说武三思的事吧,现在到底怎么样了?

温厉的笑声于是戛然而止。她清了清嗓子,告诉我武三思已经从那桩杀人案里退出了,他扯上了更大的事。没人说得清那是件什么案子,只知道很大,很严重,很不可思议。听说武三思已经被秘密关押起来了,很难想像他将是什么下场。

听完温厉的话,我对自己更没有信心了。我真不能想像武三思除了再三思量之外还能干什么?在我的印象中,他这个人是只有思量没有行动的。可是就是这么个无力行动的人,却干起了很大、很严重的事儿。咳,这世界可真是莫名其妙啊。

* * *

更莫名其妙的是谜底。

一年后胡国庆一案结案了,结局大出意料。

首先是,那个胡国庆是自杀而非他杀。她是个潜在的精神分裂症患者。她怀疑她所迷恋的汪纪微对她三心二意是因为我的女友温厉,她认为温厉既狡诈又狐媚,她牢牢控制了汪纪微的心。法庭的报告分析说,这个胡国庆性情刚烈好走极端,她痛恨汪纪微用情不专,更痛恨温厉的狐媚手段和心狠手辣(她曾经和温厉当面交锋过,被温厉杀得落花流水,狼狈不堪),所以她以死相拼,并制造了假现场,试图一箭双雕,既嫁祸于温厉,又报复了汪纪微。事发的当天下午,她有意和汪纪微比肩而行,招摇过市,同时,她在现场却留下了从汪纪微处偷来的温厉的手套。当然她没有想到她的一箭双雕的企图导致的却是两头落空。机智的警察识破了她的圈套。

其次,温厉并非完全无辜。她的确有意破坏胡国庆和汪纪微的情事,倒不是她爱汪纪微(她在法庭上辩解时曾经很鄙夷地指出汪纪微是个阳痿患者),而是女人虚荣、好胜、争风吃醋的本能使她故意和胡国庆作对。她在汪纪微和胡国庆中间搅和、挑逗,并在这种搅和、挑逗过程中真正滋长了对胡国庆的仇恨。所以,当她那天黄昏应胡国庆之约到她的宿舍去见胡,发现胡已自杀(她说她当时就断定胡是自杀)并有意嫁祸于她时,她就再也控制不了自己了。她抄起剪刀把胡的脸戳了个遍,然后,仔细处理了现场,把有可能留下的痕迹一一擦掉,这才扬长而去。当然,法庭的报告指出,这位堪称精明的温厉女士不知道她的手套正牢牢压在死者的身下,而正是这只手套,使温厉无法逃脱传唤,终于老实到庭,在检察官机警凌厉的攻势下对自己最初的恶意和后来的残忍供认不讳。

第三,汪纪微近乎莫名其妙。汪纪微在法庭上上气不接下气的陈述使不少中老年人摇头。他倒是没有碰胡国庆的尸体一下,可是他发现胡国庆死在她的宿舍后不但没有报案反而逃之夭夭(对此他不做任何解释。有人猜他是怕被局子里的仇人乘机报复)。他说他对胡国庆的死负有责任,他说他其实已经打定主意要和胡国庆结婚的,只是因为他在温厉身上始终是个失败者这一点他受不了。他表白说他并不是像温厉散布的那样是个什么什么患者,他和胡国庆在一起时成绩可是出奇的好(我猜他是被温厉的魅力与能力吓住了),加上温厉总是隔三差五来找他,他也就不顾胡国庆歇斯底里的反应,继续和温厉眉来眼去,厮混鬼混了。他说他的打算是只要有一次成功,只要有一次他把温厉打倒在地,他就会把温厉狠狠踢开,一心一意和胡国庆结婚过日子。哪想胡国庆这么沉不住气,这么快就行动了。

＊　　＊　　＊

法庭对汪纪微无罪开释的判决引起了不同的议论。有的说法律还是公正的,汪纪微虽然和局子里的某某某有仇,可是该无罪还是无罪,该开释还是开释,人家并没有挟嫌报复、落井下石,不容易啊。有的却说,你知道个啥?要我看,放是放了,可也打得差不多了,你没看那个人连说话都上气不接下气了?

再说了,那个汪某某就真是没有干系了?就真该无罪开释了?

温厉被判了八个月监禁。服刑前她在一个女警察的监视下给我打了一个电话,告诉我说这一切都是真的,问我有什么想法?我被她突如其来的铃声和近乎无耻的提问所击中。我的眼前浮现出她手持剪刀在那个胡什么的脸上乱戳的情景,一堆国骂涌上我的喉头。我拼出全身的力气,对准话筒喊:你混账!混账!

可是送进话筒的却只有一片似是而非的嘶嘶声。我越使劲喊,话筒就越是似是而非地嘶嘶嘶,嘶嘶嘶……最后,我听到温厉在那边嚷:

怎么回事?你哑巴了?——告诉我,你聋了还是哑了?

* * *

是的,从那天起,我患了严重的失语症。我再也说不出话来了。我甚至连听力都出了问题,若不使用助听器,我就听不见这个世界的任何声音了。

当然,对这个结局我是满意的。你知道我早就不想听,也不想说了。我惟一还愿意做的事是记录。我想我可以把所见到的记录下来。虽然它五花八门,林林总总,莫名其妙,漏洞百出,虽然它出现在我笔下时很可能也是虚妄,很可能仍旧与事实背道而驰。但我还是愿意涂涂抹抹、写写画画。当然了,说到底,除了涂涂抹抹、写写画画,像我这样的人还能干些什么呢?

(1995年)

浴　室

　　浴室是连续几天出现在布侬脑海里的。那都是在夜深人静、睡意深沉的时候。睡意深沉的布侬在一个瞬间目光骤然清澈起来，因为那方方正正、敦敦实实的建筑再次突兀地挺立在前方。布侬的记忆像白纸一样，清晰强烈地印出了它的形状。布侬甚至能看到那石头垒就的外墙上斑驳苍老，苔藓丛生。布侬想这一定是上个世纪的遗物，因为那大大咧咧、敦敦实实、城堡似的造型绝不是当今时代的产物，如今的人们万事万物都往精细、纤巧、凝练里发展，哪里会造这种随随便便、大大咧咧的东西？当然布侬早晨醒来的时候就知道自己错了，那浴室既不是上个时代的遗物，亦非今日生活的标志，它只不过是自己夜深人静时的遐想罢了。

　　可是布侬却发现自己越来越深入那奇特的遐想了。好几个夜晚她都推开了浴室的大门。那是两扇苍老古朴沉重晦涩的木门。布侬推开它的时候并不像是推开梦境，它们倒是很像现实的关卡。布侬总是要使出吃奶的力气才能勉强推动它，就像布侬在现实生活中总是既吃力又勉强一样。布侬穿过更衣室，进入淋浴间，她惊奇地发现淋浴间的石墙也是斑驳苍老、苔藓丛生。浴室一共有三个淋浴间，布依注意到每个浴间的喷淋设备都相当现代，它们和那斑驳苍老的墙体显然南辕北辙，毫不相干。就在这个时候布依看见了那奇特的〜〜〜。它们横在开关的中间，既古怪又安详，仿佛居心叵测，不可告人，又仿佛漫不经心，与生俱来。布依心里悚然一动，她的手心在那个瞬间蓦地潮热起来。

接下来的日子布依总是在想那个既古怪又安详的〜〜〜。她觉得那个符号看似漫不经心其实大有深意。它们意蕴何在呢？它们意欲如何？布依把那个〜〜〜倒过来看又翻过去想，越想越如坠云雾，百思不解。可是越百思不解，如坠云雾，布依就越欲罢不能，恋恋不舍。布依想她简直是爱上它了，那个既古怪奇特又漫不经心的〜〜〜。

有一天晚上布依发现自己站在浴室的喷头下。喷嘴哗哗作响，浴水热气腾腾，布依像颗钉子似的牢牢钉在那神秘的符号前。〜〜〜在眼前绵延起伏，如泣如诉，布依盯着它的神情仿佛在盯一个情人。它是谁？它来自何方？它为什么如此吸引你？……有一个片刻布依觉得自己莫名其妙，这样专心致志这样不依不饶。水汽升腾环绕，迷蒙起伏，布依觉得眼前云山雾罩，自己渐渐不真实起来。

早晨醒来的时候布依对自己莞尔一笑。她想哥哥常说她是傻瓜真是一点儿没错，因为甚至醒来半天了她还对那个〜〜〜恋恋不舍。布依赖在床上，心思久久地停留在浴室，〜〜〜像水汽一样飘浮环绕在她周围。她发现自己多么不愿把清晨和夜晚分开，梦境和真实若能对接，互相延续，她将会多么高兴。

每天早晨赖在床上延续梦境的布依有一天突然跳出迷

途。那个夜深人静时无法破开的谜此刻在另一个路口朝她闪烁。被夜晚的～～也被白天的上司弄得疑窦丛生、无所适从的布依那天早晨突然自我解嘲,她想那个～～最好是一个机关,循着它的方向人们将进入另一个境界。在那里,蓬蓬热水不仅冲洗皮肤,沐浴四肢,它将同时荡涤心田,冲刷灵魂,浴后的人们从此焕然一新,卑琐全无。

做完这个假设后布依激动起来,她多么希望这不是假设而是真实啊。这样的话夜间的谜语将彻底消失,白天的苦恼也将一扫而光。白天,唉,这些日子里她是多么害怕白天啊。白天她战战兢兢,无所适从,白天她腹背受敌,破绽百出,白天是她的刑场她的坟墓,她的日复一日的西伯利亚。

白天里有她最想躲避而又无法躲避的面孔。

那面孔既体现了力量又凝聚着可疑与可怖。

布依叹了一口气,起身下床。她想起哥哥给她下的结论。哥哥说她是"苍白的灵魂"、"失血的皮囊",因为她既懦弱又简单,既无法迎合别人又无力抗拒别人,所以她总是在困境里徒劳地挣扎。哥哥说在这个混沌浑浊的世界里,一个人要是不能桀骜不驯,独立不羁,就必须能够点头哈腰,低声下气——反过来说,一个人如果不能点头哈腰,低声下气,就必须桀骜不驯,独立不羁,否则,他的命运将是:不是被碾碎,就是被放逐。他将无法维系他的正常生存。

布依不知道哥哥对不对,但是她知道自己是不对的。她知道自己不应该这样战战兢兢,无所适从。她多么痛恨那常常驻扎在她心里的不安与怯弱啊!这种不安与怯弱已经成了那个讨厌的主任的帮凶。借助它们,那可疑可怖的面孔总是能够在她心里颐指气使,横行肆虐。唉,要是一场入心入肺的沐浴能够改变这一切，要是她能一夜之间刚强起来、皮实起来，那有多好啊！

要是浴室能够改变人，要是那个处处挤对她、打击她的冯主任能够因为沐浴而更新，那该是多大的奇迹啊！

布依知道这是一个奇妙而美好的想法，但是，想到它只不过是一个想法，它将永远都只是一个想法，就不由得沮丧起来。

想和做之间，有着多么阔大的距离啊。

就像白天和黑夜，太阳和月亮，男人和女人，老人和小孩一样，永远都是泾渭分明、无法混淆的。

除非你出了问题。除非你被摁出了这个世界的轨道。

所以有一天，当布依路过南城，无意中瞥见了一座石头垒就的方方正正、敦敦实实的建筑时，那份眼熟使她猛地心惊起来。

她差一点伸手去掐自己，因为这是她在夜深人静时所熟悉的风景啊。难道她此刻也是在梦中？

布依呆呆地伫立在那里，活像一幅被突然定格的画面。

好半天，她终于走出画面，战战兢兢地朝那座孤零零的建筑挪去。

现在，布依看到了那斑驳苍老、苔藓丛生的墙，看到了两堵墙之间的那对古朴晦涩的木门。

站到木门跟前时，布依觉得自己哆嗦了一下……愣怔片刻，布依终于伸出手，像推开梦境一样推开了那两扇门。

她惊讶地发现，里面的一切都是她耳熟能详的。

那相当现代的喷淋设备，那既突兀又自然的～～～。那哗哗作响的喷嘴，"歌舞升平"的蒸汽，还有那混合着苔藓与浴液的复杂气味，都是她不止一次亲临领略的。

更让布依震惊的是喷头下的那个人。那个人转过身来时,布依发现那竟是她自己。

这回布依不再怀疑自己了,她相信自己是出了岔子——若不是出了岔子,一个人怎么能看见梦中的景致、梦中的自己呢?

布依正在茫然无措——她不知是该大叫一声逃出纷乱,还是顺水推舟,留在纷乱中以逃避她那破绽百出的现实时,那个"自己"开口了:

"你不是希望焕然一新、怯弱全无吗?站到这里来,你可以实现这个愿望了!"

布依更加慌乱了。她想自己怎么能邀请自己呢?自己怎么能向自己招手呢?难道自己此刻所处是现实与梦幻的边界?

惊惧不安的布依正想大叫一声转身逃跑,喷头下的那个人却把她拽住了。

"来吧,别害怕,一切都再简单不过。来吧。"

布依发现自己的叫声卡在喉咙里,自己的步履定在地板上,自己的手和那个人的手混合在一起,此自己和彼自己重合到一起了。

浴水哗哗啦啦地喷洒到她的头上、脸上、身上,那个曾经令她迷惑不解的〰〰以螺旋的方式滚动起来了……

随着〰〰的滚动,布依觉得自己的身体也升降起伏着……一种被悬挂、被虚置的感觉猛地朝她袭来,她觉得自己仿佛处在真空中,头脑刹那间一片空白……

不知过了多久,布依听到了一种十分细微十分幽婉的声音。她后来知道那是某些细胞泯灭时发出来的呻吟。

一种被分解、被打碎、被重新筛选组合的感觉使她既尴尬又欣喜。她想那些死亡的细胞一定正是寄生在她身上的宿敌,正是它们使她别无选择地"苍白"和"失血",因为现在她觉得总是充斥于心的忐忑与不安像潮水一样退下去了。

她的手渐渐能够握拢,她的目光渐渐有了锋芒,她的嘴巴能够决绝地发出"不"这个音节了。

布依多么希望这一切不是虚幻、不是梦想,而是真真切切的现实啊。

于是她听见自己张开嘴,拼足力气喊出了那个字,那个她曾经那么欠缺又那么需要的音节:

"不!"

当然,她听见了那个声音,那个嘹亮而清晰的音节。她是多么欣喜若狂啊,她从此不再受制于人了,那可恶的惶惶不安将无法在她心里肆虐横行了。

她将重新是她自己了。

重新变成自己的布依喜不自禁,她匆匆套上衣服,像旋风一样跑出浴室。

再次关上那对苍老晦涩的木门时,布依突然有了新的冲动。她想这奇特的浴室如此神奇,那个狭隘、偏执、贪婪,既能驾轻就熟地侵略别人又能炉火纯青地辖制他人的冯主任在它的冲刷下,是否也能更正更新,改良改善呢?

以前想都不敢想的事情现在像青天白日一样义无反顾地高悬在布依的眼前。

布依决定说做就做。

第二天是星期天,布依迈着坚定的步伐朝冯主任家走去。

冯主任住在西城。布依刚分到商检局的时候有一次曾经被冯主任召到家里。就是在那里初出茅庐的布依惊慌失措地推开了冯主任青筋裸露、骚动不安的手,并从此开始了她在局里艰辛晦涩的生涯。工于此道的冯主任自然不是孱弱的布依可以轻易推开的,稚气未脱的布依推开了那双驾轻就熟的手,等于推开了自己的厄运之门。刚开始冯主任不露声色,胸有成竹,因为他知道驯服布依这样简单稚嫩的人需要假以时日,可是他没有想到简单的人也有简单的执拗,这种简单的执拗甚至比复杂的灵活还难以对付,令人头疼。两年下来冯主任已经从不露声色、胸有成竹变成了恼羞成怒,骨鲠在喉。他尤其无法忍受自己那一向长驱直入的欲望竟然在一个黄毛丫头身上遭挫,他把这视为"天方夜谭"、奇耻大辱,他那遭挫的欲望也因此愈发弘扬,蔚为大观。无论在情场还是在仕途一向都是春风得意的冯主任几乎使出了浑身解数:威逼利诱,软硬兼施,欲拿故纵,擒贼擒王……但是这一切在包布依身上却不可思议地毫无成效,那个看似弱不禁风的丫头却有着莫名其妙的坚硬顽强,可以想像冯主任为此是多么耿耿于怀,恼怒难平。当然他不知道那个在他百般挤压下仍然坚定如初的包布依其实心里如履薄冰,惶惶不安,他也不知道因为他那可疑的欲望可鄙的行为,一个闻所未闻的设想已经变成现实。

　　那个奇特的现实此刻已经上路,正在信心十足地朝冯府走来。

　　门铃按响的时候,冯主任正在躺椅上小憩(这是他每天早饭后的"例行公事"),突然而至的铃声使他"君心大乱",忐忑不安(这在他是从未有过的事),他游移愣怔了好一会儿才算回过神来。他踢踏着拖鞋烦躁不安地走到前厅,包布依那在他听来既冷漠刺耳又充满诱惑力的声音使他浑身一震,因为两年来他从未设想过这个声音会不召而至（他倒设想过一旦得手他将百般蹂躏加倍践踏这个不知天高地厚的丫头）。他既惊喜又不无疑惑地拉开了大门，布依脸上那少有的明丽使他的疑惑一扫而光。他的欲望像八月十五的大潮陡然汹涌起来。

可是两年来的挫折提醒他保持理智，他只好强按潮头假装平静：

"呵，稀客呀，稀客！——来来，请进。"

"冯主任，我是来请您出去散散心的——我发现了一个非常好的地方，您一定要赏光啊。"

"你约我出去？我没听错？"冯养浩喜不自禁，可是他的欣喜一诉诸语言立刻换了一副调侃的面孔。据说这正是他保持进退自如的诀窍。

"主任，我是真心诚意的，您不相信我？"

"不，不，当然不是。不过，你好像变了个人？"

"变是绝对的，不变是相对的，您不是常常这么说嘛。"

"是的，是的，不过这可是主席的思想，已故领袖毛主席的思想啊。"

"您是我们局里最有哲学头脑、最精通领袖思想的领导了。"

此话一出，不但冯养浩感到稀罕，连布依自己都不胜惊讶：一向最瞧不起逢迎拍马的人居然也逢迎拍马起来。看来自己真是变了。

残存的观念使包布依顿时脸红耳热。她觉得冯养浩一定暗自得意——因为在某种意义上他胜利了，他亲眼看见了冥顽不化的包布依的融化。

顽石布依变成了冰坨子布依。

布依再次对那座方方正正、大大咧咧的浴室感到惊讶。看来它不仅使你的苍白懦弱一扫而光,它还往你身上添加元素:油滑世故,阿谀奉承,见风使舵……

想到自己不仅仅能说"不",自己现在比以往任何时候都能说"是",布依就如芒刺在背,浑身不自在起来。

冯养浩却如获至宝,他从布依的奉承中嗅到了某种气味——如果说刚才他还不无疑虑,现在他是胸有成竹了。

"那么小布依,你要带我上哪儿去啊?"冯主任不再作调侃状了,他已是喜上眉梢。他认定今天是包布依臣服的日子。

"这个嘛,暂时保密。不过,保证您喜欢,那是,呃,那是真正妙不可言的地方。"

"哦?那好,我们走,我们走。"

冯养浩一边让保姆去取外套,一边要打电话叫车,被布依拦住了。

"瞧您主任,没多少路,散散步多好。"

"哦?好好,听你的,听你的。"冯养浩将拿起的电话放下了。

一路上,冯养浩喜笑颜开,如沐春风。他告诉布依,夫人出国探亲去了,自己形单影只多日,正不知如何打发这个周末呢,不想布依从天而降,真是"好雨知时节,当春乃发生"啊。

布依却在心里撇嘴,因为她耳闻了太多这位主任的逸事。据说机关里老中少三代女士,都有他的密友,他怎么可能形单影只呢?

布依由此想到米兰·昆德拉的分类。米兰·昆德拉曾经把男人的感情（如果可以叫做感情的话）分成两类，一类是抒情态度，一类是叙事态度。抒情态度的男人专一执著，以一两个恋人为终生的感情寄托；叙事态度的男人则将目光盯着一个又一个女人，他们的目标是拥尽所有女人，占尽所有风流。

布依想像叙事态度的冯主任在神奇的打磨下变成了抒情态度的冯主任，他的感情将专注地停留在哪位女友身上呢？习惯了他的朝秦暮楚的女友对这份突如其来的专注将会怎样无所适从，受宠若惊呢？

一丝讥笑浮上布依的嘴角，布依对此吃了一惊。因为她发现自己变得刻薄了，在褪掉苍白与怯懦的同时，她也丧失了宽厚与平和。

但愿冯主任的狭隘、偏执、贪婪、好色被剔除的同时，不会平添诸多陋习，否则，一切不是都白费了吗？人还有什么指望呢？

走进那座方方正正、敦敦实实的建筑时，冯养浩很吃了一惊。他觉得这个地方似曾相识。他驻足凝神的时候布依赶紧介绍说这是最新式的浴室，是本城新开张的最有情调也最安静隐蔽的休闲节目。布依对自己的信口胡诌再次感到惊讶，但是她已别无选择，因为冯养浩显然有些迟疑了。布依只好挽住他的手臂，连推带送地将他带到浴室，并启动了那个神奇的～～～。布依告诉冯养浩浴后将有一个安静舒适的房间小憩，届时她将在那里恭候他。布依做了这个允诺之后觉得自己相当无耻，竟然干起了欺瞒诱骗的勾当。布依一边谴责自己一边往外走，出来的时候她顺手将浴室的门给扣上了，她担心冯养浩对那滚滚热流会望而生畏,中途逃脱,因为当那神奇的 ~~~ 滚动起来时,浴室的温度将不再正常,它近乎蒸笼。

现在布依倚在那古朴苍老的木门上,呼出了长长的一口气。在完成了对冯主任的引导与预期之后,她陷入了一种复杂的状态。她对自己的现状疑窦丛生。她觉得她的变化显然有悖初衷,上帝作证她是只要坚强一些、皮实一些的,她并没有祈求那些生存要素——什么圆滑世故,见风使舵,坑蒙拐骗,投机取巧。她毕竟是读书长大的,她无论如何也不要成为"怎么都行"的人。她应该永远都有自己的生存原则。

但是现在她知道她的变化已经矫枉过正了。正是这一点使她忧虑,使她对自己不那么有把握了。

难道这是无法避免的,是某种必然?

布依的思路这时转到了冯养浩身上。她想,冯养浩如果被筛掉了那些偏执、狭隘、贪婪、好色,他会被增加些什么呢?他在变得周正、宽厚、公道、随和的同时,也会懦弱胆怯、战战兢兢吗?

想到一个向来颐指气使、说一不二的人一夜之间突然战战兢兢、如履薄冰起来,布依就有些忍俊不禁。

布依想像高高在上、专横武断的冯主任和总是敛眉低首、忐忑不安的自己互换了角色,想像自己不但不再战战兢兢、忐忑不安,反而扬眉吐气、骄横跋扈,滑稽感便油然而生。

哂笑之余,布依突然有些心惊起来。那幅图景向她提示了某种可怕的东西,那是她有生以来所厌恶、所畏惧的呀。

布依正在胡思乱想,冯养浩满脸通红地出来了。看见布依,他莞尔一笑。

布依的神经顿时紧张起来。她不知为什么突然没有把握了——经过神奇沐浴的冯主任此时换了什么面目:人还是畜?天使还是魔鬼?

冯主任对布依的心思自然一无所知。他满面笑容地走到布依跟前,亲昵地挽起她的胳膊,说:

"好,现在该你兑现允诺了吧?"

这句话像一道突如其来的霹雳,把布依震得差点昏了过去。愣了半天,她才张口结舌:"你?你?……你还是老样子?"

"哦,你指望我有变化?嘿,告诉你,小布依,我有变化,变化还不小呢,我已经感觉到这浴室的魔力了,嘿嘿,呆会儿你就知道了——现在咱们走吧,那个安静的房间在哪儿?"

"可是……可是……"布依完全吓昏了头。

"走吧,不要扭扭捏捏嘛,你已经长大了。"

冯养浩挽着布依往前走,但布依觉得他是架着自己。他们就这样推推搡搡地走着,边走边寻找那并不存在的"安静房间"。布依这时才发现这座大大咧咧、方方正正的浴室原来相当大,它除了更衣室、淋浴间外还有回廊和房间。紧张得连呼吸都不畅的布依立刻在心里喃喃起来,她祈求每个房间都有人,祈求冯养浩不过是在开玩笑,他已经改弦更张了,他不再贪婪好色,说一不二了。

仿佛专和布依作对似的,他们就在这时走进了一个半掩着门的房间。房间静悄悄的,窗帘低垂,灯光暧昧,正是布依曾经信口胡诌的"安静隐秘之所"。冯养浩喜不自禁,他松开布依,转身把门锁上,又去检查了窗户,调暗了台灯,然后,他像一个得胜将军一样喜气洋洋地走到他的战利品跟前。

"战利品"却在簌簌抖动。因为冯养浩做这一切的时候,布依知道一切都完了,她是难逃今日厄运了。极度的恐慌使她像风里的纸片一样飕飕抖动起来,她觉得天昏地暗,除了发抖,她没有任何反应,也没有任何能力了。"你很激动嘛,小布依。"冯养浩将他青筋裸露的手伸了过来,它们在布依身上摸索片刻,然后开始解布依的纽扣。

布依的衣服一件一件脱落了(布依觉得衣服落地的声音像丧钟一样,一声一声如丧考妣)。冯养浩目瞪口呆地盯着布依的身体。那是像玉一样光滑,像丝绸一样柔软的处子之身。

激动不已的冯养浩将像木头一样丧失反应的布依放倒在床上,故作从容地走到对面,慢慢脱掉自己的衣服。

像死尸一样横在床上的布依眼看冯养浩一步一步朝自己走来,心里绝望极了。她发现自己的喉咙已经失音,自己的手脚已经痉挛,自己的神经已经失控,她既无法挣扎,也无法喊叫,她除了坐以待毙,没有任何可能了。

冯养浩上了床,他的腿挨着了她的腿,他的脸对着她的脸,他的身体像升降机一样笔直地朝她落下来,就在他要挨着她的那一刹那,绝望到极点的包布依脑子里燃起了熊熊烈焰,她突然想:

这不是真的,这不是真的!这只是一个梦,一个噩梦!我要醒来,立刻醒来!

冯养浩像强盗一样尖锐蛮横地进入她的时候,包布依的抗议终于冲出了喉咙,她听见自己的声音像警笛一样凄厉也像警笛一样呼啸闪烁:

"我要醒来!——我要醒来!——我要醒来!"

(1995年)

风　景

　　如果你感到孤独,或者说如果你有时候不得不哀叹你在这个世界上没有朋友,没有爱人,甚至没有一个可以听你倾诉苦恼的人,那么我建议你在忧伤惶惑的时候,与其枯坐发呆,不如抱一个热水袋在胸前。我建议你往热水袋里注入灼热温馨的水(六分满即可),旋紧螺旋盖,然后将它放在你感觉不适的地方:胃、小腹、心脏,或者附件(假如你有附件炎的话)。记住要贴身放,同时记住如果不适的地方是心口,则"贴身"二字可以商榷。因为心口是不宜贴身放置一个注满热水的口袋的。心口不宜过热,心口最好时常保持冷静。

　　昨天晚上我本来想打打电话就算了,可是我翻了半天名片本,还是没有找到一个合适的人选。王是下午已经烦扰过了,不好接着再来。辛这两天正躺在医院的病床上哼哼呢,她不听她母亲劝阻,硬跑去做什么绷脸皮手术(祝她手术成功)。林呢,她的先生在南方做生意发了财,她便责无旁贷地被抛在一边吃醋发狠生闷气,她的问题已经够多的了,哪里顾得上我这种无病呻吟的事!

　　朋友当然还是有的,周、刘、张、何、孔、陆、陈,但有的生、有的怯，有的忙，有的躁，有的男女有别，有的辈分不对，算了半天，居然没有一个可以在此时此刻此情此景倾心相告的——不瞒你说，得出这样一个结果我沮丧极了。我那本来就不轻的茫然惶惑顿时愈发加重起来。

没有办法，我只好上床睡觉。上床之前，我幸好没有忘记热水袋。我熟练地将热水袋灌好，把螺旋盖旋紧，然后惺惺惜惺惺般地带它上床。

它果然没有让我失望。我将它放在哪里，它就在哪里发出温暖灼热，使我的肌肤、我的心都重新暖和起来。

我渐渐忘了孤独、冷寂。茫然与惶惑也渐渐远去。刚钻进来时冰冷生硬的被窝暖洋洋起来。一片温暖惬意中，我沉沉欲睡。并且，渐渐地，有一种感觉在我周遭弥漫起来。

紧贴着我胃部的橡胶口袋不再仅仅是一只橡胶口袋了，它是一只手，一只温暖的大手。它用全部的灼热驱赶我胃里的生冷。它触摸我，抚慰我，扶持我，提升我，使我从寒带渐渐走到暖春。它使我的胃不再痉挛，不再疼痛，使我的胃重新热乎乎、暖洋洋起来。

也使我的心在抖掉冷寂后顿生疑惑：

我是人吗？

如果我是，为什么一只热水袋（物）就可以使我从落寞冷寂中解脱？人的心就这样便宜，这样微不足道，这样易于改变，易于摆弄吗？

如果我不是，为什么我不满足于它是物，而要顿生幻觉，以为那是一只手，一只大手，一只人的大手，温暖的大手？

还有，人的心为什么不像物，比如热水袋，这样简单、简便，易于发热，易于相亲相随？

我愿意是简单的物,而不是复杂的人吗?

紧贴在胃部的橡胶口袋蠕动起来。它不仅仅是一只手了。它看上去像一只章鱼。有脑袋,有身躯,有触角,有无数只柔软细腻的手。它在我的身上蠕动爬行。它挨近我的心口,似乎犹豫了一下,然后它晃晃脑袋,好像说了什么,便径直朝我的喉咙爬去。它来到喉咙口,仿佛一个军事家来到他盼望已久的要塞。它稍事休息,便兴奋急切地忙碌起来。它将它密密麻麻、长长短短的柔软触角全部伸展出去,任它们在我的脖颈抓挠触摸,来来往往。我刚开始以为这是一种没有含义的自然行为,所以并不在意,没想到过不了多久,我就狐疑起来,我感觉,这只章鱼一样的口袋其实正在我的喉咙口做道场!凡是被它那密密麻麻长长短短的触角来回抓挠过的地方,都将变成它对我的身体发号施令、调度整顿的中枢神经?

过不了多久,这个猜测就被证实了。

它开始行动起来。

它先是把我的手脚一气抹掉(天知道它用的什么功),然后,它又把我的脑袋往脖子里面塞(居然只动了一根触角就成了)。自然啦,脖子则原封不动地呆在原处。这样一来,你可以想像,我也就变成一只热水袋了。差别只在于我是一只巨型热水袋,我的内囊不是水,而是五脏六腑。

我不喜欢这个结局。虽然我曾经那么感激热水袋,称颂热水袋,但我的确不喜欢自己变成一只热水袋。我想这全是因为我曾经是人的缘故。所谓曾经沧海难为水嘛!虽然做一个人并不是那么舒服惬意,几乎可以说并不是好受的,但既然曾经为人,大概也就习惯于这种孤寂苦涩的滋味,而不愿意有所改变,有所进化了。

我现在发现我是那么希望重新回到人的角色上去。于是我鼓起勇气发出了一声抗议。当然我很快就沮丧不已,因为我听到自己的那一声抗议了。那根本不是话语,而是声音,一种单调无趣、尖细生硬的"吱吱吱"的声音!

那是热水袋在灌满之后偶尔会发出的可怜的叹息。

我大吃一惊。这么说,我已经是彻头彻尾的热水袋了?

彻头彻尾这个词使我想起另一个词:彻里彻外。于是我立刻不无庆幸地想:幸亏我的胸腔里还有心。幸亏那里面还不是水。

可是好像故意嘲讽似的,我的脖颈处,也就是通常热水袋拧螺旋盖的地方,突然松动了一些,"吱"的一声,一股细细的水流冒了出来。

这股突然冒出来的水流显然是要告诉我,我的胸腔里也没有心了,那里面也全是水!

我太惊讶太失望也太愤怒了,所以我失声叫了起来。这一来我更愤怒了,因为我听见自己发出来的仍旧是一串可怜的无力的吱吱声!

尤其让我尴尬的是,伴随着那一串吱吱声的,还有细细的水流。它们在那吱吱声的伴奏下,得意扬扬地喷薄而出,既像在嘲讽我,也像在庆贺它们的胜利。

我彻底丧失了信念。我不得不承认我的确是彻头彻尾、彻里彻外的热水袋了。

一觉醒来,我发现身旁躺着一只巨型热水袋。是我的肩那么宽,有我的整个躯干那么长。我惊讶万分。我想,这不是我刚才见到的那只热水袋吗？换句话说，这不是我刚刚见到的那个我吗？我心惊肉跳地瞪着它，使劲想啊想，想弄明白它是谁，我是谁；弄明白我和它之间的关系；弄明白此时此地我的本质、我的处境。

我从床上坐起来。这时我异常悲哀地发现：我已经变成一个"微缩景观"了，也就是说，我变成一个小而又小的侏儒了，而我身旁的热水袋奇大无比，硕大无朋。这热水袋是一座山峰，我是山坡上的一块石头；这热水袋是一片湖泊，我是湖泊边上的一株小草，我在它的身边那么渺小委琐，不值一提。我几乎要无地自容了。

不过，我还是鼓起勇气，试着像以往一样利用它。我把它往我身边拉了拉，试图让它靠在我的胃部暖我的胃，从而提高我的信念，暖和我的心。可是我十分悲哀地发现，我根本拉不动它。它不仅仅看着像座山了，它是真的如山一样沉重。我又拉又扯又拽，闹得满头大汗，但是它纹丝不动。

我沮丧极了，只好退一步再想。我想虽然它重如泰山，我轻如鸿羽，可是我有头脑它没有，我有思想它没有，我有心灵它没有，我有情感它没有……甚至，哪怕是痛苦呢，也是我有它没有。我还有疑惑，还有……我正要继续往下想，我身边的那个"巨人"突然发话了：

"不要夜郎自大，不要惟我独尊。你有的，人皆有，你无的，人亦有。虚心使人进步，骄傲使人落后嘛。"

我目瞪口呆。它不仅会说话，它还会透视——透视思想，窥探心灵！这太可怕，太荒谬，太不可思议了！

"你是什么东……哦，我是说你是谁？……你为什么会这一切，我是说，人所会的这一切？"

"哈哈,太可笑了,你居然问我是谁！你难道忘了我就是你吗？不但我是你,你也是我呀！我们俩谁跟谁你居然还分不清！这可太可笑、太荒谬了！哈哈,哈哈!"

我更加莫名其妙了。我想真是见了鬼了,好端端跑出一个热水袋来,而且是这样一个古怪诡秘的热水袋！难道我还在梦中,这一切只是梦里的一幕好戏？

这样想着我感觉好受了一些,于是我伸手掐了掐胳膊。我想将自己掐醒过来,想让自己立刻离开这个古怪荒谬的梦境。

想让自己尽快恢复到人的处境。

我成功了。

我看见了窗外那棵树。那棵树自我们搬来起便与我的孩子一起生长。我的孩子如今十二岁了,那棵树也在我的眼皮底下生长了十年。它日见粗壮,日见高大,前年就已经将它的枝干伸到我的阳台上来了。我常常顿生幻觉,以为那伸过来的枝干是一只手,一只绿色的表示友善的手,所以当它越来越大,越来越茂密,逐渐将整个阳台占满,我们不得不修剪它时,我便将它剪成了一只正在致意的手(当然,它很大,是一只巨手)。这只正在致意的手生动形象,充满人情味,换句话说,充满了我赋予它的友爱与温馨。

每回我落魄失意的时候(其实也就是情绪低落,孤寂茫然,而不是人家常说的仕途遭挫、情场失意之类的正经事),我常常忍不住要想像这是一只神奇的手,至少是一只负有使命的手。它可以妙手回春,像吗啡一样于刹那间使我的情绪兴奋起来,愉悦起来,而不再悲哀落寞,茫然无措。或者,它是像电报、电话、电传一样能够传递信息,能够交流情感的。

它受了远方一位不知名的朋友(对,不知名)派遣,特意前来帮助我这个老爱无端发呆,老爱小题大做的家伙。我这样想着,常常就会忍不住走到阳台上,忍不住伸手去碰碰它,看看它是否真的神秘神奇,真的友善温和。

结果呢？结果是有时它真的神秘神奇,极具魔力,有时则无所作为,表现平平。不但表现平平,有时它还一反友善本色,怒发冲冠,夹枪带棒,令我不寒而栗。虽然这种情况不是很多,但一旦碰上了,也真够我受的。它会突然把我那只正在拍它的手抓住,然后它就不再是那棵性情平和、友善友爱的树了,它突然冒出许多玫瑰刺,又尖锐又茁壮又执著,顿时就把我的手扎得鲜血淋漓、伤痕累累。每回这种时候,我真是哑巴吃黄连,有苦无处诉。我只好自认倒霉,以难得的毅力坚持着,不呻吟,不叫唤,不呼天抢地(像我经常温习的那样),而是任凭肆虐,任其大发淫威,直到它发作完毕,自己歇手。当然,这时,我的手已经不成其为手了,它简直就是蜂巢,上面布满了大大小小密密麻麻的洞眼。所不同的是,那洞眼里流出来的不是蜜,而是血。

不过,神秘神奇的时候,它可真是让我大开眼界。我只要走到它身旁,尚未伸手触摸它,它便摆动起来,朝我点头致意。我的手刚一挨着它,它立刻温情脉脉地将它握住,像老朋友似的连连晃动,激动不已。更有甚者,当我对它微笑,向它说"你好"时,它居然也能微笑,并且口齿清楚地回答我说:"你好!"——可以想见这种时候我是多么激动,多么惊奇惊喜!我心里的那些悲凉落寞顿时一扫而光。

后来,当我的惊喜之情有所减弱,也就是说,它的神奇不再像初始那样能迅速将我的忧郁一扫而光时,它立刻又变幻出新的魔力。比方说,面对我那无精打采、闷闷不乐的脸,它会突然发出一串笑声,并且怪声怪气地嘲笑我说:"问君能有几多愁,恰似一江春水向东流!——哈哈!"我呢,惊讶之余,自然也就没脾气了,只好"破涕为笑",并对它的神奇心服口服。

有一回,我又一次周期性地被某种渴望所缠绕,不由地琢磨起四楼阳台到地面的距离,并猜测这样的距离是否会造成失误,使纵身一跳成为一种尴尬时,它突然发话了:"十二米九〇。高度不够。你将摔成脑震荡,然后以植物人的姿态回到这个世界来。"我惊讶之至,同时也哭笑不得,我想你又不是超人,我就不信你连这个四楼阳台的高度也能丈量出来。我特意不厌其烦地跑到行政处,找出我们那栋楼的设计图纸。结果呢?结果令我瞠目结舌:地面距四层阳台正好就是十二米九〇!

守着这样一棵神奇的树,你可以想像我是如何的惊奇惊喜。尽管有时我会被它扎得鲜血淋漓,疼痛难忍,但我仍旧无法抗拒它的魅力。我常常不由自主地走到它身边,一往情深地把它当成我的吗啡,我的男友,我的茫茫大海中的伟大孤舟。比方此刻,当我从怪梦中醒来,一看见这棵树,我心里立刻踏实下来,我重新获得轻松、愉快,以及安全感了。

我像往常一样走到它身边。我满怀深情地伸手触摸它。我的手刚一挨着它,它立刻把它甩掉,同时闷声闷气地嘟囔起来:"热水袋!我可不碰热水袋!"

"什么?你说什么?"我既吃惊又怒不可遏。

它不做声了。但是可恨得很,它仍旧在摆手,不让我碰它。

"我是你的朋友,你连我都不认识了吗?"我尽可能克制自己。

"哦,不不,你是热水袋。你已经变成热水袋。"

"胡说!我已经醒了,我是人——告诉你我是人!"

"不!你还是热水袋,我知道的,你还是热水袋。"它固执极了。

我突然控制不住自己了。我不顾一切地跑进厨房,抄了一把菜刀出来,对准这棵可恶的装神弄鬼的树就乱砍起来。

我原来以为会遇到强烈抵抗的。我虽然气昏了头,但还没有完全忘记它的变化多端,它那又尖锐又茁壮的玫瑰刺。不料它却毫不抵抗,任凭我乱砍乱伐。这使我多少有些气馁,因为这大大降低了我发泄的快感。

我很快就将这只在我的阳台上屹立了许多日子的巨手砍伐一净。我看见它垂头丧气地躺在我的脚下,想起它往日的神秘神奇,变幻多端,心情不由复杂起来。

不过事已至此,伤感也无用。我弯下腰,勉强将它抱起。我抱着它,一步一步走回房间。

刚一进门我就愣住了。我看见我的书房里耸立着许许多多绿色的巨手!它们和我刚刚砍下的那只一模一样!令我惊骇的是,它们已经准备好了浑身的玫瑰刺,正跃跃欲试,群情激愤地等待我的出现。

我知道无计可施,于是我强打精神,凛然而行。

结果,我穿过一片骤然爆发的笑声,进入一个阳光满室的境地。我看见一只小小的、绿色的热水袋静静地躺在我身边,它显然已经冰凉如水了。

(1994年)

断　篇

　　有些事情你并不想发生,可是它就那么不经意地发生了。没有预感,也没有预期,它就那么横空出世,猛然出现在你面前——令你惊惧惶恐,茫然无措,你不知道它是假相还是真实,是陷阱还是坐标,是荆棘还是珠兰。你试着赶它走,躲避它如同躲避瘟疫,可是适得其反,你越来越被它所吸附、所支配、所驱遣……手足无措之余,你终于无奈地想,你也许应该放弃努力,你也许有权听从内心的愿望。于是,那根紧绷着的弦渐渐松弛了下来。

　　可是,接踵而至的是什么呢?

　　林里泪流满面地坐在那里打字。因为她突然心口疼痛起来。她悲哀而且绝望地发现,她的感情又一次无法投递,无法签收。她甚至连打一个电话都不可能。为什么她总是爱上一个遥不可及,深不见底,或者来去无踪的人呢?为什么她总像一个低眉顺眼的儿媳妇,而爱情永远像一个恶婆婆,它回答她的低眉顺眼、唯唯诺诺的,不是冷言冷语,恶声恶气,便是凶神恶煞、喜怒无常的暴君本色?

因为你泪流满面,所以你别无选择地坐在这里打字。因为你别无选择,所以你一心一意地把电脑当成你的爱人、你的密友。你别无选择地对着它怔怔发呆。

(事实上你也的确是我的爱人、朋友。你比任何人都善于倾听、善于记录。只要电流接通,键盘敲响,你便倾听一切,记录一切。我多么感激你——终生感激!)

那天晚上林里听见一阵幽幽的哭泣。那哭声时断时续,哀婉飞扬。林里凝神,看见他伸出手去,把她那正乙乙如抽的肩膀扳向自己。好了好了,我知道你的心了。林里听见他低沉有力的声音。你多么希望这话是为你而说。林里看见温情渐渐浮到她的脸上。他开始吻她。绵长细密地吻她。仪式结束。你居然毫无礼貌、不合时宜地在一旁嘟囔。感激从她的脸上、身上流溢出来。温情下移。他在她瘦削的胸部逗留。美丽弥漫。不可思议的是,你居然感同身受。她的身体颤抖起来,激情涌出。他继续下移,节奏舒缓,充满柔情。你多么感动。虽然冷眼旁观,可是你多么感动。他终于抵达。你听见自己叫了一声。他,他多么默契,适时进入。

灵魂停顿。躯体柔情万种。你和她,你们不可思议地感同身受。

第一次见面时林里显然微微有些意外。电话里的声音描画的是更其淳厚、更其平实的形象,可是面前这个人却是生气勃勃,虎虎有威。他看上去像一匹野马,一匹难以驾驭的烈马。他显然也忽略了她。当然,她知道自己那天有多么糟糕:衣冠不整,神情憔悴,活像一个五十岁的糟老婆子。

走进他的家,林里看见一个瘦削、美丽、温和的女人。那是他的妻子。她曾经和他相濡以沫,患难与共。

从一开始林里就喜欢她了。当然,过了很久她才知道为什么喜欢她。

很长时间以来,林里一直把自己当做一个冷血的人,至少是一个内心坚硬的人。在经历了那场可怕的感情幻灭之后,林里断定自己彻底丧失了爱的能力。不仅仅如此,她甚至对男人产生了一种近乎恐惧近乎厌恶的心理。林里自己的这种判断已经得到事实的证明。十几年了,对林里友好而且殷勤的男人不在少数。但是他们的友好一旦转化成"爱情",林里立刻就会对他们失去耐心。她的教养此时已无法挡住她内心的厌恶了,她会非常突兀、非常无礼地让正在表达感情的绅士顿时噎住,尴尬不已。

林里觉得自己是一个外柔内刚的画家,而不是如某些批评家所描述的(唉,懂得她的批评家真是不多),是一个温情弥漫、充满女性意味的女画家。

林里珍惜这份外柔内刚。这份外柔内刚使她无论在生活上还是在艺术上,都获益匪浅。

可是林里现在对自己的"外柔内刚"不那么有把握了。因为这天晚上,她发现自己被忧伤缠住了。她躺在床上,不可遏止、十分痛苦地想念那个人。她想念他的声音,他的幽默,他对她的呵护有加关怀备至,还有,他那转动方向盘时的潇洒侧影。唉,那个姿势是多么美啊!那份自如自信,泰然从容的美已经好几次没来由地、闪电似的袭上她的心头了。她不得不承认她从来没有这样真切深沉地思念过一个人。她多想在她如此缠绵低迷的时候,有他坐在她的身边,对她关怀备至,呵护有加,或者和她侃侃而谈,议论风生(他的声音是那样富于磁性,无论低语还是朗声,都会在她心里引发一种异样的感觉。她现在知道是那个声音俘获了她——多么可怕啊,一个低沉淳厚的声音就足以击败一颗封闭坚硬的心)。是的,她的思念只限于他的声音,他的侧影,他谈话时那生动的面容。因为他们之间一直都是彬彬有礼、关系纯洁的。可是即使是这样彬彬有礼、关系纯洁的思念,也是如此不可遏止,摧人肝胆(林里由此想到那种真正的相思必定更加可怕,更加镂心刻骨,难以承受——多么万幸,她还没有领教过那个)。她多么想他现在就坐在她的身旁,和她交谈,逗她发笑,或者他们一起开车出去,兜兜风,数数星星,关系简单地彼此同行啊……

可是,无论她此刻多么盼望他,他都毫无反应,渺无音讯。

痛苦到极点的林里,平时最痛恨金钱万能的林里此时甚至一心一意地企盼起金钱万能来。她想金钱最好真的能够万能,这样,她只需拿一沓钱来放在枕边(感谢上帝,钱这种东西既不必漂洋过海,也不必飞越蓝天就可以找到,它在某种意义上是可以招之即来的),她的所有这些痛苦就可以消失了,安静与平和就可以立刻回到她的身上——她此刻是多么怀念她曾经那么奢侈、那么大把大把地拥有的安静与平和啊。

很不幸金钱并不是万能的,所以躺在床上一心一意企盼金钱万能的林里终于无法抑制内心的痛苦,而任凭这份痛苦一圈圈回旋,扩散,上升,直至忍无可忍,脱口而出。

林里惊愕万分地听见,从自己心里冲出来的这一堆呻吟,居然如此嘹亮又如此深长。

有一个熟悉并热爱她的画的读者曾经来信发表意见说,林里"像爱情人似的爱着那份绝望",理由是林里的画里充满了绝望的美。这个读者林里素不相识,可是他却如此准确地评论了林里的画。这使林里既感动又凄凉。她感动的是大千世界,众生芸芸,毕竟还有懂得她的人,凄凉的是连芸芸众生都看得清楚的事,那些学富五车的专家、学者却视而不见。唉,人的感觉是多么的不同,而艺术又是多么可悲地必须依赖于这种参差不同、见仁见智的不可靠的感觉啊。

林里有时会想:一沓钱搁在那里,谁都知道那是一沓钱。一沓很有用的钱。一台电视机放在那里,谁也不会不懂那是一台电视机,是可以看新闻,看电视剧,看五花八门广告的电器。可是一幅画挂在那里,它是真品还是赝品,是创新之作还是东施效颦,它表达的是皮毛还是本质,是鹦鹉学舌还是真正独特的声音,是表面的苦恼还是深层的苍凉,却有赖于读者的直觉、修养、阅历,甚至人生磨砺、哲学天性。观众能否和你沟通、共鸣,作者和读者能否互相进入各自的内心,其实是没有定数的。有价值的艺术品要在世俗世界里获得价值,其倚仗的,往往不是必然的规律,而是或然的机缘。

所以艺术家必须既热爱艺术,又热爱孤独与落寞?

就像爱情。

谁说爱情美丽呢？

爱情比死还虚无，比死还残酷。

美术的这种不确定性使林里有时更向往文学。文学是一个词一个词，一句话一句话连接起来的。文学可以是故事，可以是情感，可以是思想，也可以是疑问。文学无论如何朦胧模糊，它总比美术清晰，比美术确定。而且，关键是，文学在记录人生轨迹，测量情感深度上，比美术更直接，更具体，同时也更体察入微纤毫毕现。甚至，文学那种排解、宣泄的功能在林里看来，也比美术要好得多，强烈得多。而这一点，对于像林里这样"外柔内刚"的女人来说，实在是很重要的。

林里的外柔内刚不仅仅是一般意义上的外柔内刚，它还包含着这样的意思：她的刚强其实仅仅是内心的刚强。在外部世界的你长我短，争斗倾轧中，她永远是毫无力量，柔弱可欺的。面对麻烦与争斗，她永远的、惟一的选择是：逃。

逃回自己那十二平方米的画室。

逃回自己厚厚实实封闭着的心。

林里常常庆幸这个厚厚实实封闭着的世界有一扇窗口。这窗口使她得以透气，舒展身心，并且释放怨气与悲哀，同时，也使她更清楚地透视自己。她现在对于探寻自己，预测自己几乎是有些着迷了。

这扇窗口就是书写。或者说是她此刻正在敲击的电脑。她立志将自己的感觉、经验、遭遇、认知一一记录到电脑上。让文学收藏她的内心，而让她的职业——绘画，展示她对于外部世界的观察、捕捉、思考与抗争。

敲进"抗争"这个词后她不由苦笑了一下。她嘲笑自己的孱弱。抗争这种词只有当她回到自己封闭的世界,面对电脑和纸墨,抗争对象销声匿迹时才会出现。这不是很滑稽吗?

但是无论如何她想她至少该写一本书。

一本关于自己的书。

每天早晨你都在等他的电话。你像一个小女孩一样焦灼、紧张。电话如期而至,铃声于是像钢琴一样叮当作响。你按住急切的心,尽可能地倾听这动人的音乐。摘下话筒,那个能够径直走进你心里的声音出现了。它是那么优雅而厚重,执著而宽广,既善于抒情,又充满理性,既富于魅力,又给人以空前的安全感。林里常常惊讶这样一种卓尔不群、富于乐感的声音,竟然发自一个整天和拖斗、吊车打交道的工程师(虽然林里知道他现在已经因为某项发明而致富,并且自己当起了老板,但林里还是愿意把他看成是仍旧整天和吊车、拖斗打交道的工程师)。她常常不公平地想,这样的声音真该是艺术家的声音,那么优雅,那么淳厚!

更让林里欣喜惊奇的是,不仅仅声音优雅,他的谈吐也是无可非议地优雅,无可非议地丰富。他并不是一个只懂得机器,或者只懂得钱的人。他懂得艺术,懂得情感,懂得关爱。当他那天终于忍不住吐露心声,说他已经莫名其妙地陷进某种感情时,她多么惊喜又多么惊惧地发现,他的激情,他表达情感的方式,正是她从少年时代起便向往憧憬而至今不曾遭遇到的。

多么具有讽刺意味啊!一个工程师倒有艺术家的情

怀。而一个艺术家……一个艺术家倒是……

唉,林里觉得根本不能深究下去的,生活真的是荒谬得可以。

不过,"一朝被蛇咬,十年怕井绳"这句话实在太准确了,林里至今仍是一个被爱情吓坏了的女人,她哪里敢玩火啊。听着那个优美声音的优美表达,林里只得使劲在心里警告自己:

这不是真的。

这不是真的。

即使它是真的,也不是你该有的。

也不是你所要的。

林里很清楚她要什么。她要心如止水。她要不受伤害。她要一心一意画她的画、写她的书。

很久了,她就只为这两样东西活着。

令林里沮丧的是,她发现自己一边这样对抗着那富于磁性的声音,一边却莫名其妙地渴望它、向往它。

一周下来,林里对自己失望透了。

有时候林里想,现在的人越来越不愿意承认"爱情"这种东西了。她自己就曾很激烈地抨击过"爱情"。那是在她被"爱情"狠咬了一口之后。不过人们攻击爱情其实并不是因为爱情不存在,而是因为爱情太短暂、太虚弱、太担当不了重任。人把对生活的理想托付给它,把对人性的理想托付给它,甚至把对自己的理想托付给它,可是呢,它连自己都担当不了,它哪里能够担此重任?于是人就抱怨它、诅咒它,希望它是根本不存在的东西,希望它是女人们杜撰出来并且只有女人才相信的神话。可是事实呢?事实是人尽管否认它、诋毁它、流放它,可是不经意的,它偏偏就在你以为已经对它产生免疫力的时候猛地从你心里蹿了出来,令你惊讶不已,茫然无措。

林里觉得自己目前就处在这种尴尬的状态。你所全力诅咒,全力遗弃的东西原来隐藏在你心里。它仍旧根深蒂固,枝繁叶茂。它等着你注视它、承认它、期待它,否则,瞧着吧,它很可能有一天就不管不顾地从你的嘴里探出头来,把躯干,把枝杈,把纷繁的绿叶横在你的脸上、身上、头上,让你躲闪不及,让你惊慌失措,狼狈不堪。

林里现在不敢说爱情纯属虚构了,也不敢再说自己对爱情是有免疫力了。她宁可沉默不语,反省再三。

夜里林里做了一个梦。梦里那个淳厚优雅的声音消失了,代之以一张丑陋的面孔。那张面孔对着她咬牙切齿,大喊大叫,对她说最残忍的话,发最恶毒的咒。林里吓坏了,她惶恐惊惧,冷汗淋漓。醒来后,她按住突突狂跳的心口,发现自己悲哀极了,绝望极了。

林里记得十年前那场可怕的"爱情"也是以一场噩梦开场的。想起这个她就不由心里发冷。她当然是一个有神秘倾向的女人。艺术家和女人都难逃神秘倾向。可是为什么又是一场梦呢?梦境在她的生活里导演了太多的故事,她如今已经有些厌烦了。她这次还要继续顺从它吗?

那次是怎么开始的呢？对了，是因为他的画。那时候你刚刚毕业，正热衷于转行搞美术评论，而把专业——国画丢在一边（看来你对文字的情有独钟早就开始了）。有位朋友拉你去看他的画，因为他希望你能为他写篇东西。你不太情愿地去了。原因是你对这种自己出面找评论家来宣传自己的做法不存敬意。可是，发生了什么呀？

那些随意铺在床上、桌上、地上的石版画像暗夜里的霹雳又像清晨的露珠，那样醒目突兀又那样清新迷人，令你刹那间目瞪口呆，并且立刻心醉神迷！

你欣喜若狂地"吞吃"那些画，犹如一个迫不及待狼吞虎咽的饥寒交迫者……

让你久久不能忘怀的是那个藏族老人。那个手摇转经筒的藏族老人发出来的目光于刹那间穿透你的五脏六腑。他淡淡地坐着，眼中满是沧桑，满是悲悯。那沉重、睿智、犀利的目光静静投射着。你看见它越过画幅，穿过历史，穿过现在，也沉郁久远地刺向未来。

激情竟然在对虚无的穿透中诞生。为此你感到深深的迷惘。

珍藏的版画里还有一幅《小藏孩》。雪地上两个正在嬉戏的孩子生机盎然蓬勃璀璨。画家对生命的礼赞与珍惜透过孩子纯真而丰富的面孔铺满纸上。

林里不知道为什么始终没把这幅可爱的石版画陈挂起来。虽然她赞叹这幅画就像那人赞叹那新鲜美丽的生命。她画室的墙上一直静静地放射着那手摇转经筒的老人大悲悯的目光。那目光林里觉得无论她到哪里,都始终环绕左右。

后来林里知道那种悲剧感是从一开始就设定了的。所以她爱悲悯的老人胜过爱蓬勃璀璨、无忧无虑的小孩。

林里渐渐发现自己有一个习惯。那就是常常周期性地收拾东西。有时候收拾抽屉,有时候收拾衣柜壁橱。她发现自己常常有一种收拾整理的冲动,就像一个健康强壮的女人隔几天自然会有一种拥抱异性的冲动一样。她觉得这个习惯有些莫名其妙。可是一旦周期到来,无论她多么忙乱,多么没有情绪,她也会屈从于这种冲动。她会突然放下手里正在干的无论什么活儿(也无论这活儿是急还是不急),去把衣柜里的衣服裙子帽子袜子全部搬出来,堆到床上,任它们随心所欲,东倒西歪,混乱不堪……然后,在一种同样东倒西歪、混乱不堪的心情下,林里坐下来,怔忡发呆,不知所措……

终于,林里站了起来,以一种洗心革面、重振山河的决心,尽可能迅捷地动起手来,将这堆混乱不堪的东西分门别类,逐一折叠悬挂。

当衣服裙袜气象一新,秩序井然地重新回到衣柜里时,林里发现自己的心情也秩序井然,气象一新了。

后来有一个热爱精神分析的朋友告诉林里,这种现象表明她对生活不满意。他说你对生活不满意,觉得生活全无头绪,混乱不堪,所以你常常有收拾整理的冲动,你试图通过这种收拾整理使生活恢复秩序,焕然一新……你有冲动也有行动,所以你还不是不可救药。只要不是不可救药,你就尽管收拾整理下去,不必担心周而复始,也不必担心莫名其妙……记住,只要还有冲动与行动,就证明你还活着,还是一个有能力改变自己,改变环境的人……

我有能力改变自己,改变环境吗?

林里听完朋友的话,陷入了沉思。

林里想起自己那以"逃"为宗旨的生活态度,还有那漫不经心、事事随便的疏懒本性,不禁苦笑。其实何止这些呢?除了绘画和写作还能抓得住她,她在这两件事上大多数日子里还说得上专心致志,不依不饶之外,还有什么事能够驱动她去行动、去奋斗、去抗争呢?

林里最清楚自己了。她很明白自己其实是一个在两极摇晃的人。只要那头深藏于心的怪兽不彻底放开她,不从它的栖息之所走开,她的一切就还是一个未定数。即使有朝一日艺术使她辉煌一时,也难保不在顷刻之间轰毁坍塌,如烟消散。

想像这一结局有时使林里不胜悲哀,有时又使林里喜不自禁。

不过,林里渐渐发现,自从被那个声音所吸引,深藏于心的这头怪兽就形迹渐稀了。它似乎进入了冬眠,不再像过去那样总是探头探脑,蠢蠢欲动,一有机会就毫不留情,呼啸而出了。对此,林里说不上高兴也说不上不高兴,她只是不置可否地想,看来真是一物降一物,恶马恶人骑了。

那么,你是爱生呢,还是更爱死?你是渴望激情呢,还是渴望沉寂?

你是爱那个人呢,还是爱那头怪兽?

夜里,林里在床上辗转反侧,扪心自问。可是她发现,这个问题一经诉诸理智,她就觉得实在可以置若罔闻了。

甚至,她隐隐觉得,自己其实是爱沉寂胜过激荡、爱结束胜过开始的。只是如今还不能承认罢了。

可是那个声音通过越洋电话频频而至的时候,林里觉得自己也说不清自己了。那个声音总是在她心里引发一种异样的感觉。她渐渐被它所暗示、所搅扰、所牵引。林里甚至觉得那个声音隐含有催眠的元素。她在它的作用下,常常不知不觉就脱离了常态,渐渐进入一种幻境。在那里,她的意志不再能够支配她的声音了,相反,是声音支配意志,细胞支配网络,嘴支配脑。她曾经一再排斥,一再遗弃的那些词不知怎么就汩汩地从她的嘴里流了出来,流进电话线,流进电话线那端那人的耳廓,再从那人的耳廓顺流而下,进入那人的心、肝、肺,使那人如获至宝,舒心暖肺,荡气回肠……

那人荡气回肠,满心喜悦的时候,林里才突然如梦初醒,发现自己出了岔子。

出了岔子的林里使劲反省自己,批判自己,想使自己重新清醒冷峻,心如古井。甚至想使自己重新回到那头怪兽的辖制之下。可是,林里发现自己的努力纯属徒然。

直到有一天,林里发现自己作为一个单身女人,身体是那么奇怪地始终淡泊平和,收支相抵,精神则是非常奇怪地异军突起,烽火连天时,她才明白问题的确不那么简单。她想身体的平和也许因为体弱,也许因为独居日久,惯性已变作本性,总之她想这还好理解,令她大惑不解的是,一个常常悲哀难禁,惶惶不安,一个心底时时潜伏着死亡怪兽的患忧郁症的女人,她的精神为什么还常常会异军突起,烽火连天?

她不是悲哀难禁吗?她哪里还有温情激情?

她不是常常不由自主地渴望结束吗?她怎么还会自相矛盾,既渴望安宁又渴望骚动不安?

一个人能够在渴望寂灭的同时也渴望爱吗?

林里匪夷所思地想,她在本质上是渴望死的,但是她又隐隐地有些害怕它,那么,在本质上害怕爱情的她,是否理所当然地也隐隐渴望它呢?

或者,正是那隐隐的害怕才理所当然地引起了隐隐的渴望?

思来想去,林里悚然一惊,明白自己掉进了怪圈,而怪圈是最善于谋杀女人的。林里命令自己适时止步。

可是林里遇到了强劲对手。

那是一个既优柔寡断又意志坚决,既踌躇不前又斩钉截铁的人。他曾经优柔寡断过,踌躇不前过,可是如今似乎是一味地意志坚决,斩钉截铁。他深知林里要逃跑,所以他每天都准时拨一个越洋电话来。他说他是死心塌地,志在必得,他说即使林里逃到天涯海角,逃到外层空间,他都会把她捉回来。他还说她是他的,上辈子就注定是他的了。他嘲笑林里的软弱游移,嘲笑她的苍白暧昧,也嘲笑她的冷酷无情。他说大概你们画家艺术家都是这个样子。也难怪,你们要不是这样,你们怎么能画那么多画,谱那么多曲,写那么多书呢？

林里很奇怪每回他嘲笑她和她的同类时,她都毫不反感。不但不反感,她还常常感慨万千。也许因为她爱过一个那么孱弱的艺术家,也许因为她看够了她的同类们的斑驳面孔,也许她本来就是有自虐倾向的人,所以他在嘲笑她指责她的时候,她反而对他大加赞赏。她甚至想,正是因为他不是孱弱的、苍白的、游移的、分裂的,她才被他所吸引、所搅扰?

她明白自己其实并不害怕他,自己害怕的只是爱情。或者倒过来说,她其实已经爱上他了,她想躲避的其实只是爱情——"爱情"。

尤其当"爱情"附着在这么一个意志坚决的男人身上时,林里更加不寒而栗。

不过现在林里至少知道人不仅仅是可以按界别划分的,人还可以有各种各样的分法。以前她是那样"万般皆下品,惟有读书高",一味推崇读书人、文化人。她尤其把那些学富五车、洋洋洒洒的专家、学者看得很高、很纯,后来才知道读书、做学问并不能保证一个人品行高洁,相反,学富五车、洋洋洒洒的学者一旦卑劣起来委琐起来是会显得更加丑陋,更加不堪的。你尊敬一个学者,你就尊敬他的学问,尊敬他的治学严谨好了,你不要推而广之到他的胸襟,他的人格,否则,你这不是尊敬人,而是苛求人了。同样,别的界别里,也一样是三六九等,不一而足。而男人,林里现在觉得男人其实也可以简单地划分为两类的,一类A,一类B,或者一类负A,一类负B。林里想清楚这一点之后,突然觉得生活原来也是可以简化的啊。

简化了生活的林里却无法简化自己的心。她想到自己那忽东忽西的思绪,那自相矛盾的感情,心里就乱麻似的撕不开,扯不清了。

那时你还是多么简单,多么不懂世道人心啊。那时一幅或清澈透明或深邃丰富的画,就足以俘获她的心,因为她相信作者必定如他的作品一样或清澈透明或深邃丰富。那时甚至一份慷慨激昂一份温和善良都能收服她,因为她愚蠢到不懂这些都是可以表演可以造作的。简单愚蠢的少女林里,崇拜线条与文字的少女林里必然会爱那个既慷慨激昂又温和善良,既清澈透明又深邃丰富的画家秦。她要是倾听了那份慷慨激昂温和善良并且被那些既清澈又深邃的画面所击中后不爱他才怪呢,要是不那样的话林里也就不是林里了,要是不那样的话当年的林里也就不会变成今天的林里了。

今天的林里以冷漠守护温情,以逃避维持进取,以毁坏促成创造。(或者反过来说,以温情抵抗冷漠,以进取维持逃避,以创造促成毁坏?)她不再不懂世道人心了,可是她也拒绝向世道人心称臣。躲避成了她的座右铭。在她那十二平方米的书房兼工作室里,她有自己的帝王,也有自己的君臣之道。

当然林里知道自己如今有多么糟糕。很多时候她是如此蓬头垢面,混乱不堪,与世隔绝,孤僻诡秘。她虽然一意孤行地拒绝世界,拒绝生活,但她知道自己其实是脆弱的,不堪一击的,否则,她何必躲避别人,躲避那个世界?她的作品显然也无可挽回地散发着这种孤寂落寞的气息,所以才既赢得赞赏,又招致非议?

她呢,她倒是觉得自己也并不是那么一如既往,坚定不移。她有时也是愿意和这个世界媾和的,因为她有时看看堆在墙角而且越堆越高的那些卖不出去的画,就觉得不胜其烦。她和那些大师相反,她如果画出"惊世之作"来,第一个念头是把它卖出去,而不是把它藏起来。她从来不想办画展、出画集之类的事,所以她没有收藏自己作品的激情。相反,她倒有一种莫名其妙的恐惧。她总是害怕有朝一日她会失去控制,突然把墙角那些"杰作"付之一炬。

她觉得她会的。如果那些画无法售出,一直一张一张地堆到天花板,她肯定不会坐视不顾的。

所以在她画出好画的时候,她总是乐意把画卖出去(以前她常常送画给朋友,可是她的朋友实在有限,循环多了她便不好意思起来)。可是她总是躲着别人,她又没有经纪人,想买她的画的人不知她在哪里,知道她在哪里的人瞧不上她的画(那些画廊老板之类的均属此列),这样积攒延续了几年,她家里所有空着的墙角,就全部堆满了她那"遗世独立的斑斓杰作"。

显然林里和世界媾和的愿望是过于短暂过于薄弱了,或者说林里很不幸只有那不堪一击的愿望而没有坚定不移的行动,所以林里常常鼓足勇气偶试锋芒,便不可救药地败下阵来。这一败便一泻千里,元气大伤。

林里知道自己实在是太"温室里的花朵"了。缺乏勇敢,缺乏毅力,缺乏刀枪不入,厚颜无耻。换句话说,太缺乏在这个蝇营狗苟的世界蝇营狗苟地生存的能力了。

林里为自己脸红的同时,彻底掐灭了那份媾和的愿望。

所以林里就从一个有灵性、有个性、有可观前景的女画家渐渐变成了一个前程暗淡、独来独往、无可救药的冥想者。如今她是思索多于行动,冥想多于言语,写作多于绘画,自省多于反观。直到最近。最近那个越洋而来的声音不可思议地将她这套成型多年的程序给破坏了。

林里常常想,那个声音是什么呢?是理想国度伸出来的稻草,还是现实世界拱进来的柱石?

还是一个似是而非的梦?

一个真实的谎言?

有一天,那个声音说:你是一个对男人有仇的人。她听了不由一愣,后来她说,是的,有仇。深仇大恨。

那人显然也愣住了。

停了半天,那人说,有这么严重?……为什么呢?

没什么。只是有仇。不过……这和你没有关系。

林里迅速挂断了电话。

令林里感到蹊跷并且有些不解的是,当年的秦和今天的周,虽然他们身份不同,性格各异,背景也全然有别,而且今天的林里和当年的林里也并不相同,可是留在她心里的却有一个相同的东西,那就是一个低沉浑厚的声音。林里不明白这两个这么不同的人何以会有这么相同的声音。难道她对这种深沉淳厚的男中音永远缺乏抵抗力,难道只要这个声音在她耳边温情地奏响,她,冷漠的她,孤僻的她,怪异的她,漫不经心慵懒怠惰的她,就会抛开那所有的冷漠、孤僻、怪异、漫不经心、慵懒怠惰,不由自主、怡然欣然地向往它,呼应它?

　　林里知道事实没有这么严重。事实是(准确的词应该是表面上)她还是能够控制自己的。而且她的这种控制已经给那人留下了很深的印象。问题是,在内心深处,她已经非常可怕地丧失了抵抗力。她不明白这是怎么发生的。但是她知道,这是确确实实的。

　　她不知道应该归罪于谁。

　　一个和男人有仇的女人却被某个男人所吸引。

　　一个害怕爱情的女人却被爱情所吸附。

　　一个渴望结束的人却被开始所牵引。

　　但是,这还不是最糟的。

　　最糟并且最可怕的是:

　　一个吸引你的男人却不是你所想像的。

　　一份缠绕你的感情却不是你能接受的。

　　一个牵引你的开始原来只是尚未宣告的结束。

　　林里永远忘不了那种可怕的幻灭。

　　那个曾经被她苦苦思念的人有一天终于出现在她面前。她满怀柔情地凝视他,却悲哀地发现,那人的眼里已全无光泽。弥漫在那双空洞的眼睛里的是躲躲闪闪、遮遮掩掩,以及间或泄露的冷漠、阴鸷、颓丧。林里心里的柱石顷刻间哗啦啦地倒塌轰毁。

　　林里从那天起才真正知道,现实是一种多么强大、多么无耻、多么可怕的力量。它太能够毁灭一切。

那天,林里目睹那个变得如此孱弱、如此委琐的人悻悻地走出她的家门,而终于因一种撕肝裂肺的疼痛用自己的手臂紧紧抱住自己的身体时,她想她此生再也不会爱什么人了。她想这个世界上最不应该做、最不值得做的事就是爱一个人——一个成人,一个男人,一个像风一样全无头绪,像雨一样落地浑浊,像病毒一样居心叵测的男人。

也是在这一刻,她明白了猫啊狗啊鱼啊鸟啊的为什么深得人类宠爱。

熟悉林里的朋友都知道林里从来不承认她那周期性的忧郁、散乱和她那场失败的爱情有关。林里始终真诚、固执地否认这种看法。她很清楚地知道不是自己自欺欺人,也不是因为虚荣或者别的,而是,她比谁都明白自己的症结所在。她是,唉,她知道自己是太为自然所制了。天气的或冷或热,气压的忽高忽低,太阳的时明时暗,风雨的去去来来,几乎从来不曾被她所忽略。她敏感到温度的一度之差,都能够左右她一天的情绪:或高或低,或好或坏,或野心勃勃,或颓废沮丧。她是那么受制于那越来越变幻不定、越来越反差强烈的鬼天气——这一点使她一想起来就愤愤不平,深感耻辱。

她有时甚至要怀疑自己的出身了。她问自己,一个人类后代会这样依赖自然,这样受制于自然吗?人类脱离自然的控制已经很有时日了,人类甚至已经可以仿效自然、干扰自然了,为什么自己却还是这样原始,这样无法独立?难道自己就是一个先天不足的"狼孩",一个可怜的"天然人"?

林里当然无法确认这些或否认这些,她只是知道随着年龄的增长,她的低落、散乱是越来越频繁,越来越出没无常了。比如今天。今天午后她就如此毫无原由、不可救药地陷入突如其来的迷乱与虚无。她突然对她一直忠心耿耿、矢志不移的两件事疑惑之至。她甚至觉得她再也不会去碰那些宣纸那些色彩了,她对所有人力所为的东西都产生了怀疑——在无边无际的宇宙天穹下,人这种生物所制作的东西,真的有什么价值吗?

何况是她所为呢? 她,她是这样一个古怪无常、忧郁散乱、不堪一击、莫名其妙的家伙!

至于电脑,她想她再也不会那么迷恋它了。即使它把一切都或添油加醋或原汁原味地记录下来,又有什么意义呢?

再说此刻,无论什么事情都是不可思议的——此刻她的情绪已经散乱到无以复加了。

只有死能够终止这份散乱。

电话铃响的时候,林里正躺在阴影憧憧的大床上,她已经躺了一个下午了。整整一个下午她不知所措,无枝可栖。于是她任凭思绪(如果也算思绪的话)漫无边际,为所欲为。夜幕降临的时候,她如有所感,可是她仍旧不置可否地躺着,一动不动,似醒非醒。正在这时,电话响了。

拿起听筒,林里听见那个熟悉的声音。林里心里突然涌出无限的沧桑。仿佛她和他已是相爱相恨、纠缠对抗了一个世纪的冤家。又仿佛他们青梅竹马,前世有约,可阴错阳差,暌违久别了一个世纪,如今才骤然通话。林里甚至觉得他们之间永远不会有什么亲密关系了,可是永远都会像今天一样,一拿起话筒就百感交集,苍茫如梦。

林里觉得这种感觉蹊跷极了。

林里一开口,就知道自己今天要失控了。因为她听见成串的语词正在把自己徐徐打开。她听见自己在说天气,说死亡,说莫名其妙的散乱,和莫名其妙的惊惧惶恐。她还绝望地听见自己扯起了那桩可悲的往事。在那断断续续的陈诉中,她听见自己可耻地发出了成堆的怨愤之词。她是多么想让自己终止啊,可是她发现根本无法让自己终止。那两片嘴唇不管不顾,徐徐开合,像飞流直下的山间小溪,不受恫吓,无法劝阻,一心一意地循着自己的路线,蜿蜒潜行,如泣如诉,直到把心里的那点事全倒出来为止。

那无法停顿的声音终于停顿之后,林里发现对方毫无反应。林里立刻绝望地想,他被吓住了。他被这种莫名其妙的女人的神经质、艺术家的神经质给吓住了。

林里无可奈何,准备放下听筒时,听见对方低沉地说了一句:

"我明天再给你电话。"

第二天林里很早就起床,草草洗过脸后,她便上路了。

林里在这个她住了十来年的城市里漫游。时而骑车,时而徒步,时而打的,时而改乘地铁。她希望这种毫无目的的漫游能使她麻木、迟钝下来,既不会对温度的反常敏感,更不必对人际的隔阂灰心。她一再地想,一个现代人,不仅需要一副麻木的感官、迟钝的神经去对付日益嚣张的噪音、粉尘、劫机、爆炸,其实更需要一颗像老茧一样坚硬粗糙的心。

是的,像老茧一样坚硬粗糙的心。

可是,她最缺乏的,难道不是老茧般的历尽沧桑、结实有力的心吗?

敏感,细腻,温情,友善,高贵,对于现代人来说,说轻了是不切实际的奢华,说重了是,是,唉,简直就是置人死地,杀人不见血的吗啡啊。

林里想到这里时,正好机械地随着人流从地铁出口处出来。猛地从阴气森森、无所作为的地下上升到热浪滚滚、轰鸣喧嚣、五光十色的地面上来,林里不由打了一串冷颤。

打过一串冷颤的林里瞪着远远近近的五光十色,突然近乎绝望地想:

在这个轰鸣喧嚣、五光十色的时代,是不是天生就有人离不开吗啡、奢侈品呢?是不是天生就有人需要扼杀躯体、安顿心灵呢?

林里知道这并不意味着强大和崇高,相反,或许这正是某种孱弱的征兆,某种委顿的象征也说不定。

话筒里再次传出那个声音的时候,林里觉得那个声音的魅力已经减弱。她已有一周不接电话了。什么电话都不接。她在躲避。躲避那个人,也躲避自己。她如今如此害怕自己,害怕自己对自己的审视,害怕自己漫无边际的思考。因为她发现思考同样能够导入歧途,同样能够置人死地。多么可怕啊,思考的极限原来是无解,或者说是无。是无中之有,有中之无。是——无——解。

于是林里一周来强迫自己拼命画画。画山水,画人物,画静物,画各种各样能够入画的东西。甚至不宜入画的,比如乞丐,比如垃圾,比如污水坑上漂浮的苔藓,她都疯了似的一一画来。画够了之后,她也筋疲力尽了,所以,她放下画笔立刻就入睡。毫不迟疑,决不拖拉。

林里第二天醒来后发现自己入睡之后居然也在拼命画画。画山水,画人物,画静物,画各种各样能够入画的东西,以及各式各样不能入画的东西。

现在林里听见听筒里传出那个曾经使她着迷,如今魅力渐去的声音,心里不知是悲哀还是喜悦。她淡淡地听着,只入耳不入心,只应声不承诺。她对自己的这种态度很吃了一惊。她想怎么会这样呢?不久前的那份激情,那股温情哪儿去了?电话那边的那个曾经使她思念再三的人,如今怎么成了一个陌生人?

林里的不置可否、心不在焉终于渐渐演变成了一股强大的悲哀。这份悲哀此刻开始在她心里翻腾搅和起来。她哀叹爱情竟然比一张纸还薄弱,比一滴水还易涸,比一缕空气还无迹可寻——入心入肺的情感尚且如此,那么这世上还有什么是真实可靠,坚不可摧,恒长久远的呢?

林里悲叹着挂断了电话。她想她真像在送一个亦友亦敌,亦真亦幻的人啊——如此不无欢欣,又充满惆怅。

林里最想抵御又最无力抵御的是这样一种状态:脱离常规,突然陷入一个无底的空洞,举目望去,一片苍凉,不知道什么是意义,不知道万事有何价值。甚至死亡也没有价值。因为死亡——自主的死亡——是需要行动的,而行动在此时形同虚设。

林里多么想替人类找出点出路来。比如爱情,比如创造,比如繁衍生息、源远流长,比如建功立业、千古传颂等等。可是,她不无悲哀地想,这些都是多么不堪细想,不堪深究的啊!

爱情有价值吗?

爱情如此飘忽不定!

创造有价值吗?

谁的创造能够高于上帝? ——上帝顷刻间就能将一切化为乌有!

至于繁衍生息,至于建功立业,这一切在上帝面前都是多么可笑啊!

什么东西是可以抓握,可以凭靠的呢?

夜里林里做了一个梦。

她仰面躺着,似睡非睡,突然觉得身上有了重量。蒙眬恍惚中,她看见那个人正朝她降落。一种突兀之感朝她压来。奇怪的是她不置可否。她甚至徐徐张开身体。她听见那个人温存的声音。她的心里一阵感动。"我也想你……多么想你。"她听见自己声音恍惚。他像奇迹一样飘然降落。她将自己完全打开,仿佛迎接的是一份命运。而他,也仿佛与生俱来,省略了爱抚、低语和启动,径直地、尖锐地直接逼入。她坦然接受,仿佛他们已是多年的情侣。温情上下弥漫。他的矫健无与伦比。她感觉到了某种依托,在他上下盘旋、来回往复的旋律中,她感觉到了那种依托。她的心里濡湿起来。爱我吧,爱我,爱我……她在心里呼应着,像是呻吟,又像是叹息……爱我,爱我,爱我啊,她幸福而绝望地叫喊起来。

那人显然受了感染,越发地激昂起来。仿佛烈马奔腾,仿佛惊涛拍岸,仿佛火山喷发……终于,像急箭离弦的慢镜头一样,他急遽同时舒缓地松弛下来。

她感觉到了那种松弛和懈怠,顿时一惊,以为他已离去,立刻伸手去抓,于是她扑了个空。

她突兀地醒来。她看见月光如蛇,静静地盘踞在她的床头。

而那个人,那个给她依托、和她一体的人,其实无影无踪。

想起来那年林里真是幼稚无知(说好听点是纯洁无瑕)。那年林里对性爱其实一无所知,可是当那个为她所爱的秦打点行装即将远行时,她却突然迸发了献身的冲动。她突然觉得秦的心里十分孤单,秦的处境也过于空寂。她忆起在他们相拥而坐、温存对视时,秦曾屡次有所希冀,却都在她的冥顽不化前失望不语。她那时不大明白那种失望是一种什么样的失望,她只是隐隐觉得秦的失望相当深重。她几乎听见了秦心灵深处的一声叹息。那叹息如此幽深,如此冷峻,令林里好多天里一想起来就隐隐心痛。

她想自己真是白痴啊,爱一个人却无法驱走那人心里的孤寂,无法和那人心灵的空洞相抗衡,这是怎么一回事啊!

直到有一天林里的心里突然有闪电划过。闪电划过后林里终于茅塞顿开。她模模糊糊地觉得了什么,却又模模糊糊地有所不察。但是她总算有了一点轮廓。她总算隐隐约约懂得了那份失望的性质。懂得之后她立刻自责不已。她想自己真是太糟糕太可笑了,爱一个人居然让那个人饱受痛苦!

如今这个人要出门远行了,也许三年,也许五年,他们才能再见面,也许三年五年他们也见不了面,那么,她还犹豫什么呢?

难道她不该让心爱的人在远行前获得一份幸福吗?

从书本上承继得来的温情、激情、柔情,以及女人天生的母性、牺牲精神等等,此刻从她的每一个细胞每一根神经里挥发了出来,纯洁无瑕(或曰幼稚无知)的林里此时除了爱与奉献之外一无所思。她往身上胡乱披了件外套,立刻奔下楼,翻身上车。她要去见秦,她要把蕴积在心底的全部温情全部爱都毫无保留地拿出来给秦,她要秦从此不再叹息,不再空寂无依,落落寡合。

林里气吁吁地踏进秦的房门时,秦正守着一堆行装无所事事。林里奔过去,温柔地握住他的手,把心底的许诺斩钉截铁地塞给他。

后来林里每忆起那一幕就尴尬难当。那时候林里还不知道那种状态是一种什么样的状态。她那时候实在是无知得可笑。当她满怀深情地躺到秦的床上,温柔地等待秦的降临时,她发现秦的脸上突然一派犹豫不决。她立刻就以她那一贯的一厢情愿误解了这份神情。她的心里一阵感动。她想她没有爱错人,秦是这样好,这样为她着想,这样试图克制压抑自己。感佩之余,林里的爱情越发浓烈了,她伸出手,热情满怀地将自己许给秦。

秦迟迟疑疑地挨过来,迟迟疑疑地躺到她身边。林里于是惊讶地发现秦在颤抖。

你怎么啦?
没,没什么。
你在发抖?
我……我……唉。

一种类似心疼的感觉掠过林里的神经。林里觉得自己是这样爱这个人,这个在她身边微微颤抖的人,这个即将远行、前途未卜的人。

不,甚至不止是爱,是心疼,是类乎母性的那种心疼。虽然秦比她至少大十岁。

林里于是无师自通地将秦揽进怀里,开始温柔地吻他,同时在他耳边喃喃细语。

可是秦的颤抖却越发厉害起来。他几乎是像被晃动的米筛一样身不由己,颤栗不止了。

林里开始觉得奇怪。她不懂秦为什么会这样。不懂这种情形意味着什么。要知道他们俩是常常情意绵绵地相拥而坐的啊。

唉,林里觉得自己那时真是太无知了,她竟然不懂男人有男人的问题。

她只是惊奇地发现,秦原来并没有更多的希冀,他颤抖了好一会儿之后,就毅然决然地从林里的身边坐起来。愣怔片刻,他扭过头,一脸沮丧地说:

你现在知道我是什么样的人了。

林里更加惊奇起来——他是什么样的人？什么样的人是什么意思呢？

林里满腹疑团，惊疑不安，可是又实在无法说出心里的困惑。林里只好默然无语，在秦的背影下静静发呆。

最后，秦终于带着他无法抑制的沮丧登上了西去的航班，而林里则将这团困惑久久久久地保留。

直到有一天林里遇到了一个心理医生。

心理医生对林里说，你要是以为男人个个孔武有力、生气勃勃，那你就太愚蠢了。男人有时是比女人还软弱，还苍白，还游移不定，畏缩不前的。男人的问题比起女人来，可是要多多了。

而且，心理医生说到这里，抬起头使劲盯着林里，记住我的话（林里频频点头，因为此时已是九年之后，林里不但已婚，而且已离婚，不但已是个"遗世独立"的画家，而且开始试图做个用文字"琢磨人解剖人"的作家），女人的问题往往是生理问题，而男人，以我的观察，男人的问题百分之九十九是心理问题。也就是说，心灵的苍白，个性的软弱，情感的贫乏，是相当一部分男人的致命伤，是他们各式各样问题的症结所在——所以，在我看来，男人的阳痿是精神阳痿。

有一种孱弱是体力上的，有一种孱弱则是精神上的。是更其通透，更其彻底的孱弱。是深入骨髓，无可更移的孱弱。

林里洞悉这一点是在遇见心理医生之后三年。那一年林里三十三岁。她想她是快要接近不惑了。

红　粉

作为一个职业画家,林里常常摆脱不了某种分裂感。那就是,艺术家对于美和善发自本能的追求,但艺术家在现实生活中又不得不遭遇丑与恶。林里知道自己有一种对纯净的偏爱,对完美的渴望。她知道这大大降低了自己对生活的热情,也大大妨碍了她对生活的欣赏与发现。因为生活和她的标准实在是相差千里。可是,她想应该有某种契合点,某种能够将二者混合协调的东西,然而多少年了,她始终没有找到这个契合点,没有发现那应该有的黏合剂。她想她所欠缺的是不是正好就是这种黏合的能力。而这种能力的缺乏恰恰是那种被撕裂被分割的痛苦的根源。那种撕裂与分割已经弄得她精疲力竭、狼狈不堪了。

林里常常忆起少年时代的一幕。

那时候他们小镇有一条窄窄的石板桥细细长长曲曲折折地伸到海里去。石桥折身处是一座隆出海面的褐色岩石。持续了几十万年的潮起潮落把那座岩石磨得光滑并且起伏有致。有一天六岁的林里沿着石桥走去,看见一个流浪琴手坐在起伏有致的岩石上边弹边唱。那琴手发长如草,衣衫褴褛,像是穿过两个世纪流浪而来。然而他的眼睛却明亮,歌喉却婉转,琴声却悠扬。他那行吟海边、狂放无羁的形象使六岁的林里大大感动起来。

从那一刻起,流浪琴手镌刻一般进入了林里的记忆。林里发现它几乎是挥之不去取之不绝的。它常常在林里需要的时候便泉水一样涌了出来。林里说不清它在暗示什么,但是她知道,它如此坚韧顽强地卧底监守,是执意要对她有所助益。

那么,什么是它所示呢?

最使林里感到不可思议的是,那个人的魅力已不复当初,她对他的感情也日益趋淡,可是为什么她有时还是会盼望他的电话呢?好几次,她已经觉得自己完全摆脱了那种情感,重新恢复轻松与自由了,可是只要他的声音从电话线里传出,她的心绪又会不由自主地波动起来。就在这时,她听见他说:你不用躲我,也不用害怕我,我并没有什么企图,我也不过是身不由己。顺其自然吧,也许过不了多久,彼此都会觉得对方不再有意义了。那时我们就自自然然地终止吧。

这番话似乎是林里所盼,又似乎大出林里意外,所以林里听完之后眼泪竟然如泉涌出。她有生以来从未领略过如此复杂、如此真切的悲哀。

多年以后她才知道,秦的变化其实并非变化。他后来的委顿、阴鸷、冷漠其实早已隐藏在身。只是当时他将其变形为豪爽、仗义、执著而已。他那时的那些慷慨激昂、正义良知、执著热情不过是一种掩饰,或者说是一种不得已的外化形式罢了。他的身上从来没有那些品质,如果有,也只是对自己所欠缺的良好品质的隐隐渴望而已。

而孱弱和委顿却是他的本质。

正如阳痿是他的本质一样。

语言和线条,哪一样是你的钟爱所在?

有一天林里这样问自己。因为她突然弄不清自己到底更爱什么了,就像她弄不清自己是害怕生活还是害怕生活背面的东西:比如赤裸的真实啊,丑陋的本质啊等等。她也弄不清自己是真的爱绘画和书写,还是只是爱它们所具有的抵御与防护功能,她想,她爱绘画难道不是因为绘画可以描绘一个与真实迥异的世界?她喜欢书写又难道不是因为书写足以使她沉湎于一己的天地,不必与他人称斤论两、短兵相接?

绘画就像一把遮阳伞,写作就像一件雨衣了,它们替她遮风蔽雨,抵挡烈日,它们与她同谋,使她得以躲进小楼,"一统天下"。它们并不是真的是她所爱,它们只是为她所用罢了。

而她如此需要它们。是否说明她也同样孱弱,同样徒有其表,不值一提呢?

最荒谬的莫过于你自以为发现了生活中的善和美,可是无意间你才发现那份美原来只是一份丑恶的包装。就像一个浑身疥疮的人披了一件华美的旗袍,远远看去当然无法窥破真相,等到你走近了、看清了,你却已经饱受恶臭袭击,已经躲之不及了。

丑与恶何其普遍,何其辽阔,而善在这份普遍与辽阔面前,就悲惨地、滑稽地成了一个帮凶?

一个人如果十句话里有九句是假的,一句是真的,你怎么可能准确地找出那句真话呢?

一个人如果十句话里只有一句是真的,你怎么可能不认为那是一个陷阱、一场骗局呢?

说假话的人如此之多,轻信便成了美德?

人类的悲剧在于,当人以为心灵高于一切的时候,他们遭遇的是金钱对心灵的围困。而当人认可了金钱的淫威,准备对它低眉敛首时,却发现它也并非一切。

当你需要爱人同时被爱时,钱不可能变出一个和你心心相印的人来;当你需要倾诉并且需要慰藉时,钱不可能变出一个善解人意的朋友来。你不可能和钱上床,你不可能和钱谈心,你更不可能让血管里流的是钱,胸腔里跳的是钱,话语里滚动绵延的还是钱、钱、钱。

同样的悲剧是,人需要他人的抚慰,可是人却无法保证这种抚慰质地洁净。就像失血的人需要来自他人的血液,可是他人的血汩汩涌入时,某种致命的病毒也可能混杂其中了。

林里永远也不会想到,一个人能够如此充满矛盾,充满极端对立的两极而却以极其和谐的形象出现。真实的假相。虚假的真诚。一个人怎么能够如此既轻浮又执著,既油滑又认真,既虚伪又真诚,既霸道又脆弱,既谨慎又大胆,既朝秦暮楚又始终如一,既功利现实又激情澎湃?

这样的一个人是什么材料做成的呢?

漏拙藏奸?

大玩家?

推理至此,林里不寒而栗。

那年林里在大恸之后很快就平息下来了。那时候她还是多么简单而坚定啊。生活还有某种东西能够吸附她。她抛弃了一度热衷的美术评论,回到绘画本身。她发了疯似的画、画、画。绘画成了她的救命稻草,成了她的方舟、她的寄生地。那曾经有过的热情、单纯、幼稚渐渐沤成了肥料,丝丝缕缕、日复一日地浇灌她,使她获得营养,得到提升。她,她终于从一个游移不定的人变成了一个意志坚定的人(虽然不乏矛盾和惶惑),从一个游手好闲的人变成了一个孜孜以求的人(虽然常常怀疑所求何谓),从一个快乐随和的人变成了一个冷傲孤寂的人(虽然也有向往狐朋狗党的时候)。她甚至可以将成片的蝇营狗苟、鸡零狗碎化为乌有,在虚拟的空白中昂首阔步,颐指气使,如入无人之境。

她成了自己的帝王。自己帝王的王妃。

那十二平方米的画室是她永远的王宫。

现在,林里知道她惟一要做的是将王宫的大门永远合闭。这扇门曾经不经意地被一个声音挤出一条缝,也曾经可能被一举推开,造成一次无法言说的溃败,但是现在它不再疏忽大意了,它将紧紧地、永远地、无可商榷地、无可更移地关闭。

把一切可疑排除在外,把一切无聊排除在外,把一切浅笑吟吟的陷阱排除在外。它将每日每时,每刻每分只服从一个指令,那个指令永远只发一个声音,那个声音是:

不。

(1995年)

寻访乔里亚

如今乔里亚对于我已经不止是一个哑谜一个噩梦了。我追踪她,寻访她,希望有朝一日能走近她的真实。我相信总有一天我会走近它,用我颤抖的双手触摸它,并且,因它的强烈辐射而骤然升华。

——摘自林偌一九七六年六月二日日记

一

乔里亚的母亲散了架似的倒在竹躺椅上,眼睛半闭着。她脸色很不好,还不时干咳着。对于我那连珠炮似的问题,她仿佛没听见。她只是照样闭眼,干咳。

突然,她欠身端起汤药,横着脖子一口气将它喝完,然后"哐"的一声,将瓷碗狠狠扣到地上。

我吃惊地看着她。

她仍旧半闭着眼睛。两颗混浊得跟黄泥水似的泪珠慢慢从她的眼眶里挤出来。

她突然很凶地叹了口气。她睁开眼,一字一顿地盯着我说：

"死了。她死了,她——早——就——死——了!"

我的心一阵痉挛。三年,遣送回来才三年,白皙、婀娜、长着美人痣的乔里亚就死了吗?

我清楚地记得那天我和刘参谋由于执行遣送任务头一回走进这个名叫金山的小镇时的情形。刚走进这个弥漫着咸腥味的靠海小镇,看见那些熟人、乡亲,乔里亚就瘫了似的,几乎迈不开步子。我和刘参谋只好一人一边架着她。

乔里亚满头虚汗。脸苍白单薄得跟张纸似的,那颗嵌在白纸上的黑色美人痣越发地墨黑、越发地突出起来。

"嘀,你也有一颗美人痣——瞧,还跟她一模一样呢。"乔里亚的母亲突然伸出瘦骨嶙峋的手,指着我的脸幸灾乐祸地笑起来,"瞧啊,姑娘,你的命也好不到哪里呐。嘿嘿,我看哪,你也得倒血霉的。"

我不愿和她计较这一切。我想起我收到的那神秘的信,也就是促使我第二次到这个小镇来的那封信里并没有说乔里亚死了,它只是说"乔里亚失踪,速来"。

(这句话也就是那封信的全部。写信人显然不愿多啰嗦,他(她?)发了一封电报式的信。)

于是我说:"伯母,乔里亚到底怎么啦?请您把真实情况告诉我。您知道,我,我必须找到她。"

"知道,我当然知道,你坑了她、害了她,现在你又跑来找她了。你想赎罪,你害怕遭报应是不是?嘿嘿嘿嘿,可惜呀,你来晚了,她一年前就死了,嘿嘿嘿嘿呜……"

乔里亚的母亲突然老泪纵横。

我愣在一旁,劝也不是,走也不是。想起我对乔里亚做下的事,我知道我没有资格安慰她。

我木然地呆在那儿。乔里亚的母亲开始找烟抽。她一边咧着嘴抽泣着,一边抬起手哆哆嗦嗦地将香烟放到嘴边。她那张老丑悲戚而又带着几分凶气的脸显得十分古怪。

从乔里亚家出来时,我不知我要上哪儿去,我信步走着,既无目标也无路线。

头一回见到乔里亚时的情形蓦地涌上心头。

那是一个冬季的正午,我背着背包风尘仆仆地走进六连营房,推开连部的房门,我立刻举手敬礼脆声喊道:

"报告!"

喊完之后我立刻后悔,因为我看见连部并没有连首长呆着,只有一个看来年纪比我还小的新兵正在会议桌前照着一个小本本念念有词,我的喊声显然把聚精会神的她吓了一跳,她"嗖"地从椅子上跳起来并且迅速举手还礼应了声:

"到!"

于是我们俩都笑了。

"我,我以为点名哪。"

就在这时我发现她的脸上有一颗和我一模一样的黑痣。于是我又笑了,我说:"瞧我这儿是什么?"

我把我的痣指给她看,她也笑了,说:

"怎么这么巧呀?"

我告诉她我叫林偌。她说她叫乔里亚,一个很别扭的名字,她一点也不喜欢。

"不,我喜欢,很独特的名字。"我说。

"咦,你找谁呀?你不是我们连的吧?"她狐疑地望着我,摆出一副公事公办的模样。

"我来报到呀。喏,我从一五九师调来的。"我从挎包里掏出介绍信递给她。

她接过去立刻很仔细地看起来。那仔细劲儿仿佛在一个字一个字地研读。

于是我说:

"嗨,你干什么呀,我要找的是连首长!"

"今天我值班嘛。——喏,你要是真调来,以后你也得轮流到连部值班嘛。"

"那你刚才口中念念有词的干什么呢?在背语录?"

"那是代号。话务员都得背它你懂吗?看吧,马上它也要叫你头疼了。"

乔里亚把介绍信研读完毕就叫我在连部等着,她说她去报告一下,连排长们都在忙着训练新兵。她走到门口时又扭过头朝我笑了笑。我看见我那颗又黑又圆的美人痣极其醒目地长在她那张白皙、快活的瓜子脸上。

我心里立刻涌起一种很奇怪的感觉。

一股浓郁的烂鱼烂虾的腐臭味儿扑鼻而来。我这才发现我已经转到镇东头的水产供销站附近了。三年前就是这股弥漫在整个金山镇的浓郁的、经年不散的咸腥腐臭味儿整个地把我击倒,使我顿时对自己干下的事懊悔不已。我当时便隐约感觉我是彻底把乔里亚断送了,因为我突然明白那浓郁的经年不散的咸腥腐败气味是足以窒息任何新鲜脆弱生命的。

只是没想到乔里亚比我知道的还要脆弱,没想到这窒息来得这么急这么快。

那时乔里亚显得多么坚强、多么富于革命性呀,那时正是"批林批孔"的高潮。下来蹲点的英俊潇洒的刘参谋老是耳提面命,让乔里亚上台声讨林彪和"孔老二"。虽然大家都知道乔里亚的批判稿是刘参谋给出的提纲而且全文都经他精心润色过,但乔里亚的"批林批孔"还是出了名,被公认为"能抓住要害,能上升到理论高度,能给敌人以致命一击",于是渐渐走出连队,到营里批,到总站批,到师里批。甚至还被选拔参加了全军区的"批林批孔"万人大会。当我看到白皙、婀娜、长着美人痣的乔里亚站在高高的讲台上,面对上万名雄赳赳气昂昂的革命军人慷慨陈词并且最后还举起纤细胳膊带领与会者高呼"打到林彪!打倒孔丘!"时,我心里突然升起一股很浓很浓的滑稽感。我觉得这场面有些可笑,它既不协调也不庄严,更不具有悲壮意味,它给人一种四不像的滑溜溜的感觉。

记得为这事我还和乔里亚闹了点小别扭:有一天当乔里亚又跑来约我一起去服务社洗澡时,我忍不住把我的感觉对她说了出来。

虽然我只是轻描淡写地说了两句,乔里亚还是十分吃惊。她瞪起那双长长的美丽的眼睛,紧紧盯着我,半天才说:

"你这感觉不对的!你怎么会这样想呀!刘参谋他会说……"

她把后半句话咽了回去,但我已经反感起来,大不以为然起来。我说:

"刘参谋怎么啦?总是刘参谋刘参谋刘参谋的!谁不知

道刘参谋就喜欢你一个人！谁不知道刘参谋连批判稿都替你写！"

乔里亚愣住了,她大概没想到我会这么凶,她委屈地看着我,好半天,才嗫嚅着说：

"你这么想……大概你们都这么想。现在你们都嫌我了……可是我并不愿意他老找我呀……我早就知道你们会不高兴的……"

"谁不高兴啦？你以为大家都喜欢你那个刘、刘、刘参谋哪？——算了,怎么扯到这上头去了,怪没意思的！"

于是两个人都闭了嘴,低头走路,谁也不再开口。乔里亚大概对我的指责生气,而我则对她的委屈样感到愤怒。

直到洗完澡,两个人都披着湿漉漉的头发从浴池里出来,听见一个家属大妈正在说"哟,瞧这俩姑娘长着一模一样的痣！模样儿也差不多。敢情是亲姐妹哪"时,我俩才忍不住相视一笑,算是和解了。

"哟,这不是林、林、林干事吗？"

突然醒悟到是在和我说话,于是机械地点头微笑还礼。眼前是一张菜盘子似的圆面孔。有些面熟,但我想不起她是谁。

"哟,不认识啦？真是贵人多忘事。我可是总记着你们哪——我是满嫂呀,那年你和刘参谋还到我家坐过的呀。"

我这才想起是有这么一回事。我还记起当年满嫂坚持不叫我小林而叫我林干事,虽然我一再声明我只是个战士,她却仍然一口一个林干事。

"林干事怎么又上我们这小地方来了？莫不是又送谁回

来?"满嫂笑盈盈地问。

"不是不是。我只是,呃,只是想看看乔里亚,就来了。"

"乔里亚? 唉,我这妹子命苦呀……年纪轻轻的就……"满嫂说着,撩起衣角擦眼睛。

我心里一紧,"怎么?——乔里亚她真……"

"我这妹子命苦呀,水灵灵年轻轻的就……"

"那么她母亲说的是,是,是真的了……"我鼻子一酸,眼泪很凶地蹿了出来。

"就是。可怜哦。年轻轻的就愣给……唉,愣给逼疯了——这年头人是越来越坏了。"

"疯了? 你是说乔里亚疯了?"我猛地抓住满嫂的手,"你是说她没死她疯了?"

无疑,这个新消息比乔里亚的死讯还让我心惊肉痛!

我紧紧抓住满嫂的手:

"满嫂,乔里亚到底怎么了? 她现在在哪儿? 她怎么就疯了? 谁逼的她谁欺负她了? 快把你知道的全部告诉我快呀满嫂——"

哦林干事,说起来你也许不信,里亚妹子的命真不好。倒霉事一件接一件,最倒霉的就算她在中学当民办教师的那阵子了。我这妹子性情、长相都像她阿爸也就是我那斯斯文文的堂叔,这不,连名字都是她阿爸给起的,斯文着呐是不。可惜堂叔早几年就过世了,要不里亚妹子也不会落到这一步。唉,可怜呐。我刚才说到哪儿啦? 哦说里亚妹子不开心。你和刘参谋不是跟公社联系好了,安排她到以前她阿爸教书的中学去当什么图书管理员兼刻写蜡版吗? 你们走后她就去上班了。唉,她认真着呢,每天跟钟表一样准时,但就只一样,一天到晚闷闷的,连个笑意也没有,下了班就回家,哪儿都不去。做饭呀,洗衣服呀,擦地板呀,全是她。我那黄牙婶子就只会躺在躺椅上咳嗽、抽烟,什么都不管。就这样还不满意。动不动就数落我里亚妹子一顿,或者干脆摔锅摔碗,说里亚妹子给她这个雇农出身的母亲丢大脸了,要和她断绝母女关系等。她要喝了口酒,就更了不得。有一天我听见那边乒乒乓乓地响,赶紧赶过去,看见我那黄牙婶子正抄起饭桌上的半瓶白酒,狠狠泼到里亚妹子脸上。里亚妹子哭得什么似的。还是我过去劝了半天,黄牙婶子才住了嘴。我又送里亚妹子回楼上自己房间去。她只是一个劲地哭,那份愁苦劲儿弄得我也陪着落了泪。唉,这会儿想起来心里又要发酸哪。

你说她平时难道没有一两个朋友同学的来往?是这样,刚开始我看还有她中学的同学来找她,但里亚妹子总是淡淡的,压根儿不像以往,后来人家也就不来了。我还听到秀枝,喏,她的一个同学,秀枝跟人说,里亚当了一回兵就摆起架子了,看不上老同学了。我当时也以为是这么回事,不知道其实她心里愁苦着呢。只有一个伟民,不管里亚妹子淡不淡,还是经常来看她。来了有时还帮她干点重活儿。嗯,你知道我婶子家没男人。慢慢的我看里亚妹子不再整天闷闷的了,眼睛不再那么暗暗的,两颊也有了点红晕了。那一阵我见伟民常来,有一次我还和她开了个玩笑,里亚妹子登时羞得满脸通红转身就走。唉,要不是我那黄牙婶子作孽,我看伟民倒是对我里亚妹子有意,他们倒是挺匹配的一对呐。

那一回是中秋节。人家伟民好意,买了酒呀菜呀月饼呀,来和她母女一起过节,你知道伟民父母都在省城工作,他从小寄养在他外婆这里。原来每年他都和外婆到他小姨家过中秋的,这一年他特意留下来陪里亚母女。谁知我那黄牙婶子三杯酒下肚,老毛病又来了。她先是数落我那过世的堂叔,说他一辈子窝囊,连个朋友都没有。要不是她,又是雇农出身,公社里又有亲戚,里亚做梦也当不上女兵。接着她大概想起里亚给她出丑的事,那股怨毒劲儿又上来了。她边喝酒边把里亚妹子臭骂了一顿,末了还半哭半笑地告诉伟民,她乔里亚不是什么好姑娘,他没必要老来跟她献殷勤,他在马路上随便碰上哪个姑娘也比她强,等等。弄得伟民又吃惊又尴尬。从此人家真的不来了。

这事是我那可怜的里亚妹子疯了以后伟民跟我说的。他后悔得什么似的。他说他要是不听里亚她妈那通话,要是不疑心里亚的品行,照旧和她来往的话,里亚可能不至于这么惨。不过伟民又说,这事也怪里亚自己,她到底在部队上干了些什么呀,否则也不至于这样生生把自己毁了。

唉,你说我那黄牙婶子作的什么孽呀!她好生生把个伟民给吓跑了,这边里亚妹子就又蔫了。本来挺水灵的脸又一点精气神都没了,眼神也越发愁苦起来。有时我实在看不下去,拉她到我这边来,变着法儿逗她说说话,也压根儿没用。她来了也只是木桩似的戳在那儿,低头织毛衣,一声也不带吭的。恨得我直想拿根木棍撬开她的嘴!

要光这样也就算了。要没有后来那一档子事,我里亚妹子也不至于这么,这么惨。唉!说起来都是命呀,什么都是注定的呀。这不中学里偏偏那阵换了头儿,你知道那一阵兴贫下中农管理学校,而新头儿,呸!是个讨饭出身的,到如今还空着一只袖子哪。喏,就是缺只胳膊,一天到晚空着袖子晃来晃去的。这镇上人都认得他,大家都叫他"老皮"。他一进驻中学当领导,就看上我里亚妹子了。呸,这个缺胳膊流氓,挨千刀的!下大狱活该!他老是借口谈思想,要里亚妹子放学后留下来,留下来谈着谈着就要里亚妹子陪他,吓得里亚妹子飞似的往家跑。跑也没用呀,他这种恶棍才不会罢手哪!仍旧是三天两头缠着她。后来,后来听说这流氓到底得手了。这千刀杀的!——唉,说起来你们是好意,却让这个恶棍给利用了。你们刘参谋不是和中学领导打过招呼,不叫把我里亚妹子在咱部队犯的错误张扬出去吗?这恶棍接任以后就攥着这把柄了,他知道我里亚妹子脸皮薄,受不了镇上人的指指点点,就使劲地逼她。扬言要是不从他就把她的事嚷嚷出去。唉,我估计就这样我里亚妹子垮了。

后来的事闹得就更凶了。细枝细节的我也不大清楚,只知道最后一次是那缺胳膊恶棍有一天晚上喝了酒从他那民兵营里操了一杆枪又去逼我里亚妹子。我里亚妹子大概是躲他,他端起枪"砰"地就放了一枪,把个路过的学生给打死了,可怜我里亚妹子吃了大惊吓,从此就疯疯癫癫的了,被送到疯人院去了。可是不久前我去探视时,疯人院的大夫说乔里亚跑了,失踪了。

伟民家住在镇东头。我照着满嫂指点的路线找到他时,伟民正和一个女孩一起要出门。我说明来意后,伟民便转身进屋,把那个女孩打发上楼,把我让进厅堂。

显然,伟民是个容易让姑娘们倾心的青年。

我提起乔里亚,伟民的眼睛便暗了下来,他轻轻地,几乎让你察觉不到地叹了口气。

我告诉伟民,我和乔里亚既是战友又曾经是不错的朋友,但后来我伤害了她。自从她被送回来后,我时时都被内疚悔恨所折磨,现在,她的境遇如此悲惨,我更急于找到她。我要将她带回省城,利用家庭的影响,给她找最好的医生,让她接受最好的治疗,然后,帮助她重新开始生活。

"重新生活?"伟民看了我一眼。那眼神告诉我我的计划是天方夜谭。

但是我坚持我的看法。我告诉伟民,我坚信我能帮助乔里亚,只要他肯帮助我。

"我能帮你什么呢?"伟民似乎毫无信心。

"把你知道的所有线索告诉我,帮我分析在哪儿能找到乔里亚。"

伟民沉默半晌,终于又叹了一口气。他站起来,示意我等他一会儿,然后朝里屋走去。

我听见他穿过里屋上楼去了,踩在楼梯上的脚步是沉重而迟缓的。

他大概要拿什么东西给我看吧?而这东西一定和寻找乔里亚有关。

几分钟后,伟民下来了,令我遗憾的是他并不是去为我拿什么东西,而是去领那个女孩下来。他很周到地将她送出家门。

"女朋友?"伟民一回到沙发跟前来,我立刻发问。

"未婚妻。"

伟民回答时神情很阴郁,阴郁得几乎让人害怕。

"你想知道什么?"伟民很不客气地瞪着我。

这种态度使我反感。我知道自己要激动起来了。

然而伟民不动声色地坐着,脸上,依旧是那副阴郁的表情。

过了好一会儿,他终于将他的眼皮抬起来,以一种发布讣告的声调说道:

"我所能告诉你的也就是我的歉疚——其他的,我无能为力。"

伟民与其说是终于决心帮助我,莫如说终于下决心乞求我的帮助。透过他那有些急切有些词不达意的倾诉,我明白那份愧疚已压得他太久太苦,他快要喘不过气来了。他为自己终于下决心将这一切倾泻出来而兴奋,也为自己终于遇上一个可以敞开心胸交谈此事的人而兴奋。

以下便是这场对话。

伟民:我可以直截了当地告诉你,在我抛弃乔里亚的时候,我并不知道我确实爱她,我确切地知道这一点是在她疯了以后。那天,当我在镇上那条惟一的石板街上看见乔里亚穿着一身满是油污的军装,被一群孩子围在中间,一会儿哭,一会儿笑,一会儿捂着耳朵尖叫"枪!枪!枪炸了"时,我心里猛地滚过一阵剧痛。我这才知道,虽然我已一年多不和她来往,虽然我确信自己曾经鄙视过她怨恨过她,她却仍然在我心里——我是这样心疼她,怜惜她!我抢上去将那群可恶的小孩轰走,然后,我将她揽在怀里,轻轻叫着她的名字,就像以前我和她热恋时一样。可是,她很快就推开了我,她的眼睛在深陷的眼眶里木然地盯了我一会儿,摇摇头,嘴里咕哝了一句什么,便自顾自地走开了。我呆呆地看着她那单薄的摇摇晃晃的背影,生平第一次想拿刀割破自己的血管,想将自己痛打一顿掀翻在地!

我:很钦佩你有这么强烈的感情。那么你后来帮助她了?

伟民:有一阵我不知道如何帮助她。她整天在外面游荡不肯回家。有人给她东西她就吃,没人想起她她就饿肚子。困了就就地躺下。小孩子朝她扔石块、吐唾沫……一些禽兽不如的人,甚至借着夜幕欺负她……

我找过她母亲。她母亲只是靠在墙角一口接一口地吸烟,半天不说一句话。她大概也心疼她,但是,我觉得她更恨她……也难怪她恨她,乔里亚毕竟使她老无所养老无所依了。

我花钱雇了个半大的孩子跟着乔里亚。为的是阻止小孩和下三烂的人欺负她。但是不到半个月那孩子就不干了。因为整夜在外面露宿,他受不了。再说,他认为他阻挡不了夜间的袭击。

我这才决定做主把她送进疯人院。疯人院虽然有电椅电棍什么的,但至少她能有饭吃有地儿睡不会遭人欺负。

我:费用呢?你替她付?

伟民:是的。好在我没有插队去。那年我逃避上山下乡,跟着我小姨父学牙医并在他的合作医疗站里当临时工,每月拿一份二十四元的工资看来就是为了这一天——付乔里亚的费用。

我:够吗?

伟民:这所疯人院优待农村患者。每月只收十二元。

我:你刚才说到热恋。难道你在结束和乔里亚的交往之前你们已经恋爱了？哦,对不起,我指的是乔里亚回来的头一年。

伟民:是的,镇上人都以为我们只是朋友,还没到恋爱那一步。但事实上,我们早就相爱了。……而且,而且有一次差点发生……发生性关系……

我耸耸肩:她也爱你吗?

伟民:我想是的,她刚回来时很消沉,对此,我至今不知道确切原因。我们在中学时就比较接近,所以她回来后我常去看她。刚开始她很冷淡,有一种拒人于千里之外的劲儿。但后来她渐渐变得热情了……她还听从我的劝告,决定和我一起自学大学课程。我从我姨父那儿借了一套旧教材。我们约好每周三个晚上一起自习。

嗯,第一次吻她时我很激动。我本来并不想这样做的。但是她的一头秀发就在我眼前,乌黑发亮而且散发着芬芳。我使劲克制自己,压抑自己。但是冲动终于爆发了……我把她揽到怀里,热切地吻她,激动地叫着她的名字……她开始有些惊愕,但很快也受到我的感染,以一种她特有的温情回报我了。

从此我们每天晚上都在一起"自习"。这自习是说给她母亲听的。不知为什么我们那时都不愿让她发现我们关系亲密。她母亲有早睡的习惯,在她尚未上床之前,我们就在里亚的屋里热烈地对视着,嘴里却念念有词装着在读书,当然啦,谁也不知道自己念的都是什么。她母亲一般九点多熄灯睡觉。而我们,只要听到前屋一传出古怪的鼾声来,便立刻停止演戏。我们紧紧拥抱在一起,长时间地互相亲吻,互相凝视……

我:这期间乔里亚有没有和你谈起部队上的事?

伟民:没有。有一次我问她,为什么从部队回来后像是变了一个人,老是不快活?她听了以后眼睛暗了下来。她没有正面回答我。停了一会儿她才笑笑说:我现在不是很快活吗?但我感觉到她的笑很勉强。不过当时正在热恋中,我也没有再多想。

我刚才跟你说过我们差一点,呃,差一点发生更亲密关系。是的,嗯,是这样,随着我们之间接触增多,互相依恋的程度加深,我越来越既渴望和她独处又害怕和她独处,因为,当乔里亚十分温柔地倚在我怀里任我爱抚任我亲吻时,我常常会突然躁狂起来,好像热血猛地冲上头顶,整个人被一股力、一股狂热的力推动着胁迫着……刚开始我不知道自己想干什么,但有一天我突然明白了。那是一个初秋的夜晚,很清亮的月光从窗户涌进来,铺排在乔里亚那张素净的单人床上,仿佛给它倒上了一摊水银,使它霎时洁白如雪,熠熠生辉。我透过刚刚吻过的乔里亚的乌发看到了它,我心里立刻发出裂帛般的一声巨响。我看见了一个既神秘又美丽的召唤,于是,我温柔地把乔里亚抱起来,一边吻着她一边一步一步朝那张床走去……

当我把乔里亚轻轻放到她的床上,继而脸对脸想要躺到她的身边时,乔里亚猛地坐了起来……月光下她的脸她的身体没有一丝一毫柔情……她那一双恐慌的充满疑惧的眼睛很近地瞪着我……

可想而知,我非常扫兴,并且很快就有些愤怒起来。刚才轰鸣在体内的那股喧哗、躁热已经消散一尽。而一种尊严扫地,一种被人看做狼当做贼的羞耻感使我对自己对乔里亚感到无比愤怒。我不理解也不想去理解她的特殊反应（我不知道别的女孩子是否也是这种反应。我这是初恋），我只是感到羞辱，感到愤怒。因为乔里亚的眼睛明明白白告诉我，她不信任我，她把我当成贼当成狼！

我对仍旧坐在床上发愣的乔里亚冷冷说了声起来吧。

然后，我走到衣架前拿了我的外衣，低沉地说了声"再见"便下楼了。在我正要打开乔里亚家的大门甩手而去时，我听见乔里亚叫了我一声，声音既凄惶又无奈，而且很近，她好像是追到楼梯口来了。我没有回答她，也不想回头望一眼楼梯口。我只是打开大门，径直走了出去。

后来一连好几天我都没去找乔里亚。我关在家里反省自己（当然，我指的是晚上，白天我还得骑车去诊所给人补牙齿），反省的结果是，我对乔里亚大概谈不上什么感情，我只是受她吸引，确切地说是受她身体吸引而已（虽然我还不太知道身体是怎么一回事）。否则就不能解释我对她的拒绝的反应。当然，得出这样的结论我不会太高兴，因为这毕竟是我的初恋，而我身上一向有些可笑的诗意（这得怪文学读太多了），一向希望能真正爱人也被人爱的。

现在回想起来，这些想法都很幼稚很可笑，但在当时却是真实的。

接下来的问题是既然这样还要不要维持同乔里亚的关系？

答案是肯定的，因为即使在我对乔里亚感到愤怒的时候，我也仍然不时想到她也就是说仍旧受她吸引。而且，说实话，她越是拒绝我，我就越清晰明确地想到她的身体，想到她那散发着芬芳的秀发与苗条的腰身。这种诱惑是这样强烈这样不可抗拒,以至于我甚至愿意以一种仓促的婚姻去换取她。

我决定第二天去找乔里亚的母亲谈谈,我要正式提出请她将女儿嫁给我,如果可能,我要尽快结婚。而在结婚之前,我决不碰乔里亚一下。但我不是很有把握,因为乔里亚的母亲是个古怪的人。

正好第二天是中秋节,我便买了些酒菜去和她们母女一起过节。我计划在赏月吃月饼时把乔里亚支开,单独和她母亲谈谈。

乔里亚见到我非常高兴,眼睛立刻明亮起来闪烁起来。这使我挽回了一点尊严,也使我更加自信。我相信,尽管她可能仍会在洞房之夜以一双恐慌的眼睛接待我,但她不会拒绝和我结婚。

但是我没想到事情会朝着相反的方向发展,乔里亚的母亲几杯酒下肚,便开始喋喋不休起来。她先是抱怨她那死去的丈夫,接着就责骂起乔里亚来,说她给她丢脸,给她出丑,辜负了她做母亲的所有期望。她甚至对我说一大串关于乔里亚的很难听的话,使我骤然怀疑起乔里亚的品行来,并且在心里暗暗庆幸自己还没有和乔里亚建立起更深的关系……

很久以后我才明白,我之所以对乔里亚母亲的话那么在意,那么坚信不疑,是因为我的确喜欢乔里亚,我受不了她母亲为我勾画的另一个丑陋粗鄙的乔里亚。所以正如你知道的,我断然逃离了她。

我:从此你就不再登门了?

伟民:是的,我当时十分恨她,我觉得她欺骗我,也愚弄了我的感情。但另一方面,我又有些庆幸,因为自从那个中秋节晚上以后,我不再想念乔里亚的秀发与朱唇了。也就是说不再受她身体的诱惑了,我觉得自己摆脱了她。

我:后来乔里亚就撞到那个叫老皮的人手里了。对此你也视若无睹吗?

伟民:是……是的。我最不能原谅自己最痛恨自己的就是这个……我抛弃了她,并且对她置若罔闻,甚至见死不救,她才彻底垮了。

我:见死不救?

伟民:是的,我,咳,我简直是个混蛋!……当老皮第一次威逼乔里亚时,乔里亚飞似的逃回家。当天晚上她破例出门(据我所知自她回本镇后除了上班从不出门晚上更不必说),跑来找我。那时,我还没从怀恨与怨艾里跳出来,所以,当她断断续续结结巴巴地告诉我有人欺负她,她很害怕,希望我能帮助她时,我竟然神经质地大笑起来,然后我冷冷对她说:这对你不正是求之不得的吗?你不是正好可以重施故伎吗?至于我,有一次上当的经验就足够了,不要指望来第二次。而且,说到底,我现在应该关心的是自己的未婚妻,而不是被部队退回来的小破鞋小骗子!

我承认,即使在当时,我也意识到这最后一句话说重说过了。但话说出口如水泼在地,无法收回无法更改了。何况将这恶毒的话倒出来之后我体验到了一种前所未有的快感。

所以我没有丝毫修正弥补的打算,我只是冷冷地像看一条落水狗似的看着乔里亚。而对方,先是惊愕,然后,她失声哭了起来。

看着她痛苦、憔悴而且随着哭泣明显变得丑陋起来,我心里生出一种恶意的快感。我当时就不得不对我这种快感感到吃惊,因为我一向以为自己是有教养而且宽厚并富于同情心的……

乔里亚渐渐停止了哭泣。她擦干眼泪,以她红肿的眼睛怨艾地看了我一眼,拉开门走了出去。

她这怨艾的一瞥太深切也太真实了,它当时就差不多动摇了我已经形成的全部判断。我差一点就脱口把她叫回来,向她道歉并且重新安慰她。

但是,可笑的骄傲与可怜的自尊阻挡了我,使我终于眼睁睁地看着她远去,渐渐消失在我的视线里……

但是从此,那极其怨艾的一瞥就一直留在我心里了,它几乎天天晚上搅得我心神不宁,使我不得不时常怀疑起自己的判断与决定,时常对自己的所作所为感到疑惧与后悔。

不过即使这样我依旧下不了决心重新去找乔里亚。这一方面是由于那可笑的男子汉的自尊心,另一方面是因为我仍旧未能完全排除对乔里亚品行的怀疑。其实,应该说也不完全是这两方面,细究起来,也许还有一个更深层也更具决定性的因素,那就是,乔里亚那时已不再美丽了,她的暗淡的眼睛和憔悴的面容对我已不再有吸引力,哪怕我相信她完全无辜,我也不会再爱她了。

这一点细想起来不无可怕,我,一个自信是纯洁、善良的二十岁青年,竟然因为原来的恋人不再美丽而拒绝帮助她救护她,终于眼睁睁地看着她落入火坑……

所以,应该说男人们的爱是很表层很脆弱很自私很不值钱的。那种铭心刻骨的爱是没有的,如果有的话,大概也只存在于文学家的笔下。

我：你这极端的看法是不是仅仅出于你对自己的谴责？不然的话，怎么解释你的自相矛盾？——你刚才还承认你确实爱乔里亚。

（伟民不语。沉默了好长时间。）

（我咳嗽了两声，决定打破沉默。）

我：你不要过分自责。事实上你还是给了乔里亚一定的爱和帮助的……

伟民：不，不，这个问题我也反省过。为什么后来当乔里亚衣衫褴褛、疯疯癫癫地出现在我面前时，我突然重新发现了我的感情，我发现我心疼她，怜惜她，也就是说在一定程度上我还爱着她？难道就是因为她遭遇了空前的邪恶，饱受了人间的苦难，陷入了一种非人的境地了，我才会真心爱她、疼她，才会生发出激情，生发出一种愿为她赴汤蹈火的爱？而当她作为一个平等的人与我比肩的时候，我则充满了疑惧与猜忌，决不可能产生这种至善至洁的感情？——如果是这样的话，我这个人……人这种族类……

（我无言以对。这最后几句话触动了我。我似乎也陷入反省，又似乎极力逃避。）

（伟民也不语，空气明显沉重起来。）

（我终于从伟民递给我的自省的旋涡里逃了出来，再度打破沉默。）

我：谢谢你和我说了这么多。你实在是个富于感情也很有头脑的人，也许我们每个人都可能有意无意伤害了别人。事到如今，我们只能尽可能做些补救工作了——你觉得我们能找到乔里亚吗？她有可能跑到哪儿去？

伟民：与她有关的远远近近的亲戚、朋友、同学家我都找过了。谁也没有见过她。

（我的心又抽紧了。乔里亚会不会自杀？）

（我被这个可怕的念头压得喘不过气来。我觉得我必须立即行动，连眼下的谈话也不能再继续了。）

（当我再次对伟民的信任致谢，然后告辞准备离开时，伟民叫住了我。）

伟民：你说过你也伤害过乔里亚，呃，能谈谈吗？

我：当然，呃。当然可以，不过……呃……好吧，你听着——要说罪责，我比你更深更重，更不可推卸。这一串邪恶的开头是我——那一年我和乔里亚同在一个连队当兵，因为脸部右下方长着相同的痣，所以彼此成了朋友。但是后来她很红很受宠，而且我喜欢的一个英俊军官对她很重视，我便耍起小手腕，设计坑害了她。我给当时正受水灾的某省寄去二十元，汇款署名乔里亚。不久连里便收到灾区寄来的感谢信，于是红榜公布此信，号召大家向"斗争觉悟高，阶级感情深"的乔里亚学习。刚开始乔里亚找过指导员，否认此事，但是被指导员和刘参谋说了一顿。他们认为她想当无名英雄的愿望很好，但是既然连里已经知道，就应坦然地为战友做榜样。于是乔里亚不再坚持，她接受了连里的表彰，也接受了后来营部颁发的"斗争尖兵、爱民模范"奖状。不久，她就被吸收入了党。

在乔里亚红红火火地当了两个月"爱民模范"之后，我亮出了手里的汇款回执，宣称那二十元钱根本不是乔里亚寄的，而是我为了支援灾区为了当无名英雄也为了考验先进战士乔里亚以她的名义寄的。回执上汇款数额一栏清楚地写着的"二十元"几个字，邮戳所显示的时间，以及我提供的证人(我去汇款时找了一个同样嫉妒乔里亚的战友当同谋)都证实了我的话。当然,很重要的一环是乔里亚也很快承认了此事。于是乔里亚弄虚作假的"罪名"成立,她不停地检讨,最后,她被复员,而实际上是遣送回乡了。

(伟民无话。我快步走出了他的家。)

二

疯人院的院长劈头就告诉我,乔里亚是个特殊的病例,是她在这一带从医三十五年见到的惟一的一个例外。

这位五十七八岁的院长认为,乔里亚从一开始就没有实质性病变,她在家时的所谓疯癫症状,只是她对使她感觉巨大压力的熟悉环境的一种变态反应,而当她一旦离开那个给她压力的环境,置身于一个全新的轻松的环境时,她的幻觉就逐步消失,心理就逐步放松逐步平衡起来,慢慢地理智也逐步恢复了。她认为只有这样,才能解释乔里亚入院后的检查与治疗情况。

"什么样的情况?"我问。

"这个病人刚入院时,瞳孔检查有焦点,并没有散光,也就是眼神与正常人无异。但是视觉、听觉与心理测定时,她的检查数据却呈病态。我记得很清楚的是她有命令性听幻觉,而且伴有思维鸣响,并不时出现反应性木僵与兴奋交替症状。"

"那么你们当时的诊断是什么?"

"我们把她作为一种特殊病例接受下来。呃,非常有意思的是,她在这里呆了不到半年,而且,这半年里我们没有对她施行任何化学治疗,但她的种种症状却逐步消失,心理测定的数值也渐渐趋于正常。"

"那么,你们对她施行了特殊治疗吗?"

"也可以这么说。事实上我们的特殊治疗就是无治疗或者说是心理治疗。因为无论从她的特别的检查数据,还是从她的家人所介绍的发病原因,都使我趋向于心理治疗。我当时就怀疑她的病只是压力过大下的一种反应。所以,对常规病人使用的药物或者一些物理疗法,我们都没有采用,我只是定期和她交谈,对她的心理进行分析、引导,使她心里的巨大压力能逐步宣泄出来。"

"等等院长,你刚才说乔里亚后来检查结果趋于正常,那是不是说乔里亚病已经好了不再犯,呃,不再疯癫了?"

"是的,我认为她已经基本恢复正常。"

"哦天哪!这真是太好……真是太好了!"我发现我的心剧烈跳动起来。后来我想这是因为这个喜讯向我昭示了一个美丽的解脱。

"可是,会不会复发呢?也就是说这种治愈是彻底的还是暂时的恢复?"

"我认为此病例的症结在于向她施加了巨大压力的环境。如果她能永远脱离那个熟悉的环境,置身于一种新的富于安全感的环境,就像本院为她提供的一样,那她的病就有可能不再复发——当然,按照我的治疗方案,这个病人还应该再接受三个月的巩固性疗程。在她擅自提前离开这里时,她还有些忧郁,虽然神志已完全清楚。"

"你们找过她吗?有什么线索没有?"终于谈到我最关心的问题了,我满怀期待。

"找过。我们也通知过有关部门。但一直没有结果。"

"你认为她会上哪儿去呢?"经过上面一段交谈,我已对这位很有见地的白发院长产生了强烈的信任感。

"这个嘛,唔,我想有两种可能,一种是走得远远的,永远脱离过去那个环境。以她清楚的神志以及人的保护自己的本能是有可能的。第二种嘛正相反,那就是复仇倾向。据我了解她对那些加害于她的人十分记恨。在她出走的前几天她还曾经跟我谈过那个叫做老皮的坏人,她清楚地记得那个人拿着枪对准她的情形。她说她希望以后也能有机会还他一枪。当时我认为这是她的一种宣泄,所以没在意。再说以我们待她的情形以及她和我们的和睦关系,我没有想到她会在治疗未结束前擅自走出这四面白墙去。"

"你认为她出走的动机是什么?"

"这个嘛,不好说。呃,据我所知,她在神志恢复以后对在本院的生活是满意的。她甚至表示过痊愈后愿意留在院内当看护。她说她害怕回家。说真的,我想不出有什么理由足以使她出走——除非她急于要去复仇。"

"复仇?"

说实话,对于院长的这一推测我很不敢苟同,因为我了解乔里亚。她在本质上是一个胆怯、脆弱、善良的人,她怎么可能去持刀杀人,举枪复仇?

可是院长另有她的道理,她说:

"你不要忘了她已经经过大创伤,任何人受创以后都可能产生报复心理。何况她的病还没完全治好,她比一般人更易于激动,易于走极端。"

离开疯人院,我到邮电局给市郊的金山镇挂了一个电话,询问老皮所在监狱地址。在金山镇时,我光听说那个名叫老皮的恶棍因为打死了过路的学生被判刑了(满嫂说本该偿命的,因为他出身好,而那个可怜的学生偏偏家庭成分是小土地出租者,所以只判了五年徒刑),但当时没打听他被关在哪所监狱。

等了老半天,伟民才气喘吁吁地赶来拿起听筒。一听出是我,伟民劈头便说:

"你快赶回金山镇来,赶快!现在就去坐末班船!乔里亚的母亲要见你!你现在就放下电话赶到第三码头,一定要快!"

当那艘又狭小又陈旧的客轮停靠在金山镇的小码头时,伟民已经推着自行车在岸上等我了。我一上岸,他立刻让我坐到后座上,然后,他骑上车,飞快地往乔里亚家赶。

从码头到乔里亚家还有一段不短的路程。当我们赶到乔里亚家时,满嫂正在门口焦急地张望。见到我们,她立刻高声朝里嚷:

"来了来了林干事来了。婶子你等着她马上就来——婶子你可要等着咧!"

我跟着满嫂匆匆往里跑,慌忙中绊在厅堂的门槛上,差点儿摔倒。

乔里亚的母亲躺在里屋的竹床上,身边慌慌地围着几个人,看见我进来,她们都松了口气,争着低声说:"哎呀可来了。"

几天不见,乔里亚的母亲形容大变。她闭着眼睛躺在那里,眼眶深陷,颧骨突出。给我的感觉仿佛一只泄了气的正在干瘪下去的人形气球。

满嫂走到竹床跟前轻声叫道：

"婶子,婶子,林干事来了。婶子你醒醒。"

乔里亚的母亲慢慢睁开眼睛。那眼睛迷茫了半天才找到我。看见我,她露出一丝幽幽的笑容。那笑容既吃力又古怪。

满嫂领着几个女人轻轻退出去。伟民也跟在她们后面往外走。乔里亚的母亲这时已重新闭着眼,并没有看见这一切;然而她显然感觉到了,她突然皱皱眉很浑浊地说：

"伟民小子,也留下。"

伟民踌躇了一下照办了,他并且伸手轻轻把门掩上。

我坐到这个满口黄牙、干枯衰老的老女人床前。我当然记得她的古怪、尖刻与邪恶。然而此刻,当我眼看生命正在一点一点离她而去,她的所有邪恶所有刁钻都已是明日黄花,此刻笼罩着她的只是一种无可奈何的疲惫与衰弱时,我突然对她充满了同情。我以一种连我自己也感到诧异的温情对她说：

"伯母,您有什么事就说吧,我们一定照办。"

乔里亚的母亲动了动下巴,仿佛对此表示满意。然后,她把她的目光挪向伟民。她眯缝着眼睛盯着伟民,一直盯得他有些不耐烦起来,这才放开他,嘶嘶哑哑地开口说道：

"我知道,里亚,上哪儿去了……昨天晚上,我见到,她了……"乔里亚的母亲说着,不无得意地微笑起来。但这回的笑容不再古怪了,我甚至从那里头看见了几分慈爱。"她穿着一身,崭新的军装,走进来……她可是,又年轻,又好看哪……她的病好了……她没说,但我看得出来,她的病,好了。唔,她知道,我要走了,特地回来,一趟……她知道,我心里其实,也疼她……"

"她的病是好了,伯母。院长亲口对我说的。"我插嘴道。因为我很想安慰这个愁苦的母亲,将死的老人。

"我知道,知道——我还知道,她要去,哪儿……告诉,你们吧,她说她,要去,又远又近,又冷又热,嗯,又新又旧的地方……我找,你们来,就是为了,这个……你们,去找她吧。照她说的,去找她吧……"

"伯母,放心,我们一定找到她,并且照顾她一辈子。"我说。

"你们,嘿嘿,当然得,找到她。"乔里亚的母亲说着,脸上闪过一丝我熟悉的奸笑,"我把这事,交给你们,不是因为,你们让我,信得过。嘿嘿,当然不是。我找你们来,是因为,你们,和我一样,都欠着,里亚的债呐。嘿嘿,嘿嘿嘿嘿,欠债,就得还债,懂吗?欠多少,就得,还多少,懂吗?"

我瞥了伟民一眼。我看见伟民正在皱眉头。

"你,还有,你——"乔里亚的母亲伸出瘦骨嶙峋的手,指指我,又指指伟民,"你们都欠着,债哪,嘿嘿嘿嘿。"乔里亚的母亲笑着笑着突然语气一变厉声起来:"你这个,害人的,小婊子,你要是,不找到,里亚,你一辈子,都不会,安宁!……而你,伟民小子,你别想和那个,甜得跟,奶油点心似的,小妞,结婚。你生来,就是为了,娶我的女儿!不管她,是疯,还是病!你命里注定,只能娶她!嘿嘿,嘿嘿,你们,都给我,当心哪,你们,要是,不好好,还债,我可不会,不管不问哪……嘿嘿,当心你们的,新房闹鬼呀,当心你们的,孩子抽风呀,嘿嘿嘿嘿,哈哈哈哈……"

红 粉

乔里亚的母亲说着纵声大笑起来,那笑声嘶嘶哑哑时断时续充满邪恶让人听了顿时毛骨悚然。

伟民对这种威吓早已忍无可忍,他站起来,一脚踢开脚边的矮凳,甩开门走了。

我走也不是,留也不是,愣了好一会儿,我听见自己慌慌张张地说:

"伯母你太累了,你休息吧我们过一会儿再来过一会儿再来。"

我逃也似的奔出那房间好远了,还听见乔里亚的母亲仍旧纵声狂笑着。那沙哑、断续、充满恶意的笑声使我心里顿时百般迷茫百般失落起来。

后来满嫂告诉我,她进去的时候,发现她的黄牙婶子已经断气了,而她从楼上下来时明明还听见她的笑声的。她说她婶子死后的脸非常奇怪:嘴咧着,分明在笑,而紧闭的眼眶里却停着两颗泪珠。她说那泪珠很大,很混浊,而且,令她感到害怕的是,那泪珠亮亮地闪着凶光,看上去活像两只杀气腾腾的大睁着的眼珠。

老皮所在监狱远离城镇,坐落在一个叫做上埃的山沟里。说是监狱,其实就是一栋相当破旧的两层楼房,楼房前后有一圈不太高的围墙,大门边有一个站着两个哨兵的警亭而已。既没有阴森森的气氛,也没令人望而却步的威严。

负责管理这所监狱的老王接待了我。看完我的介绍信,他微微皱了皱眉头,说:

"要见老皮?"

"是的,呃,是这样,我要找一个人,这个人和老皮有过一些纠葛,现在她失踪了。我想她可能到这里来过。"

"和老皮有瓜葛?"

"对,是个女孩,二十来岁,瘦瘦的,脸很白,呃,从精神病院跑出来的。"

"精神病院?让我想想……是有一个女人,大概一个多月前吧,老在这附近探头探脑的,不过,她可不是什么女孩,她看上去像三十多的寡妇!"

"她长什么样?"

"瘦瘦的,白白的,喏,右脸有一颗美人痣,跟你的差不多。不瞒你说,我迎面撞上过她一次,看得挺清楚。很俊的一个娘们,就是眼神有点怪。"

"她和老皮接触了吗?"

"没有吧,嗯,我想大概没有。"

老王说得近乎肯定,使我不无失望。我生怕线索就此中断,乔里亚从此无踪无影。

"那么,请你安排一下吧,我要尽快见到老皮。"

当老王领我走进一间简陋的探视室时,我发现铁窗后面已经坐着一个长满络腮胡子的四十几岁男人,从他那空着的一只袖子看,我知道此人就是那个金山镇的恶棍,那个欺压蹂躏乔里亚的流氓。

"老皮,林同志要见你,你可给我放老实点,不然的话,当心你的卵蛋!"

我惊讶于老王管理方式的粗鲁,老王却若无其事。他又吩咐了那个奉命陪我的管教干部两句,便朝我笑笑走了。

老皮横了我一眼,算作招呼,当我提到乔里亚时,我非常惊奇地发现,他的眼睛闪闪地亮了起来:"乔、乔里亚?嘿嘿,可惜她死了。嘿嘿,挺俊的一个娘们。"老皮恶声恶气地说。

"哼,我想,在她的仇没报之前,她不会去死的!"我听见自己的声音比他还凶狠。

"报仇?你指的是,找我报仇?嘿嘿,告诉你吧,她的仇是报了,所以她的小命也就完了。"

老皮拖着长腔,把"完了"两字使劲地往上挑,显得油腔滑调的。但从他阴森着的脸上,看不出他是得意还是正相反。

"你的意思是你把她杀了?……哼,你就目前的情况,我谅你不能也不敢!"

"好吧,看来得给你看样东西了,臭娘们!"老皮起身后退了几步,"嗖"的一把扯下腰上的短裤,"瞧瞧这儿怎么啦?瞧哇,臭娘们!——她敢把我这个割了,我还不敢把她杀了?嘿嘿,告诉你吧臭娘们,我不但把她杀了,我还把她的头发一撮一撮给揪下来了呢!"

老皮伸手到上衣口袋里摸索着,掏出一个皱皱巴巴的纸包来,他气势汹汹地瞪了我一眼,又骂了一声"臭娘们",便把纸包轻蔑地扔到地上。

纸包散开,果然露出一绺女人的头发。

虽然三年没见乔里亚,但直觉告诉我,那里面有乔里亚的气息,那确是乔里亚的头发!——这么说,乔里亚是真死了,是死在这个恶棍的手里了?!

我的头顿时如灌铅般沉重。老皮那张堆满奸笑的脸越来越近地朝我逼来。我听见自己低低叫了一声,然后,天花板在我眼前旋转起来……

以下的情况是老皮在我控告下,作为杀人犯被再度审讯时交代出来的。当时我怀着为乔里亚复仇的热望一次又一次地列席对老皮的审讯。我不止一次穷凶极恶地盯着他——假如目光真的可以犀利如刀,那我早就杀死他一千次了。

刚开始,老皮拒绝坦白,他甚至连杀死乔里亚一事也推翻了,坚持说他根本没和乔里亚接触,怎么可能杀死她?但是,这个无耻的地痞最后终于交代了全部事实,连细节都不敢忽略。

据老皮交代,乔里亚到上垓来确实是冲着他的,老皮也想到这一点了,但他压根没把一个弱女人疯女人放在眼里,相反,当他看见乔里亚幽灵一样出现在上垓时,他喜出望外,极度兴奋,第一个念头是冲上去压住她,像以前一样剥光她的衣服……虽然身系囹圄,但他很清楚并不是不可能,因为上垓监狱设备简陋,管理松散,偷偷溜出去并非难事。

那天,犯人们照例在山坡上开荒,干活时,老皮一直偷眼盯着在远处徘徊的乔里亚。他恨不得天立刻黑下去。但是同时,他也担心乔里亚突然掉头游荡开去,使他的美妙计划泡汤。

好不容易挨到天黑下来了,犯人们收拾工具往回走。途经青柏林时,老皮乘人不注意闪了进去。在林子里躲了一会儿,估计人们已经走远,他才钻出来,顺着原路回去找乔里亚。

在山坡附近的一个山洞里,老皮找到了乔里亚。看见老皮,乔里亚甚至干笑了一下,仿佛她早料到老皮会来。对此,老皮说他来不及多想,他只是急不可耐地扑上去,用那只独臂三下两下扯掉她的衣服。他发现乔里亚不像以前那样反抗他,她基本有些配合的意思,这使他空前兴奋,当他终于和以往一样,以一种野兽般的快感,在乔里亚头上、脸上和赤裸的身上遍撒尿水时,他发现乔里亚眼睛里没有耻辱也没有恐惧(而她以前总是泪流满面痛苦万状的),她眼睛里甚至有一种冷冷的光,好像暗夜里老狼阴惨惨的目光。这使他不由得有些发怔。

正在他发怔的当儿,乔里亚坐了起来。出乎老皮意外,乔里亚不但不躲闪,相反,她竟然伸手按住他。

据老皮说,就在他兴奋到极点的时候,一阵剧痛刀一样地向他刺来。他惨叫一声,看见乔里亚手起刀落,鲜血从他的大腿间急流一样喷洒出来……惨痛使他差点昏厥过去。剧痛和暴怒使他像头狮子一样猛跳起来,他怒吼着,一把抓住乔里亚的头发,发疯般地朝洞壁上撞去……最后,他竟把乔里亚的头发一撮撮揪了下来。

三

乔里亚那绺被老皮揪下的头发(就是老皮扔到地上给我看的那绺)如今一直静静地躺在我的书柜上方,和一些精致的工艺品为邻。自从十二年前从老皮嘴里了解到乔里亚的惨烈结局后,我为乔里亚做了两件事,一件是坚持督促地方法院把老皮送上刑场正法,为乔里亚复了仇。另一件就是定做了一个精致的大理石盒来安放乔里亚的头发。我希望这将使乔里亚的灵魂有所依归。

由于乔里亚的尸体始终没有找到(监狱附近的山洞都搜

寻过了,全无结果),有时我会幻想乔里亚还活着,还和我一样在这个世上呼吸、走动,这种想法往往使我得到片刻的安宁,使我刹那间卸下那沉重不堪的负罪感。因为毕竟,乔里亚走到这一步全是因我而起。假如没有我那时的嫉妒与陷害,乔里亚的人生绝不会如此惨烈。当然,那种幻想常常是夜半失眠时产生的,一旦白天降临,头脑清醒过来,无论如何也无法相信奇迹的。记得当时大家比较一致的看法是,乔里亚的尸体被山上的走兽们分吃了,而这,又恰恰是最惨不忍闻是我最不能接受的。

昨天,我接到通知去宁安地区采访。就在我采访完毕,准备返回省城的时候。突然收到报社转来的一封标着"急"字的信。拆开一看,我不由得愣住了,那上面的字迹、句式竟然和十二年前收到的那封神秘的信一样!我拿着信的手颤抖了。只见它赫然地写着:

乔里亚还活着,在宁安一乞丐营。

我不知道这神秘的信发自何处,也不知道这信的真实程度如何,但是"乔里亚还活着"这个意念深深震动了我,使我又吃惊又迷惘又喜出望外!在我的目光和那封电报式的短信接触的刹那间,我看见一道闪电,那闪电昭示我一种美丽的解脱!

但是,很快我就又陷入一种空前的恐惧之中了。我不停地想,假如这信只是一种可怕的玩笑,发信人对乔里亚的踪迹的预言只是一种残酷的恶作剧,或者假如乔里亚确实还活着,等我找到她时她却刚刚合上她疲惫的眼睛,来不及细听我的痛切的忏悔，甚至假如等我找到乔里亚时，她虽然呼吸尚存，生命依旧，然而当她张口向我说话时，我却惊愕万分地发现，她早已陷入极度的精神失常！那时我又该怎么办？我将如何应付这再度的刺激？

不过，尽管我对寻访失败有着很深的恐惧，第二天，当我结束那痛苦的不眠之夜，用满脸的憔悴迎来黎明的曙色时，我还是决定听从那神秘的信的指示，再度开始寻访乔里亚。这固然是因为我对乔里亚的命运有着深切的关注，同时也意味着我在经历了十二年的心灵煎熬之后，仍然保持着对于解脱的强烈渴望。

我仔细研究了那封只有一句话的电报式的信。我首先使自己确信，它所说的宁安指的是宁安地区所在地宁安市，而不是整个地区。

说服自己确信这点是很容易的。因为无论如何我不能大海捞针似的在整个地区寻访，我必须先给自己限定一个较小的范围。

我开始在这个只有三十万人口的城市寻找我昔日的朋友。

我走遍了这个城市的所有阴暗角落，找寻那个有着一张瓜子脸和一颗美人痣的白皙、美丽的姑娘。然而，无论是乱哄哄的火车站，异味呛人的散市后的菜市场，还是风雨飘摇的路边的破庙，我在这些乞讨为生、四处为家的人们中间，所见不是蓬头垢面，便是衣衫褴褛，哪有一丝一毫美丽的乔里亚的踪影？

直到这时我才意识到自己的可笑。乔里亚既然沦落到乞丐营，自然不可能保持整洁与秀美。而且，时间已经过去十二年,她也不再是当年那个笑意盈盈的少女了,她和我一样,今年已经三十三岁。

三十三岁的乔里亚,历经坎坷的乔里亚是什么模样?她也和这些捡起来就吃,倒地就睡的人们一样,满脸污垢,满身臭气吗?

在宁安城东头的一间旧车棚里,我被一群乞丐围住了。他们看我急急地走进这个正在漏雨的旧车棚,便呼啦一下拥了过来,团团将我围住。

在这些污垢极厚、皱纹如网的乞丐中,有一多半是残疾人。他们盯着我,眼里充满了敌意,仿佛我是他们不幸的根源。

"请不要误解,不要误解!我是来找人的,不是来干涉你们的——请你们不要误解!"

我猜他们把我当做来驱散他们的干部了,所以赶紧着意解释。

可是没用,他们的敌意非但没有消失,反而上升了。

他们虎视眈眈地盯着我。尽管没人开口,但从那越逼越近的"呼呼"的鼻息中,我意识到情形十分危急。

"找人?这回我们要先把你找了!"终于有人开口说话了,是一个瞎了一只眼的四十岁上下的男人。

"对!先把她揉了,再找她的主子去!"

"来呀,包归我,衣服归你,裤子归他!"

顿时,无数双黝黑粗裂瘦骨嶙峋的手"呼啦"一下伸出来,照着我身上扯的扯、拽的拽。

汗臭、狐臭、酸腐味、垃圾味,汹汹涌涌地朝我卷来,团团围住我有如乱哄哄的苍蝇。

我知道等待我的将是什么样的下场。我不由得打了个寒战。

"住——手!"

一个沙哑低沉的嗓音从我背后沉沉发出。正在我身上胡抓乱扯的乞丐们顿时全都住了手。

我转过身,循着乞丐们让出的通道看去。这一看我吓得差点失声大叫——我眼前是一幅极其可怕的景象!

一个无臂无腿、肮脏干枯的老妇人,正似跪似坐地团在阴暗的墙角。她的头发几乎全掉光了,光秃秃的脑袋配着深陷的眼睛,使她活像一具端坐着的骷髅。惟一能体现出她的性别的是她的脸——那脸上虽然蒙着一层厚厚的污垢,并且皱纹纵横,憔悴不堪,却还隐约透着一点面善,一点女性的特征。

我犹豫了一下,终于走上前去,蹲在她的面前。

我和她的目光相接的那一刹那,我心里又着实吓了一跳:她的脸虽然有些面善,可她的眼神却是不折不扣的浑浊而阴森!她盯着你时,你仿佛就是她所洞察并且仇视的那整个世界。

我无力和她对视,于是我把目光转向她的身体。当我看到她那可怜的腿根时,我的心又一次抽紧了:那原是大腿的地方如今光秃秃的,由于移动摩擦,有几处正幽幽地渗着血……

"老妈妈……"我想对她谈点什么,却发现要发出点声音十分困难。

老女人仍旧浑浊而阴森地盯着我。好一会儿,她才停住那令我发毛的审视,抬起下巴对我身后的乞丐说:

"你们,都散开吧。"

我这才想到是老妇人把我从刚才的困境中解救出来,于是一边向她道谢,一边整理我那被撕扯开的衣服。

"坐下。"老妇人说。那语气里的威严使我意识到她是这里的头,没有人能不服从她。

"呃,老妈妈,我真的不是这里派出所的干部。是这样,我是省城的记者,来这儿想找一个人。"坐在老妇人的面前,我又一次向她解释。

老妇人闭着眼睛阴沉地坐着,我拿不准她是否在听我说,又是否肯相信我的话。

"是这样,我有一个好朋友,听说就在这一带的……这一带的……"我支吾着,没敢说出"乞丐营"三个字,但我一时又找不出适当的词来替代,只得含混带过。"她得过神经病,后来跑了……有人告诉我她住这一带,所以我来找她……我真的不是来驱散你们的,老妈妈,请相信我。"

"我知道你不是,"老妇人终于开口说道,"他们,把你当海爷的人了,所以要揉你。"

"海爷的人?谁是海爷?"

"他嘛,是这城里的乞丐头儿。喏,昨天刚弄走我们一个人。"

据老妇人说,海爷是这城里势力最大的丐帮的头儿,手下有几十个身强力壮的乞丐。他在这宁安城里坐天下已经十来年了。无论哪拨乞丐,只要来到宁安地界,就得听他吆喝,并且按月"上税",否则,他能把你的人砍臂削足,就像老妇人一样。

"你——你——你就是被他弄成这样的?"

"这是七年前的事了。嘿嘿,没什么,他总算留了我一条命。"

"没什么?你为什么不去告他?为什么不去找警察?"

"告她?你真不是这地界的人。——告诉你吧姑娘,这城里的警察,差不多全上过她的床了。告谁去?"

"上床?你是说这,这海爷是女的?"

"是啊,是女人——嘿嘿,女人发起疯来可比男人毒呐!"

我顿时目瞪口呆。丐帮头目海爷居然是个女人,这女人居然能把另一个女人的手臂大腿生生砍去!我简直要怀疑起老妇人的神经来了。

但是老妇人眼里除了怨毒并没有神经病患者所有的那种迷乱,她那惨烈的躯体和饱经沧桑的神情告诉我,她比任何人都清醒。

那么说起来,不清醒的倒是我了。我白活了三十三年,居然连这样真实的恶都不敢相信。难怪老妇人要喊三十三岁的我为姑娘并且带着一种嘲弄的意味了。在她眼里,我显然是一个不谙世事的傻妞。

老妇人还说,这车棚里的人都是在一次地震后随她从老家出来的。他们沿途乞讨,四处流浪,最后总算在宁安落了脚。因为这里是南来北往的中转地,又是古城,游客多,经济发达,"营生"好做。就只一样,海爷盯他们很紧,"税"也课得重。这两个月老家发大水,大伙儿救急要紧,把钱邮寄回家了,拖欠了海爷的"月税"。海爷的人就打上门来,又抄又砸的,末了还带走他们的一个叫芽儿的姑娘。老妇人说,带走人就意味着,三天内不把款子凑齐,被带走的人就要四肢落地。

"四肢落地？"在这个丐帮社会的野蛮法规面前，我目瞪口呆，"她要多少钱，那个……海、海、海爷？"

"一月两千，一共四千。"

"四千？"

我大吃一惊，下意识地扭头去看那些蜷缩在阴暗角落里的衣衫褴褛的人。他们连双鞋、连件像样的衣服都没有，四千元对他们来说显然比天文数字还天文数字。

"不要以为我们，拿不出这个数，"老妇人似乎看透了我的心思，"我们可是比你要挣得多。只是现在不行。现在我们那几个村子，淹了田，倒了房，死的伤的，还有活的，全指着我们的钱呐。所以，大伙儿要跟海爷掰了。"

"他们怎么就认定我是海爷的人呢？"我想起刚进来时的遭遇，便问。

"唉，海爷那儿有的是你这样的姑娘。"老妇人叹了口气，眼神重又变得阴森起来。

"那你们现在怎么办呢？"三天内要靠乞讨凑齐四千元，显然是不可能的。我想起那个被带走的姑娘，不由得替他们着急起来。

"有地儿借钱吗？"我问老妇人。

"借钱？"老妇人扭过她那细绳一样的脖子瞪我，突然爆发出一阵阴惨惨的大笑。那笑声的爆发力和她那憔悴衰老的形象极不相称。"你相信有人肯借钱给乞丐吗？"老妇人用一种成倍的沙哑说。

身后的乞丐们全都"哗"地哄堂大笑。我也意识到自己的可笑，脸蓦地热辣辣起来。

"那么那个芽儿怎么办？你们准备去说情，或者去把她抢回来吗？"

"我看有几个傻瓜是想这么干，"老妇人说着，把脸转向她的人，"你们，都给我听着：钱，这两天是凑不齐了。去抢，只是去送死……"

"那么七姑婆，难道就愣看着芽儿让他们给卸了？"刚才那个瞎了一只眼的男人气汹汹地打断了老妇人的话。

"芽儿命不会丢！卸了，卸了做起营生更容易！"老妇人不耐烦地说。她的口气仿佛那个芽儿不是活生生的人而是一架废旧机器，一间破房子似的。

我心里不由得哆嗦了一下，并且立刻对自己的第一印象大加鞭挞。刚见面时我还觉得这老妇人有些面善呢，看来我的直觉并不十分准确。

离开老妇人和她的破车棚后，我冒雨走在泥泞的马路上。我发现自己十分激动。那个未曾谋面的芽儿姑娘的命运深深触动了我，我觉得我若不为她做点什么便无法心安。那种感觉就如同我面对乔里亚的惨境所体验到的一样。所以，我决定把乔里亚的事放一放，先为那个面临险境的乞丐姑娘想个办法。

我迎着越下越大的雨茫然无措地走着。直到走过宁安警备区的门前好远了，我心里才突然一亮。我赶紧掉头往回跑。我那气喘吁吁的落汤鸡的样子一定十分狼狈，因为当我站在警备区门前的哨兵面前时，哨兵一直十分狐疑地盯着我，而且来来回回地检查我的证件，仿佛那里头藏着一个什么暴徒似的。

进了大门，我直奔二楼，找到我父亲原来的秘书，现在的宁安警备区政委刘育丰。对方看我的样子吓了一跳,以为出了什么事。

"没出什么事。只是,刘叔叔,你得帮我一点忙!"我将芽儿的事告诉他,然后连求带哄地要他找人出面干涉此事,救出芽儿。

"这种事嘛,找路段的派出所就行。"刘育丰拍拍我的肩膀,显然以为我在小题大做。

"不行,刘叔叔,那些警察都被她拉下水了,找他们反倒糟!嗨,刘叔叔,这事你一定得管!我反正是赖定你了!"

"嘀,都当妈妈了还这么犟!告诉我,你那小星星——嗯,是叫小星星吧?……"

小星星是我的儿子,一直放在我父亲家里。这些年一则我为乔里亚的事常常心神不安,二则职业也要求我东跑西颠,所以我几乎没怎么尽到做母亲的责任。

"刘叔叔别打岔——小星星挺好,他一直在姥爷家里。我也好久没见他了。——刘叔叔还是说说怎么治治那个海爷吧。"

"你自己怎么样?还是一个人过吗?"刘育丰笑着问我。我离婚已经六年了。婚姻失败跟乔里亚的事给我造成的阴影多少也有关系。男人们绝不肯和你"共享"阴影的。

"我挺好——刘叔叔再打岔,我可要生气了!"我真的有些不耐烦了。

"好吧,你这个犟丫头,看来这事我不管你不会罢休——那么,我给市公安局周局长打个电话,让他过问一下吧,怎么样?"

"周局长?……也行。只要他真的管。"

刘育丰给周局长打过电话后，又写了一张便条将我介绍给周局长，因为我坚持要亲自督促此事的落实。

"现在，你该去把这套湿漉漉的便衣换下来了，我叫警卫员马上给你弄套女装来。"

"是，刘叔叔！"我发现自己的心情已经骤然明快起来。

按照周局长和我制定的计划，海爷当天晚上将被带到公安局来。我们计划直接拘捕海爷和她身边那几个亲信乞丐（白天公安局的同志已了解到海爷和六七个亲信目前窝在一个旅馆里），同时将那个芽儿姑娘放走。对海爷是否提起诉讼则视审讯结果定。假如证据充足，也可能送她进监狱。

我竭力主张对海爷严惩，因为如果老妇人说的是真话，海爷无疑已构成犯罪。假如不惩处她，不但芽儿的逃脱不能长久，以后还会有多少乞丐在她手里变成为废人呀。

但是，夜里十点钟前去实施这次行动的干警们回来时，海爷并没有出现在我们面前。她的亲信都被带来了，独独她跑了。据一个二十多岁的亲信女丐说，海爷仿佛有预感似的。临睡觉时她突然改变主意，匆匆起来穿起那套平时很少穿的破烂不堪的乞丐服，还抓了一把灰将脸将手搓得黑黑的，说是要出去逛逛，便独自溜走了。她走了不到十五分钟，警察们就来了。

"那个叫芽儿的姑娘放了吗？"听说海爷已逃脱，我立刻想起那个差点被她卸肢的乞丐姑娘，忙问负责这项行动的江科长。

"那个小女丐吗？喏，我把她也带来了——我可真没想到，旁边那个小屋里竟然关了四个这样的女孩子。据她们说,都是抵债的。那个叫海爷的女丐头每天晚上都带着几个男丐来,往她们的头上身上撒尿,她自己则站在旁边看着取乐……简直是虐待狂! ……她们还说,他们的人再不送钱来,海爷后天就要拿刀把她们的手、脚一只一只砍断!——这不成他妈的超级法西斯了吗!"江科长越说越愤怒,粗话脱口而出。

一个警察把那四个女孩子带进来。我一看,心猛地往下沉。她们简直都还是孩子! 一个个穿得破破烂烂,脑袋上乱蓬蓬的像一个个小草窝子,脸则黑得像烧柴的灶膛壁。只有一双眼睛滴溜溜贼亮,透着几分活气,也透着行乞为生的痕迹。

我不由十分感慨。这也是人生! 小小年纪便如此模样,而且恐怕要蔓延到终老。这是何等人生!

"谁叫芽儿?"我问。

缩在最后面的那个最瘦最小的女孩抬起头看看我,很快又把头埋下。"我。"她哼出来的声音比蚊子还小。

我发现自己心里有一根弦被她拨动了,一种强烈的怜悯之情弥漫了我的全身。

"你过来。"

芽儿怯怯地走到我面前。

"你为什么不在老家呆着,上学或者放牛,为什么要出来当乞丐呢?"我问。

满脸污垢、矮小瘦削的芽儿埋着头不吭声。

"你家里还有什么人? 你不想爸爸妈妈吗?"

名叫芽儿的小乞丐仍旧不吭声,她那铁灰色的脸上甚至毫无表情。

"我给你换一套干净衣服,买车票送你回家,好吗?"

听了这话,小女孩立刻抬起头,求援似的看看我,然后又猛地将头埋下。

"说呀,你愿意吗?"

又黑又瘦又倔的小女孩仍旧不吭声。过了好一会儿,她才突然仰起头,用那双滴溜溜的黑眼珠挑战似的瞪着我:

"我不愿意。"她极其强硬地说。

那个叫芽儿的小女丐依照自己的意愿回到老妇人的丐帮去了,另外三个小女孩也放了。其余的几个亲信乞丐则按各自的情况放的放、关的关。除了让海爷逃脱之外,我那营救芽儿的计划算是基本完成。于是我重新换上旧便服,再度出入在乞丐们聚集的场所,继续寻访乔里亚。

一个多星期的寻访仍旧毫无结果。这城里的乞丐无论老少都说不知道乔里亚这个人,也没见到一个我所描绘的清秀、瘦削三十三岁女丐。我不由得重新怀疑起那封神秘的信来。发信人是谁?他(她?)怎么知道我关注乔里亚的命运?而他自己显然也在追踪乔里亚的行踪,那又是为的什么?或者,难道这信真的只是一个残酷的玩笑?

我渐渐有些心灰意冷起来,于是,有一天,我终于决定鸣金收兵,改到宁安的其他县去转转看。就在我准备出发的那天清晨,公安局的江科长突然打来一个电话,告诉我他们在离城区不远的公路旁发现了一具很像海爷的尸体,她的四肢已被人砍去。

我心里一惊,立刻意识到此事是老妇人手下的人干的。

为了看看现场,证实我的预感,也为了看看那个曾经称霸一时的丐帮女头目,我请江科长来接我,和他一起去现场。

出事地点在公路旁,紧挨着一个池塘。我们赶到时,法医已验尸完毕,证实死者是先被砍去四肢,然后被活活掐死的。

特意从拘留所提来的海爷的原亲信女丐则证实,死者确是海爷,这个亲信女丐看来对头儿的猝死有些悲伤,因为她征得了警察的同意,开始蹲下去小心翼翼地为海爷擦拭脸上身上的污垢和血迹。

看着这个以男性的名字自称,曾经霸道一时的丐帮女头目无臂无腿地横在那儿,四周全是鲜血染成的猩红色,连旁边的池塘也泛着凄厉的猩红,我说不清心里是什么感觉。

海爷的脸满是污垢满是鲜血,而且肿得像猪头。你很难从这样一张脸看出她昔日的模样。但是,随着那个叫阿网的亲信女丐小心翼翼地移动擦拭,死者那污浊的脸部渐渐露出和常人一样的皮肤时,一种恻隐之心慢慢朝我袭来。眼前这具无臂无腿的女尸不再是那个叫做海爷的具体的人了,它渐渐幻化成一个无姓氏无年龄无性别无善恶的笼统的人……它的名字隐隐约约呈现着,它的名字就叫人类。

我知道这种感觉是由于眼前这鲜血淋漓的强刺激引起的,于是我掉转身,朝停在一旁的面包车走去。坐在车里的司机正在闭目养神。显然他看到的死人场面太多,早已见怪不惊。而他身边的音响装置正放着轻飘飘的一首歌:

　　——来自南方的相思
　　——是你多情的温柔
　　——好像江水的漂流

——不断回绕在我心头
　　——不要你许下承诺
　　——只要眉儿不再深锁
　　——因为你的欢笑就是天堂

　　女歌手软绵绵地唱着，软到让你感觉满天下起了毛毛细雨，满世界是脉脉温情。
　　我无法应付这达到极度的强烈反应，终于"哇"的一声吐了出来……

　　——寄给你玫瑰一朵
　　——是我真挚的问候
　　——纵然我们遥遥相隔
　　——真情常系你我心头
　　……

　　音响里的歌还在软绵绵地唱着，仿佛什么事也不曾发生，仿佛这世界除了爱就是情，除了情就是爱。
　　……
　　就在我觉得心里、胃里好受了一些，情绪渐渐平稳下来的时候，海爷的尸体被抬了过来。当警察们将这具无臂无腿的死尸往车厢里塞的时候，我忍不住最后瞥了一眼尸体——这一瞥我如遭电击：
　　在海爷那张异常肿胀然而如今变得洁净了的脸上右下方，赫然地长着一颗又圆又黑的美人痣！

我至今不能确定那个称霸一时却以大卸四肢告终的海爷是否就是我的朋友乔里亚。我知道的只是,从那天起,我结束了历时十几年的对乔里亚的寻访。我陷入了一种永恒的惶惑之中。用我继母的话说就是,我变得有点神经兮兮了。

(1990年)

蓝　光

今天是报到的最后期限。

走进这幢十八层大楼时,突然生出一种奇异的感觉——刚才在远处透过公共汽车微微颤动的窗玻璃眺望它时,觉得这幢鹤立鸡群般地立在交叉路口的建筑物又高大又庄严又透着几分森森的冷气,而此刻,当我走进它的大门后,竟然清楚地听到这高大庄严的楼房"嗞"地叫了一声然后迅速萎缩了。我看见它灰溜溜地变成一座精致小巧的玩具楼房,可怜兮兮地躺在我的脚跟前。

我不禁微微一笑。

荒唐的感觉。可不管怎么说,这是个好兆头。也许有一天你将忆起这神秘的感觉并深深感谢它。

人事处一个姓赵的女干事将我领到第一编辑室,把我交给一位矮而胖的中年男人。

"欢迎欢迎。"中年男人热情地握住我的手,眼睛却仿佛看着别处。

"这是迟政同志,你们一编室主任。"赵干事一边介绍一边溜着眼上下打量我,显然刚才她一直没机会。

"迟主任,我刚出学校门什么都不懂,以后请您多关照啦。"我谦卑地说着,心里却把这位矮而胖的主任拎起来掂了个够。我断定他不行。既无风度又无智慧也明显地缺乏热情。大概也不会有什么文采。

他看着你的时候眼神却明显地停留在别处。这真扫兴,不是吗?

不过他好像喜欢握手,我向他告辞准备上自己的办公室去时,我并没有握别的意思,他却又伸出手来使劲和我握了一下。然后,他领我走向隔壁房间。

我的办公室里已经有一男一女在埋头看稿。看见我们进来,他们都抬起头。

"欢迎你,新同事。"他们站起来和我握手。

男的叫李平,女的叫韦恕,都是这里的元老,有七八年编龄了。

我被安排到临窗的一张书桌前。书桌是新的,就像我即将开始的编辑生涯一样。窗外有蓝的天、白的云。还有阵阵逼人的热浪。崭新的环境,崭新的人生,巨大的陌生像山一样朝我压来。

那个叫韦恕的女人搬了张椅子,过来坐在我的书桌旁,开始微笑着向我介绍情况。

原来她是当代文学组的组长,虽不是有津贴有任命的正式官儿,却也算是我的半个顶头上司。

我心里顿时生出一种一上阵就吃败仗的强烈感觉。因为,凭天性,我断定这位很有风采的三十岁女人是我的敌人。

而你从此要在敌人手下听差。

组稿，看稿，编稿，所谓编辑老爷的这一套，不出一个礼拜，我已经厌倦了。琐碎、乏味，没完没了，为人作嫁，还有什么比这更让人心烦呢？

书稿源源不断地寄来，你也就得源源不断地看，永无打句号的时候。这头一年是见习期，所有的外稿都抱来给我了，摆在一起有一座小山那么高。好像我是个低能儿，只配看这些千里挑不出一的自然来稿似的。（外稿采用率是千分之零点五！）

想想临离开学校时周老师的话，我就心烦意乱，直想把所有可碎的东西都碎了。

周老师不止一次地说"你天分很高，你会成名的"，可现在！

该死的外稿该死的源源不断的文学梦游者！

还有那该死的半老婆子韦恕！当我终于找到窍门，把一部部书稿看都不看便塞进大纸袋里往回退时，她居然走过来对我说：

"作者写本书不容易，咱们至少应该看一看。你说是吗？"

管闲事！假模假式的家伙！——我差点脱口囔出来。

但她的笑脸使我改变了主意。我到这里才七天！我强压怒火做出一副恭顺的样子：

"呵，真是的，我真是忙糊涂了，谢谢您的提醒。"

我一边在心里恶狠狠地咒骂她，一边笑微微地把那些预备退回的书稿从纸袋里掏了出来。

我对自己的控制能力很满意。

星期天从来是我最喜欢的日子,可现在不行了。

孤独,烦闷,无聊,想干点什么,却又什么也不想干。这就是毕业带给我的礼物吗?

在学校时多开心啊,尤其是最后一学期。郊游,舞会,或者到咖啡厅坐坐,甚至整个上午躺在公园里的长椅上,享受那份懒散与无拘无束。那么多男生围着我,争相捕捉我的目光,争相献殷勤,哪个星期天不是兴高采烈、意犹未尽呢。

俱往矣。

没有亲人,没有朋友,这就是分到首都来的代价吗?

有人敲门。谁呢?

管他是谁。先抓他一天差再说。

昨天临去开门前,突然想到是远航回来了。他一回北京,肯定立刻来看我。我怎么竟把他给忘了?

可是门一开,看见的却是迟政!

"怎么,不欢迎吗?"这位又矮又胖的主任笑着伸出一双大手来。

"呵不,是没想到您会来。"我有些意外。但也很快把手递给他,"您不是开会去了吗?"

"结束了,昨天回来,今天就来看你。怎么样,工作生活都习惯了吗?"

"凑合吧。反正到哪儿都是这样——孤独一人在沙漠中行走。"不知为什么,我竟不想掩饰自己的心境了。

这可不好。你是打定主意要征服这个世界的,不应该轻易就相信一个人,尤其这人是你的顶头上司。你对他还什么都不了解。

"哦,觉得孤单是吗?我刚出学校时也有这种感觉,不要紧,过一段就会好的。"迟政关注地看着我。

原来他的眼睛也会停留在近处。

"是的,这很幼稚很可笑,我想很快就会过去的。"我有些生硬地说。

但迟政似乎没有感觉到,他坐下来,渐渐谈起他所参加的会议,谈起会上的种种趣闻,一脸的兴致勃勃。

可是我越听越不耐烦,比他没来之前还要心烦……看着他那春风得意的样子,还有那双有力的大手,我突然下了决心。

"你带我出去走走好吗?到哪儿都行。"我突然打断了他的话,不容置疑地看着他。

他迟疑了一下。我看出他眼神里现出一点迷惑、一点思索。然后他说:

"你想上哪儿?"

"哪儿都行。"

说完,我站起来,拿了草帽和手提包,径直向门口走去。

我不知道迟政会怎么想,我也不管他怎么想。我只知道他不会拒绝我,也不会让我的决心落空。

我们推车出了大门,沿着长安街往前疾驶。

明晃晃的阳光,新鲜的空气,如蚁如潮的人流,像风像水,从我们身边吹拂而过。九点多钟,正是一天里最好的时光。

迟政似乎有些陶醉,他说:

"多好的星期天啊。"

我却从心里笑话他。迟钝,麻木,平凡,这就是他。虽然我统共见了他才两次,交谈加起来也不超出十五分钟,我却透彻地了解他了。

他大概以为我没有听见他的话,居然又重复了一遍:

"多好的天气,多好的星期天啊!"

"我看到的正好相反。"我尖刻地说,"多广袤的沙漠,多无聊的日子!"

迟政显然很诧异,他侧过脸重新打量我,差点儿闯了红灯。

我在心里暗笑。以后让你诧异的地方多啦,主任。你等着。

我们一直风驰电掣,疾驶而去。迟政几次想放慢速度,想停下来,我都不理他,他只好气喘吁吁紧跟着我。

你看着他那笨拙而可怜兮兮的样子,你将倍感你的优越。

太阳当顶了,西山就在前面,我一看表,十二点多了。于是我说休息吧。

在路旁的商亭里随便吃了点汽水面包,然后我们推车而行,直到找到一片宁静的小树林。

这树林在西山脚下,很安静很阴凉,又远离公路远离游人。这正是我想找的地方。

你找它首先是为了你自己。到这个四方方灰秃秃的北京城后,你就一直想找这样的地方,休息一下疲惫孤独的心灵。

迟政见我执意要找这么个地方似乎有些兴奋有些紧张。我这时在他眼里一定是几分神秘几分可怕几分轻狂的。但他显然无力拒绝。

所以他就既兴奋又紧张地坐在对面守着你,守着躺在树阴底下怡然睡去的你,既不敢走开也不敢叫醒你,直到你睡饱了懒够了睁开眼睛朝他嫣然一笑。

"睡好了吗?你可真好睡,随便一躺就睡上一个下午。你看太阳都西斜了。"

"难道你没睡?"

"我怎么能睡得着?我,我在外面是睡不着的。"

"呵,我正好相反,一回到城里一走进室内我就头疼,失眠。"

我说着,站起来,朝他走去。

我走近他,紧挨着他坐下,然后我把两只纤纤细手递到他的大手里。

他触电似的猛弹了一下。他扭过头,紧张地、审视地看着我。片刻,他低下头,紧紧抓住我的手,身体很厉害地颤抖起来。

"这是真的吗?你这么美这么年轻这么……呵这是真的吗真是这样吗……"

好一会儿,他才将他的胆怯与犹疑扔到一边,将我揽过去,贪婪地亲吻起来……

你早就知道结果会是这样。虽然你们一直逗留到月上梢头,结果也还是一样。他的吻无滋无味,他的爱抚既不热烈更不刺激。他是一个乏味的人——你不遗憾吗?

也许有一点。但这并不重要。重要的是他俯首称臣了。

无事。无聊。无丝毫兴致。

母亲此刻在干吗?

辛亚，你是一粒随风飘落的种子，偶然落入这个世界来，便在这个世界生根，发芽，抽枝。

你好孤独好烦闷。

你是谁？你为什么生，为什么活着？以后又为什么衰老，为什么而死？

你拼搏，你苦斗，你要征服一切。可是征服了又怎么样？

也许人生只是一种自然过程，既不重要也无辉煌可言。沙漠。沙漠。

每一个人都是另一个世界。即使是孕育你、养育你的母亲，也和你的心隔着千山万水——多么可怕又可悲的现实呵。

远航来了一封信，说他被困在外地了，买不到回北京的票。他说他知道我已报到上班，他很抱歉他未能在北京等我并帮我做点什么。他请求原谅并希望交通紧张状况即刻缓解，好让他尽快飞回来将功补过。

可是他回来了又怎么样？他仍是另外一个人，另外一颗心！

迟政又传我上他的办公室去。他这几天频频叫我去，多半没什么要紧事，只是找话和我说，找机会和我单独见面而已。

"今天怎么样？好——些吗？……还恨我？"我刚刚掩上门，他便关切地看着我。

"您别傻了，我跟你说了好几回了，别扯什么恨不恨的。"

"这么说你还没原谅我……唉,我这个人也不知怎么啦,大半辈子过来了,从没这些事……真不知那天……唉……"

我看着他那委琐的自嘲自责的神色,又好笑又好气。那天在树林里有一刹那我还幻想过,也许事后我会真的喜欢上他的。

你这个不折不扣的傻瓜。

"你一定要原谅我,我……"迟政欲言又止,最后他似乎下了决心,"我……以后再也不会冒犯你了……你会忘掉这件事的,是吗?"

"不,我不会。"我瞪着他,简单并且干脆。

这个回答显然使他难堪。他沉默了好一会儿,终于说道:

"好吧,我们不谈这事吧。以后你的事,不管哪一方面的,只要可能,我都会帮助你——你现在手头有什么好稿子吗?这里有一部书稿,写得很好,可能会畅销,你拿回去,看了以后作为初审提出来。当然,不必让别人知道是我给你的。"

"谢谢!——还有事吗?"

"没有了。"

"那么再见。"我走过去,在他那不安的脸上印上一个吻,同时朝他嫣然一笑。

他一定是抗拒不了这份笑容的。他慌乱地推开我却又急忙将我拉回来,然后他又一次使劲将我推开说:

"你走吧快走吧有人来了快走吧。"

我拉开门走出来。走廊上空无一人,只有颓废诗人安东的猫蹲在墙根,虎视眈眈地望着我。

韦恕居然递给我一张请柬：

"今晚诗歌界同人有个聚会,听说你也写诗,去玩玩吗?"

我很想拒绝她,好让她知道她并没有资格俯视我。

可是拒绝那张请柬无疑是错误的。它是你踏入诗歌界的第一张门票。你完全不必犯傻。

"谢谢——你也去吗?"

"是的,好几个朋友都去,很长时间没和他们见面了。"

"那么我们一起走怎么样?"

"当然好,下班后一起走吧。"

可后来我改变了主意。吃中饭时我到食堂找到韦恕,对她说我下午有事要出去,不能从社里走了。我高兴地对她说了一声"晚上见",便骑车回宿舍了。

倒不是不愿和她同行(初次登场,有她作介绍无疑有益),但我必须做些准备,以使自己与众不同,万人瞩目。

我洗头,洗澡,按摩,化妆,整整忙了一个下午。最后,我以披肩直发和猩红的长裙出现在新新饭店的舞厅门口。

"辛亚!"韦恕一看见我,立刻做手势让我过去。

我点点头,尽量迈着优雅的步伐朝她走去。好些男人注视我。我心里当然得意。

韦恕正和她的朋友们在一起。"你今晚真漂亮!"韦恕拉着我的手,逐一将她的朋友介绍给我。最后她说：

"辛亚感觉很好,思想也很新潮,她是属于新生代的,以后各位多提携。"

我不知道她这番评价从何而来,但她这么热心地为我做广告,我倒也生出几分感激——虽然只是那么短短的瞬间。

晚会开始了,主持人是一位声誉不错的中年诗人。他一边讲着话,一边不时看看我们这边。我相信他在注意我。

看来你一个下午的辛劳没有白费。

灯光减弱下来,舞会就要开始了。我喝着冰镇柠檬茶,看着围坐在舞厅四周的谈笑风生的诗人们,心里既得意又凄楚。

你置身其中,你周围是所谓的"文坛精英",你听着他们的欢声笑语,享受着他们渴慕的目光,只要你愿意,你可以叫他们个个变成奴隶。

你并不真正看重他们。你知道他们当中真正杰出的并没有几个,大量的是平庸与黯淡。可自视甚高的你,却连那份平庸与黯淡都还没有。

有人走过来邀请我。正是那位主持人。我默默地随他走向舞池。

在华尔兹轻盈的旋律中,我飞快地旋转起来。灯光、乐队,男人们爱慕的目光,在我面前幻成了万花筒……

我感觉自己变成了一条鱼,一条金碧辉煌自由快乐的鱼,我正穿游在千姿百态的海底王国,水草、珊瑚、海藻,还有那些大大小小各式各样的鱼、虾、蟹,都是我的陪衬我的子民,我使它们相形见绌,也使它们仰慕不已……

音乐终止了,四周爆发出热烈的掌声。我茫然地环顾舞池,发现偌大的舞池不知什么时候已只剩下我们这一对了,退出舞池的人们此刻正围着舞池朝我们鼓掌。

我成了众人瞩目的对象。男人们丢下他们的女伴,纷纷来邀请我。我看见女人们眼里射出嫉恨的光。我十分开心。

回到宿舍已是十二点。两位年轻的诗人送我回来。他们预言我将走红,成为北京诗歌界的新星。

远航简直有点让我受不了。

他一回到北京,立刻频频来看我,几乎每天晚上都要在宿舍呆到十一点。你只好什么事也不干——不看书,不写作,不洗衣服,不会朋友。天天陪着他。

他大概是爱上你了。

那么就求婚呗,何必天天那么耗。大家都不是小孩了。

如果他求婚,你大概会接受。他(也只有他)认定你是纯洁美丽有才华的女孩,他奉你若神明。

而你呢,你不是纯洁的女孩也瞧不起那些纯洁女孩,你认为她们死水一潭毫无生气,可当有人把你视作纯洁美丽的女孩时,你心里却极喜欢极得意——人是多么奇怪的东西啊。

当然,他挺英俊,家庭也不错,这些应该具备的条件他都具备。他高我两届,在学校里他就一直在努力接近我、帮助我了。

可他多么古典啊,难道他真的以为我是十九世纪的女孩,必须再三再四地酝酿、接近,才可涉及爱情涉及婚姻?——这个背时的老夫子!

我可不想在这类事情上花费太多精力。要干的事情已经够多了。

出版社开始检查、整顿了。

迟政近来眉头紧锁,天天黑着一张脸。他要按照新精神一部一部地检查一编室这几年出的书,然后给社里、部里写报告。若查出有问题,就得乖乖听候处理。别的出版社已有领导人被撤职了,他心情之紧张可想而知。

韦恕、李平还有那个老编审胡文立,近来不是唉声叹气就是愤愤不平。我觉得十分好笑。这一切关你什么事?天明天暗,地升地陷,世界闹也好静也好,你还是你自己,你面对的仍是你的心你的肉体你的存在。不是吗?

他们那一代人常常让你莫名其妙。什么责任心、正义感,谁知道是口号是装饰还是真正发自内心并且价值几何?

韦恕看我从来不参加这些议论,似乎不大高兴。她问我:

"难道你不觉得最近的事情有些可笑?"

"可笑的事情多着呢。对于上帝来说,人类的每句话,每个行动都是可笑的。"我漫不经心地说。

"原来你这么看。"韦恕沉默了一会儿,终于又说,"好像你们这一代人都这么看……太遗憾了……"

看见她不高兴的样子我十分开心。不知道为什么我就是讨厌她。人人都说她厚道随和肯帮助人,她也确实帮过我几回,我却见了她就烦。她是另外一种人,一种我不理解也不耐烦理解的人。

偏偏远航也来凑热闹。他跑来找我,起劲地告诉我学校里怎么样天安门怎么样,末了还一再问我去不去天安门看看。

我强压怒火半天没出声。他居然还不知趣又问了一遍:

"去天安门看看吗?我陪你。"

这一下我可再也忍不住了,我恶狠狠地嚷了出来:

"让我安静一会儿行不行?上班听这一套下了班还要听

这一套我够了！告诉你我对这一切不感兴趣一点都不感兴趣！你们这些傻瓜全都来强加于人你们全是一样的傻瓜你们全是头号傻瓜！……"

远航吃惊地看着我。他显然没想到我会这么歇斯底里。愣了半天他终于说：

"对不起，我忘了女孩子是不关心政治的……我原来以为你和一般女孩子不一样，所以才……"

"说得好！"我恶狠狠地"哼"了一声，"告诉你，我的不一样就在于我从来不赶时髦，不随波逐流。我自己做自己的主人！"

这顿抢白显然令远航又惊愕又尴尬，他涨红了脸，想说什么，却终于没说出来。他低下头，半天不吭声。

我不知道远航从此怎样看我。但我宁可让他的童话破碎，也决不委屈自己去成全他的梦。

闭门谢客。

作《泡沫》、《旋》、《月光月光》等六首，颇满意。

情绪正浓，诗行汩汩涌出，毫不费劲。自己也觉奇怪，难道又回到大学二年级那个诗如泉涌的阶段？

如是，当然该珍惜。它至少将证明你的价值你的存在。

远航有好几天没来了，这在他是少有的事。难道他在生气？或者另外有事？

你并不爱他，他没来，你甚至感到轻松。但是，假设他从此不来了，你却不能不认为是个损失。他是个忠诚的朋友，很多事你都可以倚重他。而且，除他之外，你目前还没有更理想的求婚者。

近来认识的人也不少了,有名望的,有权势的,有风度的,"嘉宾如云"。他们大都邀请过你,去吃饭去剧院或者周末去郊游,但你很清楚他们都是出于色而不是出于情。假设你没有一副美丽的面孔,假设你又矮又胖腰比桶粗,他们这些自命不凡的人会见一面就像老朋友似的来邀请你,俯就你吗?和他们在一起,你常常不舒服。只要一有独处的机会,不管你意向如何,上来便要拥抱、亲吻(北京人称之为"生扑"),常常弄得你直想发作。你并不是贞洁女孩,可你也不是游荡街头的卖笑女啊,他们凭什么这么做!你和你的同代人一样,并不把上床看得多么严重多么神圣,你也曾经一时高兴或者为了某些目的委身于人,但那是你乐意。像这样无视你的意愿便生扑,简直就是侮辱就是没文化。

当然,你有足够的机智对付他们。你可以在彼时彼地摆脱他们又在此时此地和他们周旋,如果需要,你也可以满足他们。但你从心眼里鄙视他们,你很清楚他们全是陈腐的文化熏陶出来的,和百年千年前那些狎妓宿娼的文人墨客毫无二致。他们在你眼里一文不值。

也许现实就是这样,性解放与腐儒气混成一团,造就了如此畸形世风。

所以远航便是"稀有金属"。他这样的人以后是越来越少了。

对,明天打个电话给他,邀他出来,相信他不至于拒绝。

小巴黎酒家。灯光。白兰地。

远航居然一反常态,电话里充满无声的谴责。不止因为那天的事。闲话。不检点。很震惊。身体不舒服,不想出门,等等等等。

远航想逃开?

女招待。白兰地。吊灯旋转。

"再来……一瓶……"

头剧疼。地球要爆炸太阳要爆炸?

"你要走了么?我送你如何?"遥远的声音。

"好的——谢谢你。"

远航还是没来。笨蛋傻瓜背时的老夫子。就为这也该酬谢遥远的声音。

的士。风驰电掣。

楼道。漆黑而漫长。钥匙入孔。

"灯绳——在——门边。"

"你一人住?"

"是的——嗯——我想——我——大概可以——酬谢——你——"

闲话。闲话。远航你想听就让你双耳贯满。你不会失望,陌生人已经心满意足地在我床上酣睡了,你决不会失望。你明天就能听个够听个饱,远航你从此该好好谢我。

头剧疼。懊丧的心情潮水一般涌来。——人生到底是什么?

父亲为什么那样对待你,为什么?

你那么小他就骂你小婊子断言你长大也只能是个不要脸的臭婊子。就因为母亲没涂口红没染指甲母亲大半辈子忙于生孩子织麻袋终于毫无生气而你又是母亲的女儿？你那时真恨他，你真想有一天把他杀了。他的放浪加上他的诅咒造就了你的今天。你无力放掉血管里奔流着的他的血，也无力摆脱他加在你头上的咒语。他为什么要在四十五岁那年自杀？为什么不活到今天让你来结束这一切？你知道你的尖刀一划开他的血管你就彻底告别他你就新生了。为什么不这样，为什么他要在四十五岁那年自杀？为什么那年你还只有六岁？

六岁的那年，父亲将自己挂在海边的一棵老树上。母亲一手拉着你一手拉着长你三岁的四姐姐，默默地看着挂在树上好几天有些风干了的父亲，母亲突然泪如泉涌。在一旁还有两个女人在号啕，她们是父亲的姘妇她们其实长得很丑。但那个刹那你突然明白，她们虽然很丑，她们却拥有父亲的爱，而曾经美丽的母亲和以后将会美丽的你却一无所有，父亲留给你们的是他的嫌恶与仇恨与厚厚的债单。你将背负这黑色十字架踏上漫漫长途。

高中毕业那一年你下决心摆脱黑色十字架。你不止一次对自己说，或者考上或者死。母亲织麻袋织瞎了眼，三姐姐四姐姐嫁人嫁进了地狱门，债单还有一厚沓，大哥哥累得吐了血。你一遍又一遍对自己说：

或者考上或者死。

结果你考上了。你对天起誓无论如何你不能再回到过去，你必须得到加倍的补偿为了母亲的老丑为了三姐姐四姐姐的眼泪，也为了大哥哥的鲜血。你别无选择。

曾有一段你以为自己摆脱了父亲摆脱了过去，但今天早晨看着身边那具陌生的肉体你猛然明白黑色的父亲仍在主宰你造就你。他把遥远的声音领到你的床上来,又把遥远的颓唐与沮丧重重地压在你的心坎上。

辛亚辛亚,从你的泪腺里流出来的是猩红的血黏稠的血啊。

安东近来频频出现在宿舍楼。他大概听说远航和我闹翻了,便要来补他的缺。可他不知道尽管我恨远航的迂和腐,尽管他比远航聪明比远航颓废因而显得极富诗人气质艺术气质,尽管他本质上很像我也是一个只为自己生存的人,我却不喜欢他。

"你为什么总是冷冷然拒我于千里之外?难道咱们俩不是更接近更相像?"下午安东终于将他的艺术家长发甩到脑后,几分认真几分嘲讽地说。

"不敢不敢,你是诗仙诗圣颓废艺术家,本人是凡夫俗子村妇一个,岂敢相提并论?"

"得了辛亚,不要和我打哈哈,知君者莫如我也。第一,你的艺术感觉极好,诗人才华不在我之下。第二,别看我颓废消沉,其实我的野心不小,极端利己主义的那一套也不在你之下——咱们俩简直就是双胞胎。"

"就算是这样,你我之间也没什么好说的。因为,"我狠狠地瞪了他一眼,"相像的人绝不会相爱。"

"哈哈笑话天大的笑话!辛亚女士竟然也侈谈起爱情来了!"安东放纵地笑起来,"那么我只好来扮罗密欧或者贾宝玉了?"

"你——"一股热血猛地冲上我的脑门,我相信我要发作了。我要骂得他狗血喷头连声讨饶,我要将二十年来的耻与辱、恨与痛全部发泄到他头上。让这个张狂阴险下流无耻的破诗人尝尝我的厉害我的恶毒！

可是安东却笑嘻嘻地过来拉住我的手："不要生那么大的气嘛，你看你那双丹凤眼都快喷出火来了。喏，你听我说，"安东把我按在椅子上坐下，"你是个明白人坦率人，为什么也扯起爱呀恨的。难道你不明白你永远也不会爱人，你是个只爱自己的人？

"再说，我并不是来和你谈情说爱的。你有魅力，我想要你，所以我来侍奉左右。假设你始终看不上我，或者有一天我的热情减退了，我自然会走开。可是，你为什么不要我呀？我是个很棒的男人，真的，辛亚，真的很棒。再说，从功利的角度看，我也可以给你不少帮助呀。至少，在帮助你成名方面，我不会比迟主任差多少嘛。"

"你这话什么意思？"

"瞧你辛亚，你一直是个真实坦率的人，为什么也开始学酸了。告诉你，我一直在观察你研究你。可以说，我现在比你自己还了解你呢。好吧，不谈这个了，咱们出去走走怎么样？"

"你请便。我宁愿一个人呆着。"

"那么好吧，再见，任性的姑娘。明晚我再来。"

厚颜无耻的安东走了。我多么恨他。可是讨厌的是，他的话竟然大摇大摆地在我脑子里转悠起来。

我的工作渐渐突出起来。一则因为迟政的关照，二则"圈子里"那些朋友也常将好书稿推荐给我，所以我陆续发了好几部不错的书稿，印数都比较高。据说这在见习期是少见的。社里的头头们见了我不再视若无睹了,他们开始对我点头微笑,流露出赞许的目光。大概迟政没少在他们跟前推荐我。

迟政仍然经常找机会和我单独见面,但只是见面而已。他大概也听说了远航的事以及别的那些闲话,下午他对我说:

"你那位同学怎么样了?你该找他好好谈谈,或者,要不要我出面做些工作?"

"你?——用不着!"

"你是不是,嗯,对他很有好感?"

"不,我讨厌他!而且我讨厌别人在我跟前提他!"

"那么好吧,咱们不谈这个。听说你现在,嗯,现在交际很广,我想你还年轻,社会经验毕竟少一些,嗯,要注意辨别,辨别好坏善恶呐。"

"多有趣啊,您也来跟我谈这个!那么我只好问您了,您是好人坏人善人恶人?我和您之间是不是也存在欺骗被欺骗的关系?我又是怎么回事?在您这位正人君子眼里我是不是浪女恶棍流氓坏蛋?……"

"小辛!小辛——!"

迟政大声叫起来,眼里全是求饶的神情。"请你不要这么伤害我,我已经够痛苦够为难了。你不知道,我……我……"

"您有什么为难的?难道您怀孕了?"我余怒未消,刻薄话脱口而出,"要不要我帮您联系医院?"

"你——!"迟政抬起头,愤怒得双眼快喷出火来了,"你怎么这么恶劣?!"

"恶劣的还在后头呢,主任同志。"我有点幸灾乐祸地瞧着他,"请您联系医院吧,我想我不能再耽搁了。"

"什么?你你——?"

迟政的愤怒变成了恐惧。他重重地跌坐在沙发上,双手抱住了脑袋。

我拉开门走了出来,心里五味俱全。

这两天称病告假。

自己去了医院,自己去听护士的侮辱斥责,自己去流血,去死,自己又拖着虚弱的身体回宿舍,自己躺在床上咀嚼人生吞咽人生……

随着器械的插入,启动,一切都被掏空了。心,肝,肺,思想,感觉,精神,甚至丑,甚至邪恶,甚至野心,全被掏空了。只剩下微弱的脉搏,微弱的呼吸和弥漫一切的空白,空白……

假如远航这时赶来,你大概会握住他的手放声痛哭,然后向这个世界挂起白旗,随他走遍天涯海角。

没想到远航真的来了。

他听说我病了好几天没上班气色很不好,便再也坐不住了,他带了很多苹果香蕉奶粉麦乳精急匆匆地跑来。看见他走进屋来我差点失声痛哭,然而我咬住嘴唇把脸转向墙壁一声不吭。

"很抱歉我刚听说你病倒,一听说我就来了。"

"给你带来这么多痛苦甚至把你气病了我心里很不好受……"

"希望你能原谅……我,我……我想是我搞错了。"

我把脸转过来。我给了他一个苦涩的微笑。

远航于是很满意很感激。他握住我的手,一迭声地表示他的道歉与忏悔……

唉远航看来你是真的爱我可我是命里注定要使你痛苦使你不幸的。

独居一室的好日子结束了。新调来的美术编辑彭莱莱此刻正在对面铺床展被。

她说她二十六岁,已经毕业三年了,刚刚从山西调回北京,不愿住在嘈杂的家里。(于是就心安理得地来侵犯我的孤独!)她称得上漂亮。大眼睛,高鼻梁,脸型是西方式的,曲线很好。她很快活,似乎也很自信。当然啦,像她这样的人是不会有一个黑色的爹黑色的童年的。

你不讨厌她,但你嫉妒她。她那么快活,那么健康,那么充满女性魅力。而你此刻伤感、忧郁、虚弱,而且——自卑。

称病一周,迟政一共来过两次,无非是送些慰问的话与钱与食品,闷闷地坐一会儿,然后告辞。

我发现我已很讨厌他了,虽然在男人堆里他还不算怎么坏。假设他不是我的顶头上司,我大概会把钱留下而毫不犹豫地把他轰出去的。

不知是感觉到我的厌恶还是为了避嫌(彭莱莱下午就出去了,至今未归),迟政略坐一坐便走了。

看着那矮而胖的身躯在门口消失,我感到一阵轻松。看来一个人一旦俯首称臣,他在女人眼里就一钱不值了。

病假结束,可依然懒洋洋的提不起精神。

生命真是脆弱,且不说地震火山能使万千生灵瞬间化为灰烬,就是一场不大的手术,也能使它顿时萎靡困顿,一蹶不振。

人自信法力无边,可实际是多么有限啊。

一走进办公室,就觉得气氛不对头。同事们淡淡地和我打招呼,还带着躲躲闪闪的审视的神情。我这才想起,称病以后,除了迟政,编辑室没有一个人去看我的,就连韦恕这位所谓的热心人,也杳无踪迹。

甚至安东也无踪无影。

我立刻明白个中原因了。看着大家那怀疑、审视以及遮遮掩掩的鄙夷的目光,我明白从此我必须日日如临无人之境了。

也好,你本来就视周围如沙漠,你一向懒得和他们来往,若不是迟政常常提醒你注意群众关系,你早就昂首天外,独往独来了。

在他们眼里,你是野心勃勃手段卑劣的坏女人。在你眼里,他们是嘴上一套心里一套的伪君子,要不就是愚民政策培养出来的一堆大傻瓜。

大概更多的是前者而不是后者。至少是不自觉的前者。

作《流放》、《黑牡丹》、《乌鸦飞过》等五首。
不知为什么心境一直不好。诗与人一起忧郁。

江山不但曾经预言我要走红,成为首都诗歌界的新星,而且一而再地帮我推荐诗稿。他自己已是小有名气,又在一家出版社当诗歌编辑,而且除写诗外还写些诗评之类的,所以他的推荐很有效,已有十来家刊物陆续发表了我大学时期的诗作。他似乎真的很欣赏我,他常说我比冰心空灵,比舒婷诡谲,比第五代诗人更切近第五代。

下午他约我下班后在美术馆附近的咖啡厅见面。我当然很高兴去赴约。这样的朋友是有用而且有趣的。和他们在橘黄色的灯光下谈话,呷着咖啡,听着袅袅的音乐,不但能忘掉可怕的童年,也能忘掉所有荒唐、沉重的人生,进入一种放松的状态。

和以往一样,江山让我长时间地享受这种放松。我们谈音乐,谈绘画,也谈天南海北、地角天涯。更多的是他侃侃而谈,如行云流水。我微笑地听着,偶尔插上几句话。有时我们都静默下来,喝着咖啡,看着周围或动或静、或喜或忧的众生相,相视而笑。

我常常觉得,江山是懂得我的,也是珍惜我的。可不知为什么,他始终没有超出一个朋友、一个兄长的身份。他不像远航那样自然地表现出爱慕之意,更不像安东或别的那些"朋友"那样露骨地有所要求。他只是陪我谈天,陪我散步,不断地给我的写作以帮助。他始终是一个朋友、一个兄长。

这又使我迷惑。我是从来不相信这个世界是有高尚的人存在的。父亲那帮逼债的朋友不但使父亲终于挂在了海边凄凉的树上,而且想榨取母亲所剩无几的姿色;三姐姐四姐姐婆家的亲人,无一不因为她们有个黑色的爹有个贫穷的家而耻笑她们欺压她们,大哥哥的热血和我的美丽,同样是他人榨取的对象而不是别的什么。江山他何以这样待我?

难道他是怜悯?因为他曾听说过我的身世?

假如他的所有好意都要求回报，我倒可以心安。而且我也并不讨厌他。他是一个风度翩翩的诗人呢。

可是从咖啡厅出来送我回宿舍的路上，他依旧仅仅是个朋友。我原隐隐觉得回家的路上事情会有所改变的。可是没有。分手的时候，他只是很"朋友"地说：

"我也许会为你写篇评论。你是值得介绍给诗坛的。"

说完他转身走了。看着他渐渐远去的背影，我说不清自己对他是感激还是抱怨。

上午正在看校样，安东带着他的黑猫进来了。

"Hello！"他冲办公室的所有人打招呼，但他的眼睛明显地忽略了我。

我于是侧过身，把脸半冲着窗外，继续低头看我的校样。

安东走到韦恕的桌前，起劲地跟韦恕说起来。谈的无非是他刚去参加的那个笔会，笔会上的种种趣闻。不一会儿李平也参加进去。

满屋子都是他们兴高采烈的谈话声。只有我一个人是冷冷清清的。

这种状况足足持续了半个小时。安东居然招呼都没招呼我一声，仿佛屋里根本就没我这个人似的。

我终于受不了那满屋的热闹与明显的蔑视，我将校样塞进抽屉，猛地站了起来。

就在这时，安东爆发出一阵哄然大笑，接着李平和韦恕也笑了起来。

我不知道他们为何而笑，我也可以相信这笑声不是冲着我的，可不知为什么，我总觉得安东的笑声非常刺耳也非常的意味深长。

我发誓要狠狠报复安东。

大哥来信,说三姐姐带着孩子回娘家来了。她的丈夫这两年经商,发了财,在外面养了几个情妇,越发不待见三姐姐了。三姐姐一直忍气吞声、委曲求全,只求维持一个表面的家庭,可终于还是被拳脚相加的丈夫打出来了。大哥哥说离婚看来是免不了啦,只是双方都要孩子(她丈夫也要得很紧,因为是个儿子),谁也不肯让步。还不知结局如何。

我要是三姐姐,早就拿住丈夫的把柄,闹他个天翻地覆了。就是现在,我也不要他的孩子,我要他拿所有的钱财来换儿子,然后,把自己装扮得漂漂亮亮的,重新开始生活。

对付这个混乱的世界,你又何必彬彬有礼呢?

我料定安东私下里会来找我,他果然来了。

他一进门就先发制人:

"嗨你不必给我看那张脸,要是你处在我的位置你也会这么做的,也许比我还要过分不是吗?

"他们现在都看不上你,疏远你,我又何必跟他们唱对台戏呢?这对你我都没有好处。可私下里你知道,我是你的朋友,我会帮助你的。"

两面三刀厚颜无耻没德没行的破诗人!

"哦安东,你真是小瞧我了,"我强压下怒火,微微一笑,"我生气不是因为你在他们面前冷落我,而是——"

"那又是什么呢,小姐?"

"得了安东,你自己心里清楚,我病了一个礼拜,你居然连看都不肯来看我一下。要知道,病中既脆弱又无聊,我一直指望你来陪我的,而你居然无踪无影!"我做出十足的委曲样。

"你真的盼我来吗?哦,该死的笔会该死的文学!假如我没去笔会我是一定会来陪你的。假如我来陪你……嗯,你也会给我机会的是吗?"

"我看你用不着太伤心安东,我并没说你如果来我会请你上床呀。"

"可你的眼睛说了。哦该死的笔会该死的文学该死的不走运的诗人!"安东捶胸顿足,做出一副夸张状。

"你还肯给我机会补偿是吗?"安东突然收起玩笑神情,目光炯炯直逼我的眼睛,"哦,残忍的女神,你是知道我的。这个世界上我最想要最想得到的就是你。你肯发一下慈悲,抚慰一下干渴愁苦的心灵吗?——等等,你同意了?哦辛亚辛亚我知道你会同意的你真是太棒了辛亚……"

"等等,你别高兴得太早。"看着安东那副发情公牛样,我厌恶得直想呕吐,"你得先替我做两件事。"

"两百件都行,女神,吩咐吧。"

"头一件,亲亲热热地挽着我的手,陪我到韦恕、李平家去转一圈。现在就去。"

"这……"

"做不到了吧?——胆小鬼!"

"我没说不去呀。去!——第二件呢?"

"第二件嘛,去新侨饭店订个房间。嗯,要最好的。"

"此话当真?好,辛亚,这才是你。咱们一言为定。我先去打电话订房间,然后咱们就走。包你满意。"

安东喜形于色地走了。我想像晚上他一个人在新侨的高级套间里等我,焦躁地走来走去的情景,忍不住从心里笑出声来。

安东真是个没德没行的无耻诗人。他曾经为了讨好韦恕李平也就是讨好编辑室里除我而外的所有编辑而拼命冷落我,而现在,他为了诱人的允诺竟然又起劲地扮演起我的朋友加恋人的角色了。当然,明天他又会在大家面前把我骂得狗血喷头。这是我丝毫也不怀疑的。

当安东亲热地挽着我的手走进韦恕家时,韦恕显然愣了一下。但她毕竟是个涉世很深的家伙,很快又自然而亲切地招呼我们了。

"我们路过这里,顺便来看看你的儿子。"我说。

"欢迎欢迎,你们可是稀客。"

"辛亚近来气色不好,我陪她出来散散步。没想到走到你们这条街来了——你先生不在?"安东说着坐下来,拿起桌上的苹果,削了一个给我。那副亲切随便的样子仿佛是在自己家里。

"哦他出去了。你们在这儿吃晚饭吧?"

"不了。今天我过生日,安东答应到新侨请我吃西餐。我要好好刮他一顿呢。"

和韦恕有一搭没一搭地说了些废话,又和她三岁的儿子玩了一会儿,我们就告辞了。

从韦恕家里出来,安东问我:

"你当真过生日?"

我眨了眨眼,吹了个很响的口哨。于是我们一齐大笑起来。

"你这个顺口胡诌的坏女人！等着吧,晚上看我收拾你。"安东说。

李平家和韦恕家只隔一条胡同。我们很快又到李平家转了一圈。李平对于我们俩携手同行的惊诧更甚于韦恕。我开心极了。

安东果然在新侨餐厅请我吃西餐。他让我点菜,我毫不客气地点了六道最贵的菜。他只好拍出十张大团结来。我知道他兜里刚来了一笔不小的稿费。我当然不会让这些钱经过这一夜之后继续姓安。

吃完晚饭已是八点多。安东喝了不少香槟,微微有些醉意了。

"走吧,女神,咱们该换个项目了。"

"好吧——可是等等,我忘了带睡裙了。嗯,这样吧,你先上房间去,我回去拿一下就来,好在路不远——耐心点诗人,难道你不愿意我穿着漂亮的丝质睡裙陪你吗？走吧。房间号?"

安东只好将他预订的房间号告诉我,然后他又叮嘱我说:

"快去快回,别让我等太久了。"

"你可以小睡一会儿嘛。我也许还要化化妆什么的——当然我会尽量快的。一会儿见。"

"一会儿见。"安东笑着乜斜了我一眼,飘飘然走了。

据安东今天早晨电话里说(他一大早就打电话到宿舍楼来,气急败坏地吼了一通),他躺在床上等我,一觉醒来已是十二点过了。看见身边空无一人,这才知道上当了。他说他白付了三百二十元钱的房租还生了大半夜的恶气。他说他决不会放过我这个恶女人他要让我付出十倍二十倍的代价……

我哈哈大笑,我说安东我本来只想和你开个小小的玩笑没想到效果出奇的好,为此我要感谢你的配合也许我会奖励你。什么时候你想来看我都欢迎不过最近几天最好不要来最近我恶作剧的兴致未减……

安东气得大吼一声把电话狠狠地摔了。

我拿着听筒顿时斗志全无。而且不知为什么,心里突然泛起一股浓浓的空虚与无聊。

迟政、江山还有别的朋友推荐出去的几十首诗都陆续发表了,而且都是大刊物。据江山说,诗歌界现在都在谈论"辛亚旋风"。因为几家报纸刊登了介绍诗坛新秀辛亚的文章,而且,主要是,辛亚那火辣辣的诗风在诗歌界已广为人知。无论是欣赏她的还是鄙视她的,都承认她已造成一股旋风,正在冲击稳健的诗坛。

可是,你却无限感慨。这一切来得那么急那么容易,使你不禁要怀疑起它的价值来。假设你毕业后无缘进入文学界,而是去当个教师或者政工干部什么的,假设你没有结交那么多有用的朋友并且时常与他们周旋,假设你不是天生丽质正值妙龄,对男性充满吸引力,境况又将怎么样?当然假设你没有敏锐的感受力和足够的表达能力,权力和舆论也是没有能力将诗人的桂冠戴在你头上的。可是,光有才华又怎么样?多少有天赋有才华的人被埋没被遗忘被像垃圾一样地倒掉了,你又何能幸免?!

当然,你用不着太满足太陶醉。对于你的目标来说,这一切仅仅是个开始,你要做的事情还非常之多。

　　下午和彭莱莱一起看她从中央美院借来的国外时装杂志,不禁感慨万千。
　　美竟然有这么大的魅力!它能使你发现自身处境的丑陋、卑微,使你的生存欲望空前地强烈、空前地凸现。
　　哦,黄色的国度,灰色的国度!生长在你的土地上,是命定要贫穷、丑陋、卑微、愚钝吗?对于那些静谧的别墅,漂亮的轿车,豪华的电器,动人的时装,你的子民们注定只能望洋兴叹吗?而辛亚你,也只能和千千万万的同胞一样,一生一世安于两间简易的住房,一辆吱嘎作响的自行车,三餐淀粉为主的饮食,一张顾不上修饰日渐晦暗日渐老丑的面容吗?
　　不,我是要自己安排人生的。无论是历史是现实,无论是种族是个人,都不能左右我、阻挠我——我自己选择未来。

　　江山陪一位外地编辑来访谈,谈出诗集事。请他们到东来顺吃涮羊肉。席间商定:
　　四月底前将诗集编好交出版社,争取年底印出。
　　诗集一旦发排,就利用各种途径广为宣传,争取印数——此事江山愿意承担。
　　由我尽可能地为出版社拉一笔赞助,以补偿出版社的亏损。
　　在这个纸价昂贵,发行费猛涨,纯文学备受冷落的时期,出诗集何其难,像这样的条件据说已算优惠的了。为此我还得感谢江山。若没有他积极联系、促成,出集子事恐还是水中之月。

但你又如何感谢他呢？你既无权势又无财富，你惟一拥有并且用来对付这个世界的是你的美丽你的青春，可江山简直是个圣人你又如何感谢他？

远航出差回来了，带了一对祭红瓶给我。很喜欢。
他总是周到、殷勤，十足的绅士风度。惟一遗憾的是缺乏点激情。

三姐姐的丈夫居然跑到北京来而且居然来找我。他说他来是因为有些业务要办顺便看看我这个小姨子。我毫不客气地告诉他既然把我姐姐打出家门就用不着扯什么小姨子大姨子的，否则我就要老实不客气地关起门来看我的书不再奉陪。

他说好好好不是亲戚也是熟人怎么都好说话。他又嘿嘿笑着夸我几年不见出落成个美人了，他还说你姐姐要有你这风度的十分之一我也不至于见了她就心烦。

我说你有事就说用不着八竿子打不着的扯上一大堆。

他说小妹哎我来求你个事。你们家就你出息大你的话你姐姐肯定听。你姐姐要离婚我不拦她，可儿子姓我的姓是我的亲骨血儿子应该归我，再说你姐啥也没有而我有二十万存款儿子跟了她不得白受一辈子穷？你做做你姐你们家的工作把儿子给了我，日后你结婚彩电冰箱我给你买……

我说你不是有好几个老婆吗？她们还会替你生的你干吗非要我姐姐的命！

他又点头又哈腰说嘿嘿算命的说我命中只有一个儿子

那些婆娘都中看不中用啦，小妹你就帮我这一回你结婚我连录像机都给你买。

我说你要儿子也容易两条路供你选，或者拿汽车把我姐接回家从此待如上宾并且把那些破女人一一打发了，或者把你的二十万存款悉数掏出来换你那亲骨血儿子。

他听了吓一跳连连说小妹你太厉害了太厉害了，那钱是我耗了几年心血才弄起来的。这两条我都不能考虑不能接受小妹你太狠心了你。

我说那你就闭上嘴向后转回家去哭你的绝后吧。

他哼哈了半天终于伸出两个指头说，给你姐这个数吧。

我哈哈大笑。我说两万就想打发我三姐了。你那二十万里有一半本来就是我姐的，财产夫妻共有到时法律会来分割你懂吗？

他也笑了起来而且笑得更加响亮。他说小妹你这就小瞧我了那钱是存在我妈名下的，我自己一分也没有你姐她一分钱也拿不到嘿嘿。

我听了这话不能不愣了我只好目瞪口呆在心里痛骂这个早就蓄意休妻的流氓恶棍暴发户。

我恶狠狠地说既然你早就蓄意休妻了这钱更不能少要——至少十五万否则你甭想要你的儿子！

他连连说小妹你太厉害了太厉害了，你知道我挣那钱吃多少苦我这辈子头一回有那么多钱，你一句话就要把我家底全端了你怎么这样狠心呀小妹小妹。

我说那你走前一条路哇前一条路一分钱也不掏。

他嘿嘿干笑笑了一阵才说你三姐要有你的三分之一我早就跪着驮她回家了，我实在是见了她就烦再说她如今也不愿意跟我过了。

我说那就不必再废话了。或者掏钱或者绝后吧。不过我告诉你钱可是可以再挣儿子可是不能再生呐。

大概这句话对了他的心思。他踌躇了半天最后终于一咬牙说:

八万吧对就八万再多儿子我也不要了。

我说八万又得儿子又换老婆便宜了你。算了,八万就八万。八万给我姐,再拿两万来儿子就归你了。

他又吃了一惊他说两、两万你你你要两、两万酬金?

我说两万还叫多你看现在的物价两万够干嘛?我要不给你使劲你拍五十万我姐也不见得把儿子给了你。

他哼哈了半天然后说这话倒是真的不过你也太贪了些小妹。而且你肯定你姐她能听你的吗?

我说你把钱拿来到时你就办手续领儿子别的不用你费心了这还不行吗?

他终于咬咬牙说好吧好吧就这么着我回去就给你汇两万来,那八万等办完所有手续就拨到你那黄脸婆姐姐名下。你这是生生端了我的家底了好在现在挣钱容易,你吃了我我再去吃国家我回去就他妈再拿两万元送礼再弄出一批彩电来,我得加倍地把钱弄回来。

看着他那副胸有成竹猖狂忘形的样子,我很后悔只要了他两万。你读书你写作你天天熬夜,可你只能吃一元五的伙食和别人共十平方米的宿舍天天去挤沙丁鱼罐头似的公共汽车,你买一套衣服得掂量再三你的首饰都是假的。而且你就这么苦挣苦熬拼搏奋斗也不见得能有多大改善。而这些钻制度的空子吃国家吃大众的狼,却一夜之间腰缠万贯,盖别墅养情妇出门坐软卧动不动就叫的士,你又何必跟他们客气跟他们讲仁义道德?

看来在这个国家过舒适优裕的生活也不是不可能。只要你是条狼,你也能大摇大摆大模大样大气大派地活着。

给三姐姐发电报,要她尽快来京。
和彭莱莱同去看芭蕾。

仔细回想,长这么大,还从没有过一个要好的女朋友。对同性,有着一种本能的、不知不觉的排斥心理,从来都没想到要和她们深交。即使是十二三岁那一段女孩子常有的与同性友爱时期,你也是独来独往,不屑与人相伴的。同样不知为什么,几乎所有的女性也都不喜欢你。男孩子们大都以围着你转为乐事,女人们——无论是少女还是老妪,几乎无一例外地个个都以一种冷漠一种固执的敌意使你更加远离她们。

在男人那边,你如鱼得水,谈笑风生,到处受欢迎。一回到女性地界,你便冷漠孤傲,如临无人之境。这一点,你原是浑然不觉的,直到有一天安东向你点明,你才发现事实确实如此。

彭莱莱却有点让你喜欢了。不是因为她的智慧,也不是因为她的风度(这两方面她都有突出的地方),而是她的个性。她十分坚强,十分独立,既不依赖他人,也从不顾忌他人。她又常常流露出男孩子般的果敢精神,但同时她又不失妩媚,不失女性气质。

假如安东看到上面这段评价,一定会大吃一惊,并且挖苦我放下屠刀,立地成佛了。因为我从来都是攻击女性的。

我常常觉得,彭莱莱的那份坚强,那份果敢,正是我所缺乏的。这也许是我居然能够欣赏她的原因所在。当然,当她在男人面前恢复她的女性面貌,那么优雅地走动,那么妩媚地微笑时,我仍然不由得要憎恨她。

迟政好久没来找我了,下午突然约我上他家去。

我和他已经很疏远了,不,远不止是疏远,简直就是厌恶,就是憎恨。所以我简捷地说:

"不,我不想去。"

"去吧,今天家里没人,我想,嗯,我想和你好好谈谈。"

"还有什么好谈的?你不是一直在躲避我吗?"我故意以攻为守。

"哪里的话我怎么会呢你说哪里去了!"迟政有些发急了,"去吧小辛,我真的有事要和你谈。"

我不太情愿地答应他了,可刚一转身,我就后悔了。他那发黑的脸庞,臃肿的体态,还有他那犹疑茫然的眼神,如今都令我厌恶令我憎恨。我简直不明白一年以前西山脚下的那一幕是怎样发生的。

迟政的家在新建的住宅小区。很久以前我来过一次。那时我还不那么讨厌他。

迟政比我早到。我推开那扇虚掩着的门时,他已经将咖啡煮好并端出厨房了。

我刚在沙发上坐下,就毫不掩饰我此行的勉强:

"您找我什么事?"

"别急呀。来,先喝杯咖啡。"迟政将加好糖的咖啡推到我面前,自己也端起一杯呷了起来。

"到底什么事说吧。"我又催道。

迟政只好放下手中香气逼人的咖啡,走到书桌前,拿了一份表格递给我。

这是一份诗协入会申请表。迟政看见我惊讶的神态,很有些得意。

"这是好不容易才要来的——现在填表也控制得紧了。你先根据表格上的要求,拟一个初稿给我看看,差不多了,再往上填。嗯,表格我给你递上去,诗协正式讨论前,我会替你做工作的。"

"我能行吗?"

"你的诗集不是开印了吗?好几家报纸也介绍过你了,到时再做做工作,我想问题不大吧。"迟政说。

"那么,就谢谢你了。"

"不要恨我就行了。"迟政苦笑了一下说。

这话一下子又使我反感起来。我低下头不再说话。屋里的空气明显地紧张起来。

我默默地坐着。迟政也低头不语。我猜想他还有别的话要说,于是我站起来,说:

"谢谢你一直关照我。嗯,要是没有别的事,我想走了,我还要去看个人。"

"你就这样走了?"迟政急忙伸手拦我,"哦,小辛小辛别这样,别这么冷冰冰连句好话都没有!"

"我,谢过你了。"我生硬地说,同时使劲想离开他。他的黝黑的脸庞和那副游移的眼神就在我的鼻子跟前,我真受不了。

他即使在双手拥着一个美丽女孩时眼神也是那样茫然那样毫无光彩这你怎么受得了当初你竟然丝毫没发现!

"别走小辛别走我求你啦。——哦我真是受不了啦!我使劲责备自己控制自己想永远不再碰你永远不去想你,可是正好相反我没有一天不想你没有一天不希望和你的身体接触,你手术后躺床上那几天我简直不敢在你房间呆着,我怕我要控制不住自己啦。别对我那么狠心小辛你说你可怜我小辛……啊我真是受不了啦我难受死啦你可怜一下我你抚慰抚慰我吧……啊我真是难受真是难受我难受死啦……小辛小辛小辛小辛——"

看见迟政头一回撕开他的面具,听见他那毫不遮拦毫无节制的心声,我突然感到一阵恐惧——厌恶之感消失了,代之而起的是恐惧,越来越强烈的恐惧!尤其当他努力想把我贴向他的身体,他的鼻子脸庞突然鲜红起来,眼睛也大量涌出血丝来时,我发现恐惧已完全将我袭倒,我想叫,却叫不出声来,我使劲要挣脱他、逃离他,却浑身发软,膝盖打颤,四肢如同无筋无骨的肉!我当时的感觉就如同夜间行路,突然发现同行者原来是只猛虎,正虎视眈眈准备向我扑来时一样,已无丝毫力气逃生,只剩下泰山压顶般的恐惧与几缕听天由命的思绪了……

直到后来我终于能够离开迟政的家时,我仍然没有回过神来。一个人,一个很节制很温和的文明人怎么能突然之间变成一头猛兽,而一个自视比对方强大比对方果敢一向君临对方的人,又怎么会突然之间在他面前簌簌发抖?

人是一种多么复杂,多么具有无限潜力及无限可能性的怪物啊。

　　安东令我生疑。
　　自从上次我捉弄他后,他非但没有像他宣称的那样加倍地报复我,反倒像没发生这回事似的,见了面客客气气,谈笑如常。当着韦恕他们的面时,他甚至也不再故意表现出与我的距离,反而像是有意显示与我关系密切一样,起劲地和我说话。偶尔,他也到宿舍来找我,依旧心不在焉地说一些调情求爱的废话——当着莱莱的面他说得更起劲。以至于我有时怀疑他那些情话其实是说给莱莱听的。
　　今天他又来和我说那套废话,我终于忍不住问他:
　　"你不是要狠狠报复我吗?怎么反倒殷勤起来了?"
　　"这个嘛,要知道漂亮的小姐耍点脾气搞点恶作剧有时反而更迷人。再说,阁下实在是太有魅力啦,本人不能不挂白旗呢。"
　　我狐疑地看着他。他的眼神里有一丝残忍的笑意。我当然不会相信他那套鬼话。可是他到底居心何在,却又叫我捉摸不透。
　　或许他来找我是为了接近彭莱莱?

　　找厂家赞助的事已有些眉目。远航迟政都在帮我联系。据说两家都可能成功。
　　但愿顺利。

　　在车站见到三姐姐时,我大吃一惊,两年不见,她简直变成老太婆了!皮肤松弛得如同四十岁女人,褐斑成片地肆虐着。皱纹更不用说了,大大小小,蜿蜿蜒蜒,叫人看了好不辛酸!她才过三十,却像已活过一个世纪了,一副饱经沧桑的神态!

人生多么无情!记得三姐姐出嫁的前一天,我和她一起上澡堂,头一次发现她那么美丽!乌黑的长发,浑圆的双肩,水流通过喷头洒在她的头上身上,那么和谐,那么富于生气!那年她二十二岁,正和我如今的年龄相仿。而八年地狱般的婚姻生活,已把一个美丽青春的女孩变成了丑陋疲惫的黄脸婆!——生活多么残酷多么不可思议!

我在宿舍里支起一张行军床,将三姐姐安顿下来。她不但形容疲惫,我发现她心灵比外形还疲惫得厉害,正好彭莱莱回家过周末去了,整整一个晚上我可以和三姐姐聊。我真想痛痛快快好好地和她长聊啊。自从她出嫁以后,我几乎就没有机会和她独处,而以前,姐妹里要数我和她最亲近了。可是三姐姐却很沉默。她静静地听我说这说那,自己就是不开口。我急了,问她,问什么她答什么,又简单又冷漠,似乎说的不是她自己而是别人的事,而且不是伤透心的辛酸事而是不咸不淡的家常琐事一样!

对此我震惊得目瞪口呆。那个一心想上大学却因家贫不得不初二就辍学因而跟母亲大哭大闹了一周的三姐姐哪里去了?那个为了穿上一条连衣裙连续一个月天天熬夜加班织草袋两毛钱两毛钱地攒的三姐姐哪里去了?眼前这个麻木、冷漠、无知无感、无欲无望的黄脸女人又是谁?

只有当话题转到她那六岁的儿子身上时,她的眼睛才闪出一丝光亮来,话也较前多了些。大概如今儿子已是她生存的惟一理由,也是她跟过去跟未来联系的惟一小径了。

这就使我大伤脑筋了。我的目标是要她放弃儿子重新生活的呀——我能办到吗？

远航终于求婚了。

他请我到长安戏院听歌剧，散场后，因为路不远，他提议沿着长安街慢慢走回来。路上，我们谈起了三姐姐的不幸婚姻，远航突然激动起来，他说：

"一个男人，假如他爱上一个女孩并和她结婚，他就应该全身心地爱她并使她终生幸福，否则，简直就是罪恶！"

"可是先生，爱情会变化的呀，你今天爱她，可能明天你就不爱她了。男人们的爱情尤其善变。一旦爱心消失，什么责任、义务，就统统扔到九霄云外去了。要是爱变而为仇恨，那就更糟了。——哼，想起三姐姐，我就不寒而栗。"我愤愤地说。

"哦辛亚，你不见得从此不相信男人而抱独身主义吧？假如，假如有一个人很爱你，嗯，他也会倾其力使你一生幸福，你不见得会拒绝他吧？"

"那要看是谁了。再说，到目前为止我还没有遇见这么个人呢。"我说。

"你真这么想？哦我这人真是笨极了蠢极了！我其实早就要跟你说的，可是我……哦我这人实在是太笨了……辛亚，假如我……假如我……嗯，你肯、肯、肯和我结婚吗？"

"你真的希望和我结婚？"我猛地停住脚步。

"是的，我很希望……你肯吗？"

"可是我，你知道，总是有成堆的闲话跟着我的……你能理解吗你受得了吗？"

"我信任你,辛亚。"远航说。

他的回答那么简单,却又那么真实那么坚定,我的心一下子热了,眼泪猛地跑了出来。见识的男人真不少了,只有远航,还保持着这份古典这份真情。我该高兴呢还是该惭愧?

"我知道你心里委屈。"远航轻轻揽住我的腰,一股温情蓦地涌进我的躯体。"男人们追逐你,女人们嫉妒你。得不到你的男人和嫉妒你的女人一起诋毁你。你已经够坚强的了,一般的女孩是受不了的。"

我明明知道他说的不是事实,明明知道他并不真正懂得我。事实是我正利用男人们的贪婪去对付男人对付世界。我的坚强是因为我蔑视道德蔑视舆论蔑视人类千百年来逐渐发展起来的对利己本性的约束,而不是由于人格的强大。但他这样看我这样想我我却由衷地感激,仿佛我真是受够了诽谤受够了委屈突然遇见知音一样。

"谢谢你这样理解我,远航,"我轻轻说,声音不由地哽咽了,"但愿我能对得起你这份真情这份好心。"

"我的肩膀会成为你心灵的停靠站的,相信我。"远航真诚地说。他并且低下头,轻轻吻了我。

他的近乎彬彬有礼的吻使我微微有些失望。因为我企望的是热烈是激情是能够忘却世界忘却他人甚至忘却在茫茫人海中苦苦挣扎的疲惫自我的麻醉剂。而远航,却是一个谦谦君子。

"我们一定会很和谐、很幸福的。我们可以一起做很多事。我们还会有一个美丽聪明的小女儿——可是等等,对于我的求婚,你还没明确答复呢。"

"我答应你。"我平静地说。刚才一度使我心热,使我流泪,使我渴望拥抱渴望交融的温情不知什么时候消失了,弥漫在我心灵与躯体的,只剩下一份平和,一份安宁。

我知道这就是我选定的婚姻。它将充满平和充满安宁,惟独缺少一份使你颤栗使你沉醉的激情。

带三姐姐去怡乐舞厅。遇安东。他正挽着一个嫩得能掐出水来的小姐,一副春风得意的样子。

三姐姐仍无丝毫兴致。她总是独自一人坐在角落里,漠然地看着这热闹世界疯狂世界,仿佛一个外星人。

前几天的郊游、音乐会同样白费。本指望多带她出去,让她看看另一种生活另一个世界,使她麻木的神经经过阵阵刺激以后逐渐苏醒,没想到全然无效。

有时候我甚至觉得她已经死了,坐在我身边的只是一具掏空了五脏六腑的躯壳,一个空心人。

上午远航带我去见他的父母家人。

他的父亲是研究外国文学的专家,在国内很有声誉。母亲原是音乐学院的教师,现已退休。三个姐姐两个在国外,在家的是最小的姐姐。

令我吃惊的是这样的家庭住房也不宽敞,室内陈设也很简单。一共只有三间屋子,书房兼客厅占去一间,父母住一间,姐姐住一间。远航只能晚上在书房里支一张行军床。碰上父亲熬夜工作,他就只能睡在过道里了。家里陈设也很简单,惟一有些气派的是客厅里那一圈意大利沙发和父母卧室里那一架三角形钢琴。可是它们挤在狭窄的空间里便也气派不了了。

这就是高级知识分子的生存状况。

他的母亲和姐姐似乎不怎么欢迎我。或许因为我的家庭卑微或许因为听说过我的那些闲话。父亲却显得和气、热情,他和我谈英美文学,谈日本战后文学,一直都兴致勃勃,和蔼可亲。

我猜想为了我远航曾和他的母亲、姐姐战斗过,父亲大概因为开明,不曾站出来反对。如今我已把父亲争取过来了,他将是远航的支持者,而明显,在这个家里,父亲是权威。

我本来并不是非和远航结婚不可的,但现在,当他的母亲和姐姐藐视我的时候,我却发誓一定要走进这个家庭,并仗着远航及其父亲的庇护,成为这个家庭举足轻重的人物。

从远航家里告辞出来时,他的父亲对我说:

"你很美,也很聪明,希望你能给这个家庭增加快乐,能使远航幸福。"

我以羞涩的微笑回答他,但同时,我心里却在冷笑。我知道我一旦走进这个家庭,远航的母亲和姐姐就要为今天的冷漠付出代价。

对于挑战,你向来是不低头的。

两万元汇到。平生第一次有这么多钱,真开心。

三姐姐还是如没心没肺的木头人一般。看来只能改变战术,单刀直入,直指要害了。

社里评优秀编辑奖,迟政不顾室里众编辑的反对,硬为我争来一个刻有"优秀编辑"四个字的奖杯与五百元奖金。

其实对这种事我倒不在乎。因为我从来就没想过当什么名编辑好编辑。编辑说到底是一个耗尽自我,为人作嫁的事,而我的目标是自我——自我能力、自我价值、自我境遇的确立与提高。当然,白发我五百元钱我也用不着拒绝。钱总是有用的。

据说阻力主要来自编辑室,而社里倒是很容易就通过的。我当然清楚编辑室里大家对我的看法,他们平日里疏远我冷淡我也因为这个。而现在,他们更要恨得咬牙切齿了。

出乎我意料的是老编辑胡文立居然过来对我表示祝贺。他一向是和大家一起冷落我的。可今天他却说:

"祝贺你得奖!你编了好几本畅销书,受之无愧受之无愧!"

我简直有点受宠若惊了,我说:

"不,不,我并不想要这个奖的我真的不想要的。"

这话近乎告罪,近乎挂白旗。可平日里我总是像刺猬一样乍着一身凛然、孤傲的刺来与众人抗衡的。我也不明白为什么当敌人表示出善意的时候我反而要挂白旗。

接着(大概因为办公室里没有别人吧),胡文立又破天荒和我讲了好半天话,一再地表示出善意与友好。弄得我丈二和尚摸不着头脑。

直到下班铃响了,胡文立很热情地将他家的地址写给我,邀请我去玩,并且目光闪烁地盯着我说"最近我家里人都出去了很清静,你有空来玩咱们多聊聊"时,我才有些明白其中道理了。

看来他也未能逃出男人的局限。

三姐姐坐下午的火车走了,我又难过又如释重负。

不只因为改造她的工作极其艰巨,更因为和她同处一室时,我总有一种可怕的感觉,仿佛她身上的寒气,那彻骨的冰冷正通过我们之间拂来拂去的空气一点一滴地输向我的身体,渐渐地将我的四肢我的躯干最后是我的心脏同化成一尊冰雕。尤其夜间,当万籁俱寂,如水的月光覆盖着三姐姐那憔悴苍白的脸庞时,那股凛冽的寒气便河流般地向我涌来,使我无论醒着还是睡着都要簌簌簌地发起抖来。我不知道这是幻觉还是第六感官真实的传导,但那种化作冰雕的恐惧,那种四肢失去知觉以后心灵的剧痛,我是切肤地感受到了的。

三姐姐终于同意放弃儿子了。但不是我介绍给她的物欲横流的生活使她开了窍,而是基于对儿子的前程的关切。我最后不得不触摸她那流血的伤口,告诉她假如她硬要儿子,那么她的儿子便不得不从一个二十万财产的继承人一下子沦为一文不名的穷光蛋,便不得不像我们的父亲那样穷愁潦倒像我们兄弟姐妹那样孤苦无依,而她所希求的那种送他进最好的学校受最好的教育的安排也要顷刻化为泡影……

三姐姐听明白了我的话。她突然痛哭起来,并且整整一天一夜不肯理我。直到昨天早晨她才嘶哑着嗓子木然地说:

"辛亚照你说的办吧。"

她从来都是叫我小妹的,即使在她麻木沉醉的时候,她也是叫我小妹的,但现在她直呼辛亚了。这份陌生这份疏远几乎令我落泪,我甚至后悔起我充当的角色了。

但事到如今我只能硬挺着了。我说好姐姐你放心儿子虽然归他但仍是你的儿子,你可以经常去看他去疼他。他父亲只是担心你再婚儿子改姓他姓,并不是真要割断你们的母子情……

三姐姐却跟没听见似的,她只是木然地收拾她的几件衣服用具。末了她说:

"辛亚你去买票吧我下午就走。"

三姐姐拿着张无座车票上车走了,她连再见都不肯跟我说一声。看着她那瘦削的呆立着的身影渐渐远去,我的心里一阵疼痛——

我不知道我此举是救了她还是害了她。

往涿州,为赞助事。

迟政的侄子在当地一家很赚钱的公司当经理,他同意向印我诗集的出版社提供赞助。我必须去办一下手续,以便最后落实。

但愿此行顺利——顺利拿到钱。现在拉点赞助很难了,赞助风已经刮得太盛太久了。

没想到迟政的侄子竟然是个风度翩翩的少年。

说少年夸张了点。迟浩今年二十八岁,已经当了三年的公司经理。他的公司经销地毯、挂毯等,客户遍布国内外,声誉很高,利润可观。一见他的面,我就知道此行不枉,这笔赞助十拿九稳了。

他很热情地接待我,大有相见恨晚的意思。他带我参观他的写字楼、展品室,挑了两条质地很好、图案现代派味很浓的挂毯送给我。午餐、晚餐,他都请我到当地最好的酒楼吃饭。席间,他频频举杯,频频劝酒。

晚饭后,他开车带我去兜风,一路上他谈笑风生,热情不减。我这才知道他生在北京,长在北京,到涿州也就是近几年的事。他说他绝不会一直窝在这么个小地方的,他的目标是全国,是世界。他说:

"好风凭借力,送我上青云。——只要改革的大局不变,我就要使自己成为全国有名的富商。"

我伸伸舌头,表示惊叹。他接着又跟我说,他和几个朋友正在准备租赁这家公司,一旦办成,无论公司还是个人的前途,都将更加可观。

我说:

"那太好了,要是我在文坛混不下去了,就来投奔你。到时你可得给我一碗饭吃啊。"

"小事一桩!"他挥挥手说,"咦,我现在也可以给你找一份额外收入嘛。我请你设计广告,每月付你三百元怎么样?"

"可是对于广告我是外行呀。"话刚出口我就后悔了。我为什么要放弃这份固定的丰厚收入,为什么不能像美国人那样先揽下来再学?要知道它是我月薪的三倍呢。

好在迟浩仍然坚持:

"你不必真的天天在那儿弄,我们有的是广告设计人员。你只要偶尔弄一两个就行了,我就能给你把工资开出来。"

"哦,那太谢谢你了——嗯,我怎么谢你呢?"

迟浩笑了。他说:"你很坦率辛亚。嗯,说到感谢嘛,我经常回北京,要是我想跳舞,就去找你,怎么样?"

"那当然行,我也很喜欢跳舞呢。"

迟浩的要求仅到此为止,这倒令我惊奇。其实我倒是喜欢他的。对比他那矮而胖的叔父的疯狂,此事简直是个讽刺。

直到我办完赞助款的手续(迟浩给了一万)离开涿州回北京,迟浩一直是那样殷勤、热情又彬彬有礼。他给了我很好的印象。他实在是很绅士很大器的。

看来人虽不能论好坏,却是能论涵养,论风度的。

迟政简直有些变态了。

而且,自从上次在他家里我无力反抗他的疯狂之后,这变态便越发地发展起来了。他对和我有关的男人——远航、江山、安东,甚至所有的男性朋友,都非常嫉妒。现在,他连他的侄子迟浩,也嫉妒起来了。

上午我将涿州之行的情况大概告诉他,忍不住顺口称赞了迟浩几句。他听完,脸色便阴了下来。

我转身要走的时候,他突然叫住我,说:

"迟浩他……你和他……你又喜欢上……他了,是不是?"

我哭笑不得。我说:

"喜欢又怎么样不喜欢又怎么样?只要我乐意我爱和谁上床就和谁上床关您什么事呐!"

大概这话过于坦率过于直露对于迟政有如一枚轰然作响的炸弹。他猛地跳了起来,扑过来狠狠掐住我的脖子说:

"破鞋你这个破鞋我早就知道你是个破鞋了见一个勾搭一个你这个厚颜无耻的破鞋!"

我被他掐得透不过气来。每回他一发起疯来我就发现我无能为力。

于是我就半真半假地翻起白眼来。

迟政这才猛地松了手,他一把抱住我,连声说:

"怎么了?你怎么了?你没事吧哦我真该死真该死!"

我长长地吸了一口气,睁开眼。我看见迟政那张黝黑的脸上堆着满脸的焦虑与忏悔。我毫不犹豫地抬起手,照着那焦虑与忏悔狠狠抽了下去。

"啪!啪!啪!啪!"

四声清脆的响声犹如四枚出膛的炮弹轰然炸开……我扔下倒在血泊中的迟政,昂然走了出来。

可是当我回到自己的办公室坐在办公桌前竭力要拂去这一切重新看我的稿子时,迟政那恨恨的咒骂却成串地冲进我的脑子:

"破鞋破鞋破鞋厚颜无耻的破鞋!"

这咒骂声太真切太激烈了,我调动起全部的意志与力量驱赶它,它却仍然在我脑海里轰然作响。

破鞋破鞋破鞋破鞋破鞋

不争气的眼泪霎时如决堤的潮水,汹汹涌涌地冲了出来……

你是一向蔑视道德蔑视舆论蔑视他人的评判的,你也一向自视坚强、自恃孤傲。一声"破鞋"竟然就整个地把你击中整个地把你打倒了?

可恨的是韦恕正好这时走进来。看见我泪如泉涌,她十分惊讶:

"你怎么啦?——哦别这样,别这样。我能帮你什么吗?"

这种廉价的同情是我平时最深恶痛绝的,可今天我却忍不住伸手接纳它。

我摇摇头又点点头。我甚至放弃了收束眼泪的努力,让那不听话的泪水在韦恕面前洋洋洒洒地淌了个够。

而这一切,仅仅因为她是个同性!

韦恕给我倒了一杯水,然后在我身边坐下来,竭力想劝慰我。

当她伸出手来想握住我的手表示她的安慰时,我猛地想起来,这是一双异己的手。

即使它现在充满同情充满善意,对于我来说,它仍然改变不了那份异己的本质。

我立刻将手抽了回来,我站起来淡淡地说:

"请你去忙吧,我没事了。"

韦恕不无惊讶地看着我,俄顷,她的眼神里现出一丝冷冷的笑意。她走开了。

我心中顿时万分沮丧。当韦恕带着冷冷的笑意看着我时,我明白我的自傲我的孤独全都白费了,那冷然的笑意里是洞察是嘲讽是高高的俯视。

购华兴公司股票。两万元换了个小股东。若经营顺利,明年可望拿百分之三十的红利。

公司盈利大概是没问题的。一帮干部子弟,能量大得很。若不是江山介绍,你根本打不进这个公司。

江山的伯父是位老将军,而他从小就寄养在伯父家里,所以朋友同学大都是干部子弟。

现在,他们任职的任职,出洋的出洋,经商的经商,大都踌躇满志,叱咤风云。只有江山,仍旧不改初衷,一个心眼写诗编书当穷诗人穷编辑。

我劝他不要太死脑筋了,至少适当地弄点钱。他笑笑,说:

"人各有志。有的爱权,有的爱财,只要符合各自天性,都算对。我这个人天生爱静不爱动,爱书本不爱现实。所以,穷一点,苦一点,但每天晚上能坐在书桌前,伴一盏灯,燃一支烟,静静地检阅心灵,已经觉得人生有幸了。"

对于江山的清心寡欲,我是早有感觉的,但我仍然不能十分地理解。如今是物欲横流的世界,"十亿人民九亿商",人人都在谈钱,人人都在追钱。而钱也确实是不坏的东西,它能使你的人生至少变得像样点。江山干吗要拒绝?

是为了那份安静?那份心灵的清明?

当然,夜深人静,当你铺开雪白的稿纸,面对你的心灵,面对苍茫人世的时候,那份悟世的欣慰与出世的飘逸,也是你所陶醉所喜爱的。

可是,当白天到来,嘈杂的市声重新轰响起来的时候,你又会迅速离开书桌,急急地汇入那汹汹涌涌的生活之流,去挣扎,去沉浮,去奔跑,去跳跃——那份搏杀的快感与陷入的沉迷,也是你所倾心所无意拒绝的。

也许这就是你——嘲笑生存又渴望生存,蔑视尘世又耽于尘世?

诗集印出。出乎意料,竟然印到十万册。

据说很受大学生欢迎。不少校园竞相传阅,争着一睹为快。

这也不奇怪,你和他们本就是一代人。你写的,正是他们所感所想所欲所望所思所虑。你就是他们。

书名《泡沫》大概既代表了一代诗风也象征了一代人的生存。

所以你成功了。走出校园不到两年的你,如今又回到校园成了众人瞩目的明星。

奇怪的是万人瞩目之后,你已没有了当初的兴奋、骚动与汹汹激情。

你居然心静如水。

远航送来一只订婚戒指,是蓝宝石的,很漂亮,他说是他外婆的遗物。我猜想他为了拿到这只戒指费劲不少,因为他母亲明显地反对这桩婚事。

你可不管他母亲怎么别扭怎么难受。想要的就去拿,这是你大学一年级起就认定的信条。这个世界既然养了那么多的混蛋,既然那么多的混蛋都在拿都在抢,你又为什么要袖着手让别人来抢来拿而不是正好相反呢?

不,你从来都是当仁不让的。——对了,这大概也是你——自我在这里被悄悄地捉住了,虽然只是那么短暂的一瞬。

一笑。

读米兰·昆德拉。

文体、风格都是没说的,独树一帜,个性卓然。尤其行文的那份自由自在,恣意汪洋,还有那梦态抒情的浓烈气氛,很叫人欣赏。我甚至觉得,作为艺术,它的全部价值都在这里。

至于好多人欣赏的作品的哲学意蕴,即对存在之谜的探究,对在没有永劫回归的世界里的自我的捕捉,我倒是觉得不过尔尔。

小说是艺术不是社会科学。何况即便是最新颖最深刻的社会科学,也很难对世界对存在作终极的把握。不是吗?

本年度"旋风"诗奖评奖开始。迟政、江山都是初选组成员。他们认为《泡沫》很有希望,一则因为在青年读者中影响颇大,二则初选组与评委里,熟悉我的人不少,投票时显然有利。

迟政说他将竭尽全力为我活动。甚至清高的江山也劝我适当地去拜访一下几位评委,因为他说好多候选诗人都在频频活动,我如清高明显要吃亏。

我却一笑置之。

不是你不在乎这个奖,也不是你突然改邪归正了,而是因为你有足够的自信——诗集的质量与已经产生的影响会帮助你的。

其实也不止于此。迟政、江山,还有远航的父亲(评委里有好几位他的朋友)都会帮助你的。

所以你泰然。

上午接大哥哥信,心惊且剧痛。

三姐姐疯了!自从她的儿子被领走以后,她终日精神恍惚,浑噩如梦,最近一次高烧之后,终于疯态大发,无法挽回了。

大哥哥痛骂我,说我为了几个臭钱断送了亲姐姐,说我读书读出了个恶魔脑袋。还说早知如此,当初不该苦挣苦熬送我上学。

我无言以对。这可怕的事实把我压蒙了。难道我真是错了?

而且,我没想到血缘与亲情是如此浓烈,如此不可抗拒。有一度我还以为极端自我已使我摆脱了所有的人生重负。然而不,三姐姐的失常成了一把尖刀,牢牢牢牢地插进了我的心口。哦,好疼好疼。

所有的一切都有代价?

所有的代价都不可能轻松?

所有的轻松都是自欺欺人转瞬即逝?

脑子乱极了乱极了……

生存,就像走下陡坡的人一样,一停止下来就非倒下不可,只有继续前进,以维持不坠……

叔本华。叔本华。为什么每次你开始怀疑自己的时候,就要连奔带跑地扑向他固执地向他求援?是他支撑着你冰冷的灵魂还是你的灵魂印证了他冰冷的哲学?你知道你不喜欢他你甚至说得上讨厌他,因为他仇视女性蔑视女性到了无以复加。然而你却不由自主地以他的精神为精神,以他的哲学为哲学,你甚至快得他的"真传"快和他那病态的心灵做朋友了——哦为什么,为什么?

难道你真不能驻足长叹?不能多愁善感畏缩不前?哪怕你曾出过偏差哪怕你尚未修炼到家你至今仍在脆弱之中?

民族宫。"旋风"奖颁奖仪式,祝贺晚会。

灯光灿烂。笑语如潮。各式各样的诗人都来了,一个个春风满面。

最高兴最得意的应该是你,《泡沫》名列榜首,几家报纸同时刊登了你的照片,称你为"骤然升起的新星"——一夜之间,你成了耀眼的在天之光了。

可是你却懒洋洋的提不起兴致。领回那只景泰蓝奖杯之后,你便拒绝应酬也拒绝快乐,形只影单地坐在角落里。

是三姐姐的阴影使你忧郁?还是远航的缺席,迟政的贪婪干扰了你?

远航在广州,昨晚刚通了长途电话,说好今天他赶回来参加晚会,为我助兴的。可他至今无踪无影。

而迟政,这讨厌的贪婪的老头,竟然在自以为为《泡沫》得奖助了一臂之力后,坦然地要求我回报。

我很奇怪自己。你是完全有力量踢开迟政的,你也自信正在这么做。可事实上,迟政却仍然在把握你、吸附你。仿佛他手里有魔法,只要他念起符咒,你虽然一百个不情愿,也不得不朝他走去。

有人在我身边坐下,是江山。

"你好像不高兴?为什么?"

"不,不是。我只是没情绪,打不起精神。"

"那又为什么呢?我以为你今天会兴高采烈的。"

"哦江山,你知道西方在流行无兴趣病毒吗?我是不是感染了那病毒?"

"傻姑娘,你真这么想?"

看着江山那熟悉的亲切的面孔,我突然想起一个问题。

于是我说：

"江山,我有件事要问你,你一定要如实回答,不许回避不许敷衍。你肯吗?"

"我尽力而为吧。"

"是这样,我常常想,你一直在接近我、帮助我,可为什么对我无所求?既然你对我无所求,又为什么要接近我帮助我?还有,难道我这么丑,丑到对你毫无吸引力?"

"你一定要我回答吗?"

"是的,假如你回避,今晚,不,不止今晚,一切都无滋无味了。"

"明白了。那么我只能坦率地告诉你了——嗯,事实是,我比任何人都仰慕你、希冀你。"

"是吗?——那你为什么,一直在制造距离?"

"因为,嗯,恕我直言,在我眼里,你,你是光芒万丈的恶之花……我迷恋你,但我很清楚,我没有远航的天真也没有安东的玩世不恭。假如我去摘取,必定要被你扎得鲜血淋漓……而你知道,在一定程度上我是个懦夫。所以,我只能遥遥仰望。"

"原来这样,"我无法形容听完此话以后我的心情。

江山还想说什么,喧哗的四周不知何时已突然安静下来。整个大厅静谧得离奇,静谧得诡谲,我突然预感到什么。

刚才你去领奖时,从安东身边走过,他阴阳怪气地吹了一声口哨。他浑身酒气。

我抬起头,我看见安东正从舞池中央朝我走来。他一边踉踉跄跄地走着,一边十分下作地指着我大声嚷嚷。

他要实施他的恶毒的报复了。

我以为我会害怕,至少会懊丧的,然而没有。我不但没有丝毫的胆怯,相反,刚才聚集在我身上的厌倦、失望、懒散、无聊等情绪随着我的起立"哗"的一声四下逃散了。一种空前的兴奋、空前的激动降临到我的体内。

安东一步一步跟跄着朝我走来。我已经清楚地听见他那无耻的声音了。

"你们看……这突然升起的……新星……其实是……大婊子……她的情人……有一打……她舞文弄墨……全仗着他们……得奖……也仗着他们……嘻嘻……她床上功夫……棒极了……她有一次……弄得我……嘻嘻……三天……起不了床……"

江山急忙抢上来挽我的手,想将我带出这个难堪的场面。我狠狠地将他推开了。

我一步一步朝安东迎去。我异常兴奋。因为我知道,迎面而来的,不止一个安东。他的后面,还有迟政,还有父亲,还有黑色的童年黑色的家……

我因他们而生,也因他们而灿烂。

安东已站在我的面前了。他仍旧嚷嚷着,但声音已不似刚才那么高,那么厚颜无耻了。

他略微迟疑了一下,然后,他一边老着脸皮伸出手来想挽我,一边怪模怪样地说:

"瞧瞧……一对恋人……团聚了。"

我抬起手,我照着那张张狂阴险的脸,狠狠劈了下去。醉醺醺的安东立刻像条死狗似的瘫倒在地上。我冷笑了两声,从身旁一位女士手里夺过酒杯,将那浓的酒辣的酒狠狠泼到他的头上身上。

我骄横地扫视了一下围观的人们。我突然发现远处有远航一双惊愕的眼睛。我愣了一下,然而我很快就视若无睹。我扔下颓然倒地的安东,扔下惊愕的大厅辉煌的大厅,昂头走了出来。

一天一夜的火车,终于把我带到这熟悉的海滩、苍凉的海滩了。

那个应该被我称作父亲的人的坟墓就在这苍凉的海边。我千里迢迢赶来,不是为了祭祀,更不是为了缅怀。

我的手提包里藏着一把寒光闪闪的尖刀。我要亲手将它插进那座黑色的坟茔。我确信只有这样,我才能摆脱所有围绕我劫持我的黑颜色。

迟政止步,江山犹疑,远航耻而绝交,所有我曾经得到曾经驾驭的东西,如今都离我远去了。

我并非惋惜这一切痛悼这一切,我也并非要重新得到这一切。然而我不愿意再受控于人了,哪怕这人是给我生命给我血液的父亲,哪怕这人早已死去。

一切都必须重新开始。一切都必须始于自我。

然而,当我慢慢走近父亲那座矮小的佝偻着的坟墓,望着坟头上那新压的一堆黄土时,我明白我做不到了。

我非但无力摆脱这个给我生命给我血液的人,我甚至无力将尖刀插进他那已经没有生命没有光彩的佝偻着的坟茔。

尽管他强加在我头上的诅咒又一次在我耳边喧嚣,尽管他的邪恶他的丑陋他的放荡他的不负责任又一次使我深深厌恶,然而当我走近他时我却不由自主地跪下了。

父亲的坟头飘浮着一团蓝光。

当我的目光与那袅袅蓝光相接的那一刹那,我理解了父亲也了解了我自己。

我突然明白:

除非死亡降临,否则我永远不可能驱逐它摆脱它了。

我终于放声痛哭。为邪恶的父亲也为父亲缔造的所有生命……

海浪呼啸着卷过来,又呼啸着退下去。呼啸的海浪把我的哭声撕裂了融合,融合了撕裂,汹汹涌涌地推向海角天涯。

直到如今,那把寒光闪闪的尖刀也没能插进父亲的坟墓。它就躺在我正伏案的这张书桌的右边抽屉里。它裹着黑缎子寒光闪闪地躺着。它甚至常常给我以灵感。

(1988年)

出售哈欠的女人

从前有个女人。

她很懒,而且不漂亮,不富有。她什么都不会,不会绣花,不会缝衣,不会煮饭,不会喂猪,更不会对诗饮酒、软语轻歌。她又从小没爹没妈,没兄没姐,谁也不知道她是怎么长大的,从哪里来,到哪里去。其实连她自己也未必知道。她只是和别人一样一天接一天地打发着日子。所不同的是别人用劳作或享受,用忧愁或快乐打发时光,她则用连天的哈欠,用无数的茫然一天一天地送走日子。她对那些有时兴高采烈,有时哭天抹泪的女人十分不解,不明白她们为什么有那么多的眼泪和笑声,为什么会那样跌宕起伏,时啼时鸣。她自己,则是多少年一贯制地睡醒了打哈欠,哈欠打累了睡觉。除了睡觉和打哈欠,她再不知道别的欲望,别的状态,当然也不知道别的快乐和忧伤。

她又很瘦很长。瘦得只有一般人的一半宽,腰细如蛇的形容对她并不合适,因为她的腰支棱棱的,一点儿不柔软,但是她的腰收拢起来的确只有小小的一握,比一条蛇宽不了多少。她的长则连她自己都感觉到了,当她碰见别的女人的时候,她发现那些女人都在她的胸前晃动,她若不弯腰低头,她就很难看见对方的脸。

她对自己的这副身材谈不上满意也谈不上不满意。她只知道自己总是这样瘦瘦长长的,就像自己总是哈欠连天一样。她也不知道她的生存方式和她的身材之间有没有必然联系,总之她照样一天只吃一顿饭,照样一天里大部分的时间都在打哈欠。

没有饭吃的时候,她就喝一顿水。奇怪而且幸运的是,这样的时候竟然不多。她喝水也和别人不一样,她从来不零零碎碎地喝。她总是要么滴水不沾,要么一喝就喝个饱,就像挨饿多时突然饱餐一顿一样。

她惟一感到几分满意的是她几乎可以说是居无定所。因为她喜欢四处走动,喜欢从一个地方到另一个地方,喜欢所到之处总是新面孔新风景。但她不承认这是在流浪,她管这叫走动。她认为走动很有意思,就像山间的小溪,无论多么曲折环绕,多么不可预期,总是要向前流动,往前奔涌的。

她就这样如水一般在乡村滚动流淌,无声无息,无臭无味。除了她那又瘦又长的身影,她那连绵不绝的哈欠,她没有任何标志、任何特长。人们提起她的时候往往不知道如何称呼她,因为她没有名字,没有身份,没有过去,也没有前景。她就像梦一样模糊,像风一样飘忽不定。

当然事实上人们也很少提起她。

她自己也不知道自己已经诞生了多久,像水一样地流淌滚动已有多久。她完全没有时间概念。要是一定让她说,她会晃晃她那细长的脖子,嘟囔说:一百年吧,或者两百年三百年?谁知道呢。

终于有一天,她发现她走岔了道。她竟然从她流淌了一百年甚至两百年三百年的乡间走了出来,误入一个熙熙攘攘、闹闹哄哄的世界。她听见人们管这种地方叫城市。她觉得城市这个名字有点古怪。至于古怪在哪儿,她也说不清。她只是一听到城市这两个字就顿觉睡意绵绵,于是更加哈欠连天,更加百无聊赖起来。

　　但是很快她就不能像以往那样每天吃一顿饭,打一连串的哈欠了。她沮丧地发现,在这个陌生的闹哄哄的叫做城市的地方,她的问题实在太多了。

　　首先她发现她没有地方可以借宿。这个叫做城市的地方既没有麦垛可以依仗,也没有破庙可以蜷缩,更没有人家有富余的房间和富余的好心可以收留她。当她百般无奈只好蜷缩在一家关了门的店铺跟前时,居然有人过来摸她的脸,对她说一些她从来没有听说过的话。

　　那些话她听了完全莫名其妙,所以她倒可以置之不理。问题是那只在她脸上乱摸的手毛茸茸的让她感到恶心,使她连一向擅长的哈欠都打不出来。这可使她大为光火。一般来说,只有在哈欠受阻的时候她才会光火,别的事情她一概无动于衷。

　　而且那只手是那么讨厌。它不但在她脸上乱摸,还渐渐往下移,一直移到她忍无可忍。她憋足了劲在她忍无可忍的时候狠狠咬了那只手一口。那只手怪叫了一声,迅速抽出去。然后很快甩过来狠狠抽了她一巴掌。抽完之后它又怪叫了一声,因为她的脸上全是骨头,她不疼,它倒疼得厉害。

　　那只手悻悻地走开了。可是她也睡意全无。她一向是善于睡觉总是哈欠连天的,可现在她张开口,想打上一连串的哈欠使自己舒服惬意起来,却发现连一口气也吐不出来了。不但吐不出来,甚至还吱溜吱溜地倒吸进冷气。她沮丧极了,觉得自己真是见了鬼。她这时才明白那些别的女人为什么会时啼时鸣时喜时忧。她感到自己现在就想啼上一气,不紧不慢怨怨尤尤地啼上一气。

第二天她又发现她那多少年来一直延续的每天一顿饭也不能延续了。这个叫做城市的地方根本没有刚收获过的地瓜垄、花生地可以让你随便翻出一顿饭来。它也没有野草莓、野杨桃落满山坡,叫你一见就流口水,当然更不要提爽朗大度的汉子,好心好意的阿婆了。哈欠连天但其实一直心明如镜的她很快就明白,再不会有人把她当客人,再不会有人好奇却友善地围着她,听她打哈欠,问她各种各样古怪的问题了。当然也不会有人烫手烫脚地递给她刚从火里扒拉出来的烤番薯,或者晃晃悠悠地给她提来一桶清凌凌的井水了。

垃圾箱果皮桶里倒有不少食品,可那些东西,天哪,她要是吃下去,准保再也打不出哈欠来。

打不出哈欠来,她还能是她吗?——她虽然一片混沌,可在一些根本问题上,却是十分明确的。

还有那些乌龟蝗虫章鱼甲鱼似的东西,那些满大街横冲直撞呜哇乱叫的东西,要是稍不留心,撞到人身上,那人就不仅仅打不出哈欠了,恐怕连鼻子都抽不了气了。

她越想越觉得这种叫做城市的地方太可疑。

她开始寻找来时的路,准备退回去。

可是她走啊走,无论如何也走不到来时的那条路上去。来路好像流星,倏忽一闪,就在空中消失不见了。

她生平头一遭有些恐慌起来。

她在一个丁字路口驻足,脸上无限茫然。眼前三条路她都已经走过了,可无论怎么走,那些路都指向这个她急于逃离的地方。她在这一带来来回回已经走了三天了,没有一次侥幸成功,没有一次得以摆脱这种画圆似的旅行。她懊丧极了,觉得自己简直就是白痴。你想,一个连来路都找不到的人,不是白痴又是什么呢。

她沮丧之至。

一个看上去比她还破败的男人朝她走来。她看了他一眼,不置可否。

男人继续走来。她又看了他一眼,不置可否。

男人走近了。

她突然看见一只毛茸茸的手。记忆苏醒。她立刻憋起劲儿,预备在需要的时候狠狠动口。

男人哈哈笑起来,说:

"你干什么?憋尿哪?"

她哼了哼,劲儿松动了些。不过她很快又警觉起来。她想起她现在所呆的地方叫做城市,而城市这种地方可不是可以随便哼哈,随便松动的。她又暗暗憋起劲儿来。

男人瞭瞭她,做出一副随你便的样子。同时他说:

"你干什么,找路吗？——啊哈,据我知道,没有你要找的路。所有的路,都通向前面。你就死心了吧。"

她既吃惊又恼火。吃惊的是这个不知从哪儿冒出来的男人居然知道她的心思,恼火的是他随随便便就对她的努力判了死刑,明白无误地扼杀了她的希望。

她开始体会到一种近乎于恨的感情。这在她可是有生以来头一次。她不由暗暗吃惊。

男人却不管她有什么感觉,只管自顾自地说下去:

"你没听说过入乡随俗,到什么山头唱什么歌吗?既然走到这里了,就照这里的规矩活吧。其实,城里也有城里的便利,你看,这些蝗虫一样的车,呼呼跑上一小会儿,就够你吭吭哧哧走半天的。晚上,累了一天了,按一下开关,你就可以看他妈的各种风景、各式人头了。嘿嘿,那些城市妞可真够味儿哪,嘿嘿,嘿嘿嘿……再说啦,你可以靠你的力气干活挣饭吃嘛。对了,你有什么特长吗?"

她摇摇头,茫然地看着他。她几乎不懂他的话,因为她完全不知道什么叫做特长。

"就是,呃,比方说你会什么,会织布,会纺线,呃,会喂猪,会……会睡觉,会吃饭会睡觉也是特长嘛对不对。总之,总之你会干什么?"

"我……我……"

男人微微笑着,似乎在鼓励她。

于是她的回答脱口而出:

"我,我会打哈欠!"

话说出口,她立刻就后悔了,她再次讥笑自己是白痴。打哈欠算什么本事呢?

她觉得对方一定是要大笑一气了。她懊恼之至。

果然,那个男人哈哈大笑起来。

"会打哈欠?啊哈,不错不错,会打哈欠。对,对,会打哈欠好歹是一种本事。只是,可惜呀,没人需要啰,留着你的哈欠自个儿用吧,姑娘。"男人说着,再次哈哈大笑起来。

她尴尬之至,既恼火自己,又恼火对方。她不知道这个人是干什么的,为什么要这样缠着她,让她出够洋相然后再来嘲笑她。

她悻悻地嘟囔了一声,准备走开。

男人却伸手拦住了她。

"你叫什么名字?——多大了?"

她再一次茫然不解。她长这么大了,还没有人问过她的名字。

"名字,你叫什么名字?"男人说。

"名字?没,没有。"

"美——友?唔,美友,还不错,蛮像样的——那么,美友,你多大了?"

她却嘟囔起来。她觉得这个人莫名其妙。明明告诉他没有,他却把没有当做什么名字。这会儿又问年龄。年龄年龄,谁知道年龄是什么鬼东西呢。

"你多大啦?——咦,我说你他妈怎么就那么木,非得问一句才答一句呀?"

见他恼火,她不知怎么突然开心起来。她撇了撇嘴,学他刚才的腔调,哼哼哈哈地说:

"多大嘛,一百年,不,两百年三百年吧。"

"什么?两百年三百年?"他狐疑地看看她,"你有没有神经病啊?"

这回,轮到她狐疑了。什么叫神经病?

"得,三百年就三百年吧。哈,有意思,一个打了三百年哈欠的乡下女人。哈哈,有意思!有意思!"男人也开心起来。

她跟着哼哼了两声,突然觉得很无聊,就不再理他,自顾自地打起哈欠来。

自然啦,她的哈欠打得有腔有调,有韵有致,极具水准。她一向如此。因为她除了哈欠,别无所能。就像没有视力的人总是听力极好一样,一无所长的她,哈欠打得当然漂亮。

打了一大串哈欠,她觉得舒服起来,惬意起来。这时,她记起被这个男人打断的事情来。她想起她刚才正在寻找归路。

于是她转了个身,换了一个方向,朝前走去。

第二天中午,她沮丧地发现,她在转了一天一夜之后,又回到了原来的地方。不仅仅回到原来的地方,连原来的那个男人,也原封不动地呆在那里。她沮丧极了,同时也不无吃惊。她想那个男人难道也是风景之一?否则在她转了一天一夜之后他怎么还原封不动地呆在那里,就像他身旁的那些树一样?

惊诧之余,她忍不住走近前去,伸手摸了摸那个男人。她原以为会摸到一身树皮,或者一手冰凉的,没想到那个树桩一样的家伙却动了起来。不但动,他还发出声音来:"怎么,不相信我是活的?"

她着实吓了一跳。慌乱之间她语无伦次:

"不,不是,我只是,我不是,我只是,只是想……"

男人笑了起来,说:

"行了,别绕口令了。怎么样,找着回去的路了吗?"

见她那副沮丧不已的神情,男人又说:

"你就死了心吧,到了这里就别想回去啰。瞧,我想了一天,替你想出个好主意。嘿嘿,这可是个绝妙的好主意,挣大钱的好主意呀! 嘿嘿,没有天才的脑瓜可想不出来!——喂,你过来,听我跟你说……"

她不无疑虑地瞥了一眼男人的手。那只手还是跟昨天一样毛茸茸的。她不由后退了一步。

"妈的你怎么啦?怕我把你吃了?啊哈,明白了,你的确是怕我,这可太有意思了。你怎么不先去撒泡尿照照自己,你不知道自己那副德行吗?妈的!"男人骂骂咧咧起来。

她愣住了,那种新生的恐慌再次向她袭来。在这个陌生的城市面前,在这个骂骂咧咧的男人面前,她又一次感到不知如何是好。

她只好再次张开嘴打起哈欠来。

哈欠却断断续续,不成阵势,远没有昨天那些哈欠优美娴熟,气势宏大。连哈欠也慌慌张张了,她近乎无奈地想。

她迟疑不决地站在那里,不知道该转身走开还是留在原地。正犹豫间,男人一步跨了过来。他伸手拎起她的领子,像拖一根木棍似的一把将她拖到树下。

"你给我听着,"男人恶狠狠地说,"从现在起你甭再想着回家的事,从今天起你归我管,我叫你干什么你就干什么,你要是跟我捣乱,嘿嘿,我就这样,"他拎起她那纤细如柴的胳膊,狠狠地做了一个折断的动作,然后,再一次"嘿嘿嘿"地狞笑起来。

她顿觉心惊肉跳。她觉得这个叫做城市的地方实在是太蛮横了。

她下意识地张开嘴,可是居然连一个不成气候的哈欠都没打出来。相反,嗓子里还吱溜吱溜地倒吸进一堆冷气。

她真是沮丧极了。

从此她就不仅仅是"她"了,她开始有了名字。自然啦,她的名字就是那个男人误叫的什么"美友"。男人一口一个美友地叫她,时而和气,时而凶狠。她呢,则含糊其辞地管男人叫"呜喂",因为无论如何,她不能无视他时不时的凶神恶煞,以及凶神恶煞下的见钱眼开。现在,她知道什么叫做钱了,也知道这些城里人是如何地看重钱、喜欢钱了。不过她有时还会纳闷,不明白这些城里人为什么没钱找钱,有了钱还是找钱。在她看来,没有的东西去找很自然,比方没饭吃当然要找饭吃,可是有饭吃了,而且吃饱喝足了,还照样找吃的、找喝的,不是太没劲了吗?在她看来,吃饱了顶好是去睡觉,或者打上一大串哈欠,那才是舒心惬意的事。钱这种东西,不过就是那样几张老是重样的纸头,有什么好发疯入迷,永不厌倦的呢?

不过,纳闷归纳闷,事情还得做。倒不是她要做,而是那个男人逼着她做。那个男人自从宣布她归他管以来,果然把她管得死死的。不但管得死死的,而且,用一句时髦的话说,还把她包装起来(甚至是包裹起来,几乎密不透气地包裹起来),然后让她赚钱。当然,是为他赚钱。

刚开始,男人在她胸前挂了一块木牌,上面写着:出售哈欠的女人。木牌不是很大,可是字很大,而且是黑体字,十分醒目。男人要她挂着木牌满街走。木牌上奇特古怪的广告,也许还有她那鸵鸟般的体态,茫然不知所以的神情果然吸引了很多人。许多人围拢过来,驻足观望,并且议论纷纷,不知道哈欠如何出售,买进哈欠又有何用。一时间人越聚越多,不一会儿就一圈又一圈地围得水泄不通。

男人踌躇满志地站在中间。他看见自己天才的主意效果如此之好，简直得意极了。他清了清嗓子，用一种大公司总裁的口气豪迈地说道：

"先生们，女士们，敝公司开创了一门新兴的行业。这是一种神奇的行业。它涉及奥妙无穷的生命科学，也有助于人类日常的心理、生理健康。它是敝公司天才的发现，天才的创造！凡是有志于轻松健康的生活方式的人士，均可到敝公司垂询、就诊、订购。我可以毫不夸张地宣布，我们的产品既品质优良，又物美价廉！我们的宗旨首先是为顾客服务、为人民服务，而不是利润，不是钱！……"

男人滔滔不绝，唾液四溅。其踌躇满志，洋洋得意，绝不亚于正在竞选但已经胜券在握的美利坚合众国下任总统。

她呢，则像个道具似的被莫名其妙地扔在众人的视野里。她本可以闭上眼睛，视而不见地打她的哈欠，或者在众目睽睽之下小寐片刻，可是不知为什么，她往日的这些本事全都跑爪哇国里去了。她不但不能小寐，不能打哈欠，甚至也不能轻松自如，泰然处之（她以前可是最容易如入无人之境，对一切视而不见、置若罔闻的）。她局促不安，忸怩惶惑，恨不得地上裂开一条缝，立刻就钻进去，再也不用出来；或者有人抡起斧子，对准那个正在信口开河的鬼男人重重地来一下，使他立时倒地待毙，而她则可就此逃开，即使不能重回乡下，也还可以自由自在地流浪游荡的……她就这样一边憧憬着，一边忸怩着。忸怩到最后，眼看裂缝无望，突袭也无望，便只好降低期盼值，只想着天快些黑下来，人快些散去，鬼男人的鬼话快些讲完，那时，她就可以摘下木牌，安安静静，轻轻松松地打几个哈欠,放几个屁了。

男人的演说终于宣告结束,她松了一口气,心里庆幸总算了结了,不想听众却"呼啦"一下围了上来。他们争着凑到她跟前,拉她的手,拍她的脸,问她一连串的问题,急于弄清她是怎么回事,有着多么奇妙的惊人的秘密。

尤其那些女人们,她们对她的神情、体态,对她如此抛头露面,如此独特神秘惊讶不已。而且,说到底,她们其实对她都抱着十分复杂的态度。她们瞧不起她的一脸菜色,瞧不起她的鸵鸟般的身材,更瞧不起她的纷乱与邋遢,可是她们又对她的秘密充满兴趣。她们甚至猜想,她的苗条和她的哈欠或许存在某种联系。一个哈欠连天的女人,一个以出售哈欠为职业的女人,一个天天抛头露面的女人,她的身体是否必然如此苗条呢?

她觉得有人拉了拉她的手。她正不知该作何反应,那人又迅速往她手里塞了一个支棱棱的纸团。她本想把它扔了,可是她身上那永恒的惰性使她放弃了这打算。她无所谓地保留了那纸团。

在她的身边,鬼男人仍旧唾液四溅,一副忙不迭的样子。他以一种抢答般的姿态,喋喋不休,惟恐漏过任何一个可能进财的机会。他告诉每一个提问的人,在高度发达的现代科技条件下,哈欠当然可以买进,买进后也当然有用。不仅有用,它的用处大着呢!男人神秘地眨眨眼,似乎在暗示无穷的用途,无限的可能。

果然有人动心了。她们询问购买的手续,询问如何交款取货,询问如果质量不好或者信誉不高,她们如何维护自己的权益。男人的回答显然很让她们满意,因为当场就有三位女士交了定金,留了地址。男人和她们约定,明天上午九点以后,"货"将依次送到她们家中。

男人告诉她们,哈欠这种特殊商品,当然不能在公众场合交割,神秘事物只合在神秘的地方诞生。交了定金的女人纷纷点头。她们显然都是明理明智、头脑清楚的女士。

第二天上午,出售哈欠的女人跟在那个管辖她的鬼男人后面,神秘地依次走进三个女顾客的家。

不久,这个不大不小的城市上空就飘满了许许多多关于哈欠的传说。

第一个购买哈欠的女人名叫阿明。她是一家公司的财务总管。

阿明是一个有着太多怒火的女人。她不仅容易震怒,而且几乎整日里都是怒气冲冲。她的这种过剩的怒火常常显得毫无来由。因为说起来,她的地位并不低,她的收入呢,不仅在同龄的女人当中,即使和同龄不同龄的男士相比,也完全是高的。她的家庭虽谈不上幸福,但可以说是和睦的(维持和睦的主力自然是她的丈夫,他总是小心翼翼地照顾她的情绪)。她还有一个结实顽皮、虎气十足的儿子。这一切,使得她那绵延不绝的怒火常常显得古怪莫名。同事们都不懂她这样一个可以说是处处顺心、春风得意的女人为什么总像是处处不顺心?不懂得她那莫名的怒火源自何方,有何意义?

连阿明自己有时也顿生疑惑,不明白自己到底怎么了,为什么稍不留神就会怒从天降,或者稍有不慎就要引发连天大火?一切不都是好好的吗?为什么怒火总要无端地找上门来呢?

弄得她简直了无生趣了!

只有阿明的要好女友知道其中原委。因为这位要好女友已经好几次领教过她的无名怒火了。每次阿明蛮横怨毒,或者撒泼不讲理的时候,这位要好女友都默不做声,一边忍受她的蛮不讲理,一边静静地、略带嘲讽地观察她。

观察的结果是,女友认为阿明的无名怒火全都源于对自己体态的极度不满。或者换句话说,她希望自己娇小婀娜、摇曳多姿,而不是目前的这种壮硕昂扬、虎虎有威。据女友观察,阿明虽然嘴上处处攻击嘲讽娇小婀娜、摇曳多姿,实际上她心驰神往,心心念念的正是这种娇小婀娜、摇曳多姿。

由于阿明不是娇小婀娜、摇曳多姿,公司副总裁何登自然不欣赏喜爱阿明。由于公司副总裁何登不欣赏喜爱阿明,阿明便常常怒气冲冲、烽火连天。由于阿明常常怒气冲冲、烽火连天,公司副总裁渐渐一见到阿明,一说到阿明就要皱眉头、摇脑袋,一脸的不堪与不屑了。

阿明不是糊涂人,很快就发现了这一点。发现后她自然更加揪心、闹心、痛彻肺腑了。

阿明一揪心、闹心、痛彻肺腑,她的同事、朋友、家人,自然日益面临烽火连天,鸡犬不宁了。

于是阿明的要好女友开始点拨阿明。女友说:你已经开始减肥,这很好。可是最重要的其实不是减肥,而是改善脾气。你想,你再怎么减肥你也不可能变得娇小玲珑、婀娜多姿,不可能和那些十八九岁二十来岁的女孩较劲儿。还是以德服人吧。还是用心里美战胜形体美吧。

阿明一听，突然心有灵犀，茅塞顿开。她想还是女友厉害，有眼力，有心机，而且直达本质。可是她很快就又愁云密布了。因为她想起自己的暴躁无常、烽火连天，想起这种暴躁无常、烽火连天并不是她所喜所愿，她不过是无力控制、无力制服罢了。她难道就不知道那种状态很丑，难道她就愿意从里到外都像个恶婆娘、丑婆娘吗？

女友明白阿明的难言苦衷。她于是认真为阿明设想起来。她出了很多点子。比如天天喝板蓝根（降火），比如尽可能地听音乐（软化性情），比如常常在心里重复令人捧腹的相声（制造喜兴），甚至于哈欠连天也行嘛。哈欠连天的人遇事准保哼哼哈哈，准保不会"嗖嗖"起火，雷霆万钧。

这些点子阿明听了几乎都是当时不置可否，回家身体力行。她板蓝根也喝，音乐也听，相声也不时温习操练（她的脑子一下像电脑一样存储了三十多个经典相声），可是不知为什么，一到公司，一见到那些娇小婀娜、摇曳多姿的小女人，以及和那些娇小婀娜、摇曳多姿辉映成趣的目光灼灼、开怀大笑，她的血就会往上冲，火就会不点自着，头就会有炸裂炸劈的渴望，于是自然板蓝根一边去，音乐一边去，相声一边去地寻机闹起来。

惟一没有试过的点子是哈欠连天。不是她不想试，而是没法儿试。你想人又不是电脑，哪能说精神抖擞就精神抖擞，说哈欠连天就哈欠连天呢？何况她阿明又是天生一个昂扬壮硕、虎虎有威的人，她从来都是觉少神足、精力过人的，她哪里能够做到神疲意软，糊涂处世呢？

所以阿明便只好继续一边发狠发愣，一边眼睁睁看着意中人越逃越远了。

就在阿明极度苦恼的时候,她碰巧遇到(真是三生有幸!)"出售哈欠"这样离奇古怪的构思。她的第一反应是:简直是传说!第二反应是:即使传说也不惜一试!第三反应是:立刻就买立刻就试!因为,她实在是太想改变形象了,她已经知道她的暴躁是多么可恨地将可亲可敬的何登副总裁推得远而又远了!

于是阿明就理所当然地、有幸地成了第一个购买哈欠的女人。她爽快地为这次努力付了两百元。

购进哈欠不到两个小时(卖方担保说两个小时后一准生效),阿明就哈欠四起,身困神乏了。当天晚上,她有生以来头一回吃过晚饭就上床(她原本是不到十二点不上床的),并且,令她大大惊讶的是,这一觉竟然睡到第二天十点半。她可从来都是黎明即起的。她的勤劳能干人所共知。

阿明走进办公室已是上午十一时整。她说她直到进入办公室之前一秒钟还保持着蒙眬恍惚、愉悦安然的心境。在跨入门槛的那一刹那,她才突然有些清醒起来。她终于想起她今天是真正发生变化了,以前她一走近办公楼,可是立即烦躁鹊起,愤懑油然而生的。

今天她一直到上了办公楼的电梯了,心里还是毫无动静。

阿明走进财务处。她手下的姑娘们大概以为她今天不来了,正趁机大呼小叫,"放浪形骸"呢。一见她出现,姑娘们立刻"速冻"似的迅速冷却下来。办公室一片鸦雀无声,噤若寒蝉。

阿明朝大家点点头,算是招呼。她甚至还微笑了一下。这使一直忐忑不安地窥探她脸色的女孩子大吃一惊。她们旋即满腹狐疑。她们不懂这个蛮横肃杀的大块头在玩什么把戏,她为什么没有像以往一样龇牙咧嘴,暴跳如雷呢?

公司副总裁何登若无其事地走了进来。他仍然看都不看一眼阿明,就匆匆下达对财务处的指示。阿明满脸笑意地期待他,他视而不见。女孩子中间,有人朝他挤眼睛,有人朝他做鬼脸,他则一一微笑作答。

阿明把这一切都看在眼里,顿觉辛酸。她觉得哈欠再管用,也架不住这样无耻的刺激。她觉得自己要发作了。

她使劲地想要克制自己,可是没用。一阵巨大的冲动从心底升腾而起,雷霆万钧地滚过心田,滚过胸口,滚过喉咙,眼看即将从她大张着的嘴里喷薄而出。

她惊慌失措,满面尴尬。她多么痛恨此刻。此刻她嘴里的炸雷又要喷薄而出,把自己的丑态暴露无遗,把可亲可敬的何登副总裁推得远不可即了!

满屋子都是熟悉阿明性情的人。她们早从预兆里听出了这声炸雷。她们无法可想,只好再次痛苦地等待并准备承受阿明总管的凶神恶煞,怒发冲冠。

可是人们等来了什么呢?

连阿明也没有料到的是,那雷霆万钧地滚过心田,滚过喉咙,从她大张着的嘴里喷薄而出的,并不是惊天的震怒,而是一声厚重、浓郁、威武辽阔的长长的哈欠!

满屋的人都猝不及防,一下全愣住了。

片刻,又哄堂大笑起来。

阿明显然也很吃了一惊。不过哈欠后面那浓浓的睡意似乎立刻就席卷了她。她居然欲罢不能,一声接一声地当众打起哈欠来。那哈欠婉转悠扬、跌宕起伏,一声声地滚出来后,居然像一支曲子,一支古怪而奇特的曲子。

阿明总管显然无心他顾了,她是那么幸福地被绵长悠扬的哈欠给缠住了。于是阿明手下的姑娘们在一阵惊愕之后也顿感幸福。她们空前轻松、空前惬意地把阿明总管丢到一边,重新恢复了唧唧喳喳,笑语喧哗。

阿明的意中人何登副总裁显然也对阿明的出奇表现感到满意。他破天荒地向阿明投去一个赞赏的目光。迷迷瞪瞪的阿明适时接住,顿时心花怒放,哈欠戛然而止。

从这天起,阿明彻底告别了怒气冲天,凶神恶煞。她甚至变得有些不愠不恼,温温吞吞。那可亲可敬的哈欠的魔力始终没有消失。所以阿明也就从此不再领教何登副总裁的视而不见,眉头紧锁了。何登副总裁甚至有一次还拍了拍她的肩膀,对她表示出一定的亲热。自然啦,那一刻,以至其后的好一段时间里,阿明都心花怒放,幸福满怀。

而这个关于哈欠以及出售哈欠的故事经过阿明和她手下姑娘们的渲染,很快在这个城市的上空有力地传播开来。

第二个购买哈欠的是第三师范学院的林老师。

林老师曾经是第三师范学院的校花。她的美丽曾经迷倒附近十几所高校的众多才子。可是非常难得的是,林老师虽然美丽异常,却没有一般美人常有的轻浮飘忽,造作虚荣。她从来都是读书时是好学生,任教时是好教师,做朋友是好朋友,当妻子是好妻子。除了书本和工作,她对别的似乎都兴趣不大。她毕业后很快就结了婚,丈夫是一个无论外貌还是职业还是家庭背景都不出色的老实人。她嫁给他的惟一理由是她和他认识很久了,她很小的时候就把他当自己家里人了。当时她的婚姻曾令她的众多追求者们愤怒。他们全都不懂这样一个美丽出众的姑娘为何会选中这么个什么都不够、什么都不是的人。林老师的女友把这份愤怒半真半假地转告她的时候,林老师嫣然一笑,她回答女友说:

"我正好喜欢这份什么都不是、什么都不够。"

林老师的婚姻惟一的支持者是当年的系主任,如今的副校长。副校长姓丁,是一个五十开外,风度翩翩的心理学教授。丁副校长待林老师如同自己的女儿,可谓呵护有加,关怀备至。林老师呢,自从师从丁教授起,也始终像敬重自己的父亲那样敬重爱戴这位可亲可敬的师长。

不过林老师近来颇感不安,因为近来丁副校长频频找她。丁副校长的夫人出国探亲去了,家里只剩下副校长和他的小女儿。小女儿在城里上班,每逢周末才回来,丁副校长又常常在晚上找她去。不用说林老师觉得这样很不妥,可是林老师像顺从自己父亲一样顺从丁副校长多年了,而且丁副校长只是找她谈话并没有别的意思,所以每回接丁副校长的电话,林老师虽然有些为难却也不好意思拒绝。她想教授大概是一个人觉得孤单,所以要她去陪着说话。因此每回虽然不无勉强,她还是去了。可是一坐下来,教授的话就格外地长,总是天南海北地扯起来就停不下。林老师心里着急,因为天越来越晚了,天太晚了她还在教授家坐着实在不合适,而且丈夫一个人在家里埋头译书,她却在这里陪人闲聊,心里老大的过意不去。可是林老师生性懦弱,她几次想打断教授的谈兴,可是几次都胆怯地放弃了,只好坐到教授自己谈累了才作罢。事后林老师非常生自己的气,因为她连抬手看看表都不敢,都怕这样做太没礼貌。

所以那天当她偶然在马路上看见那个挂着大木牌，伸着长脖子的鸵鸟般的女人，看见"出售哈欠"这样闻所未闻的惊人字眼，一种灵感、一份冲动就立刻像雷电一样击中了她。她问都没多问就交了定金（她后来回忆说，她办事从来没这样冒失过，或者说从来没这样爽快过）。

她不知为什么认定这买来的哈欠能够帮助她。

出售哈欠的女人第二天如约来到她家。当然那个男人也跟来了。男人负责收钱，而鸵鸟般的女人则负责向她"售货"。她按照那个女人的吩咐闭目坐到里屋的沙发上，鸵鸟般的女人就开始对着她那似睡非睡的脸作起法来。她听不到一点儿声息，可是又明显地感觉对方已经云里雾里地朝她喷吐灌注了很多。当然究竟喷吐灌注了什么她也不知道。可是，事情了结之后，她睁开眼时，的确感觉自己发生了变化。

晚上，当她又不得不应约去陪教授时，她立刻就知道这变化有多大，有多重要了。教授家的挂钟刚敲过九下，她就开始哈欠连天起来。这在她当然从来没有过的。她觉得很不好意思，这样没教养，没礼貌。可是，无论她怎样觉得不妥，怎样试图抑制，哈欠还是一个接一个从她嘴里滚了出来。

连教授都看出了她的难堪，他终于问：

"怎么回事？你累了？"

林老师只好满怀歉意地告辞。

第二天，第三天，第四天，一连几天，林老师都是九点一过哈欠就成串地来，而且不但成串地来，一来还哼哈有声，有鼻有眼。教授显然有些懊恼，可是他看到林老师那真实的疲惫，那强忍哈欠忍得眼泪直打转的尴尬样子，也就不好再说什么了。

而九点以前,身为副校长的丁教授是几乎没有时间和可爱的林老师聊天的。有那么多的电话找他,有那么多的事要他处理,有时甚至有学生闯到家里来,谈毕业分配的事,谈奖学金的事。

丁教授只好渐渐放弃了和可爱的林老师聊天的乐趣。而林老师则从此分外信任、感激类似"出售哈欠"的奇思妙想。而且无论她多忙,也总是保持着和那对出售哈欠的男女的联系,并且隔一段时间,总要买上一些哈欠存着,以备不时之需。她并且将这个近乎奇迹的故事和她最要好的女友说了,告诉女友那对神秘男女的地址,以便女友一旦需要,也有援手之处。

第三个购买哈欠的女人是本世纪最后十年中国大地上最卑贱也最自得的女人之一。这种女人通常都是外地人,是从北边来的。她们的名字五花八门,叫什么的都有。小名,本名,艺名,昵称,常常一个人有一大串名字。不过,什么人叫她们什么,都是一定的。比如丈夫通常叫她们本名,或者土得不能再土的小名,顾客通常叫艺名,顾客在特定的时候,或者熟得不能再熟的老顾客来了,则亲热地喊她们昵称,喊得有时直让她们头皮发麻心里发恨。因为昵称往往意味着那种有时让她们津津乐道、厚颜无耻,更多的时候却让她们厌倦痛恨的事儿。当然,无论心里怎么痛恨,怎么发狠,嘴上、脸上却是一定得笑吟吟的,不但笑吟吟,还得适时做出各种媚态来,因为她们是吃这碗饭的。

小蝉本来叫秋芳。但她自从"下水"以后,就不许别人叫她秋芳。她给自己起了个名字叫小蝉。其实她既不小巧,也不轻盈,和蝉是一点沾不上边的。不过她们这种女人常常有些古怪,所以大家互相也就不以为怪了。这位小蝉不但结过婚,而且有孩子。不但有了一个孩子,她还很想有第二个孩子。已有的孩子自然在老家,也自然不知道她在南边做什么。她只是不停地把挣来的钱大把地往家汇,因为她要丈夫、儿子过得体面,也梦想过个三两年歇业不做了,回家去舒舒服服地再生个孩子,重新过那种为人妻为人母的日子。

同伴们都笑话她,尤其那最后一个想法,简直可笑。她们说像她们这样的女人还能再生孩子,那么公鸡也可以下蛋了。她呢,当然也不是不同意这种看法,不过她说:

"想想总归可以吧?难道连想也不能想了?"

大家觉得有道理,于是一致同意不再笑话她,让她尽情地幻想虚构吧。

可是有一天小蝉的丈夫追到这南方小城来之后,小蝉连想的工夫都没有了。小蝉的丈夫一来,看到她每晚的进项着实不菲,立刻就红了眼,恨不能多有几个老婆,好多多地做生意,多多地招财进宝。一时没有多多的老婆,这位当丈夫的就逼着这惟一的老婆生出三头六臂,广结良缘,广开财路。弄得本来并不瘦的小蝉渐渐就瘦了下来,渐渐就像起单薄轻盈的蝉翼来了。

这还不要紧,要命的是小蝉做得过了头之后,有一天突然彻底地对这种营生丧失了能力。

说丧失能力其实是过于轻描淡写了,准确说应该是有一天小蝉突然一见客人就恶心想吐。不但恶心想吐,如果客人没有见势不妙适时止步,而是照样嬉皮笑脸地挨过来,她就会遏止不住地喷吐起来,直吐得客人恶心皱眉,逃之夭夭。当然客人走后,小蝉的麻烦就来了。她的丈夫立刻就会冲进来,揪她的头发,扇她的耳光,冲着她破口大骂,直骂得她面无人色,冷汗淋漓。而且小蝉最怕听的一句话是:挣不了钱就给我滚蛋,老子不要这种没用的破烂货!

可以想像小蝉近来不得不老听她最怕听的话时心里的恐惧与愤怒。她倒不是觉得她的丈夫有多好,而是舍不得她那四岁的儿子。她当然知道如果她滚蛋的话,她就再也甭想见她的儿子,她那毫无人性的丈夫一旦口袋里没钱,是什么都干得出来的。一想起这个她就不寒而栗。她实在是太爱她的孩子了,她现在非常后悔当年一念之差跑了出来,跑了出来后又一念之差干起了这种营生。那时候为什么那么想钱啊,想大把大把地挣钱,想让儿子过得像城里人家的孩子。现在钱倒是有一些了,可是这过的是什么日子啊,她觉得自己人不人、鬼不鬼的,实在没意思透了。可是如今想回都回不去了,哪里有路可退啊。

不过小蝉要求自己不再想那些没边的事了,她明白当务之急是解决呕吐的事,否则哪天真被丈夫一脚踢开,那可就后悔莫及了。她正在焦虑着急时,有一天正着窗口发呆,看见对面马路上好多人围着一个竹竿似的古怪女人,她脚一抬便下意识地奔了过去。到了那儿才知道古怪的女人原来不过在出售哈欠。她有些沮丧,这算哪门子热闹嘛。可是就在她转身要走的当口,她突然一激灵,一个想法不昭自明。她立刻转身回来,问明了价钱、质量、交货时间、地点等,就摸出五十元来交了定金。

第二天快晌午了,出售哈欠的男女终于出现在小旅馆的客房里。小蝉看见那个又瘦又长、缩头缩尾的女人走进来心里突然一阵疼痛。她不知为什么觉得她和她是一类人,虽然她们的职业明显不同,可是她觉得她们都是天底下最可怜的人,都是有苦无处说而且过了今天不知明天在哪里的人。她于是眼圈红了起来,眼泪吧嗒吧嗒往下掉。

出售哈欠的女人显然有些吃惊。以她的经验她实在无法明白这个小旅馆里的小女人的难处。她有点想问她,可是又不敢,而且她也不知道怎么问。最后她只好冲她咧咧嘴,似笑非笑的样子。小蝉虽然觉得她古怪,但是她知道她想安慰她,于是她的眼泪更是像下挂面似的哗哗往下放。

不过小蝉终于使出售哈欠的女人明白她多么需要她的哈欠,甚至不只是哈欠,她其实是想要一份睡意绵绵,以便在关键的时候不至于因过敏而无礼,因无礼而丢饭碗,因丢饭碗而丢掉儿子。她极力让出售哈欠的女人明白,她需要多多的哈欠,需要成箱成筐的鸦片瘾似的睡意,需要一天到晚昏昏沉沉,柔弱无力,缠绵睡榻。

出售哈欠的女人自然不懂什么缠绵睡榻(其实小蝉也只是刚学会这个词不久,就很适时地用上了),但是她明白对方需要她的帮助,而且需要多多的。她很高兴自己原来可以帮助这个眼泪汪汪的小女人。

出售哈欠的女人不用说格外地卖起力来。她又催眠又作法的,特别用心,也特别用力。做完之后,她很有信心地对小蝉表示,她尽可放心,她所得到的哈欠,足以使她昏睡一年了。

不想这话让那个鬼男人听见了,男人一听,立刻要加收钱。小蝉有些为难,因为她的钱都在丈夫手里,她身边只有这两百来块钱。出售哈欠的女人见状有些恼火,她闪到男人跟前,朝那个鬼男人狠狠地比画了一下,似乎是在威胁他。男人一看,只好改口,对小蝉说:

"算了算了,以后再说吧。等你发财了再说吧。"

说完,男人诡谲地笑笑,拉上鸵鸟般的女人走了。

而小蝉,当天晚上就在丈夫的笑脸鼓励下重操旧业。她果然不再过敏,不再恶心呕吐了。她倚在床上,几乎是春意无限,缠绵悱恻,一副病美人的奇特姿态,她的新老顾客渐渐又云集到她的身边来了,他们发现经过一场小病,这位小蝉反而更加妩媚可人,更加善解人意了。他们扔在她床头的钱日益增多,他们谈起她的时候,也更加带着一份肆虐,一份莫名的兴奋了。

小蝉的丈夫,自然从此也不再提让小蝉滚蛋的事了。不但不再提,过年的时候,他知道小蝉想孩子,甚至主动回了一趟老家,把四岁的儿子接了出来,让小蝉着着实实和儿子亲热了十来天。

儿子返回老家的时候,小蝉哭得像个泪人似的。不过孩子刚走,她立刻就又去找了那对出售哈欠的男女。她如今已成他们的老顾客了。她对他们深怀感激,她常说没有他们,她早已不知是哪块野地里的死狗了。

出售哈欠的女人过了好几天才想起那团塞在她手里的纸团,她记得后来她把它揣在口袋里了,可是她把所有的口袋翻遍了,也没有找到那个纸团。就在她再也不想找了的时候,那个讨厌的纸团却不知从哪儿蹦了出来,出现在她的脚跟前。她哼了一声,不情愿地弯下腰去捡了起来。

打开纸团,她发现里面并没有什么。一张纸而已。她觉得城里的人总是怪里怪气的,一副装神弄鬼的劲头。比如一张纸吧,在乡下一张纸就是一张纸,而在这里,一张纸就会弄成一个谜,让你以为它十分了不起。其实呢,打开了看,一张纸还是一张纸。

她正在十分鄙夷的时候,鬼男人凑了过来。

"什么东西啊?"鬼男人总怕有人偷偷把钱塞在这个瘦女人的口袋里。

她根本不理他。自从她无端被他驱遣以来,她对他虽然无可奈何,却也不忘鄙夷他。

鬼男人只好一把抢过来,自己趴到桌上去研究。他对着那张纸瞪了半天(他的视力大概有问题),终于看清楚那是一个电话号码。他立刻兴奋起来,因为自从小蝉的生意做完之后,一时还没有人上门来定货呢。

他马上照着这个号码去打电话。

电话接通后,他十分兴奋,好像已经清楚无误地看见对方递过来的两张大票子了。不想对方却冷冷的,而且声音压得很低。他听了半天才听明白原来对方并不急于要"货",她需要先跟他们探讨一下。

"探讨就探讨吧。"男人打完电话后说,"反正这会儿没活儿,呆着也是呆着。"

于是鬼男人就拉着瘦骨嶙峋的女人上路了。

他们俩问了十几个人,换了三辆公共汽车才找到那个有些神秘的女人的家。

一进楼道,鬼男人嘴里就"啧啧"起来:

"瞧瞧人家这宽敞!一个楼道就两户!我可去过这种人

家,嘀,亮堂着呢！瞧瞧,瞧瞧,这才是人上人呢！"

电铃在鬼男人的啧啧声中响了起来,一个有些土气的小姑娘来开门。问明了他们的身份后,小姑娘带他们走进客厅。

一个黧黑而且精瘦的中年女人缩在一圈皮沙发中间,见他们进来,她矜持地点了点头,算是招呼。

鬼男人"嘿嘿"地笑着,四下打量这并不张扬却着实透着某种气派的客厅。好半天,他才突然想起来此地的目的,赶紧凑到那女人跟前,殷勤地询问主人的意思。

也就是对方在电话里所说的"探讨"。

女主人却矜持不语。她看看窗外,看看屋里,末了又看看男人的脸和女人的手,终于说:"你们卖什么？哈欠？"

"哎,对对,卖哈欠,我们卖哈欠。"男人赶紧说。

"卖哈欠——哈欠有什么用啊？"

"有用啊,有用,太有用了！"

"什么用？嗯？"

"有用啊,比如它可以治失眠,可以治过敏,可以治无精打采,嘿,你睡足了不就劲头十足了吗。还可以,嗯,还可以在您需要打哈欠的时候就恰到好处地打起来。就好像,好像闹钟一样。您想让它叫,它就准时叫,您让它停,它呢,也就停了。嘿嘿。"

"谁让它停呢？"

"谁让它停？当然是您了,哎不,当然是哈欠的主人了,不不,是打哈欠的人。"

"非得是他自己吗？我的意思是,别人可以控制吗？可以不让它停吗？"

"别人？别人干吗要不让它停？"

"我问你别人可不可以控制,没问你别人为什么要控制!"女主人很不满意了。

"是是,我多嘴,我多嘴。别人嘛,别人……"他琢磨着,突然明白了什么,"可以啊,当然可以,别人当然可以。只要,只要是,嘿嘿,只要我们做个,做个什么来着？对对,做个伏笔,做个伏笔就行!"

女主人的眼睛突然闪闪烁烁起来。

"那么,你给我听明白了:我购货,我付款,我控制,可是哈欠却要从别人嘴里打出来! ——你听明白了吗？"

"听明白了,听明白了。"男人唯唯诺诺,生怕这位精瘦而高贵的夫人发怒。

"办得到吗？"

"办得——"男人扭过脸,紧急向出售哈欠的女人求援。见她点头,男人顿时如释重负,音量也随之高昂起来：

"夫人,您放心吧,我们天生就干这个的,这点事都办不好还行？不过,不过,不瞒您说,这件事是比较费劲一些,比较麻烦一些,费用嘛,费用当然就……"

听到这里,女主人不无鄙夷地笑了笑。她站起来,走到书桌前,从抽屉里拿出一沓钱,抽出五张一百元的,递给男人,说:

"够了吗？"

"差不多,差不多吧,嘿嘿。"

"不够再加点儿,嗯？"女主人说着,又递过来两张一百元。

"谢谢,谢谢！够了,够了!"男人哈着腰,一副感恩不尽的样子。

"钱我付了,事儿你可给我办好了,否则,哼!"

"您放心,您放心!您老这么好,我们还能不尽心尽力?您放心,您尽管放心!"

至此,事情的大致基本探讨完毕。细节部分鬼男人很放心地交给出售哈欠的女人去琢磨。自从他们俩搭档以来,鬼男人对这位美友是越来越佩服了,不但佩服,简直可以说是五体投地。因为他发现这个美友原来神通大得很,虽然可能她自己也不自知,或者说她并不清楚自己到底有什么功能,可是她能够凭感觉断定什么事她办得了,什么事她办不了。刚才美友朝他点头,他心里就踏实了,知道今天的钱跑不了了。他心里那个高兴啊!

黑而精瘦的夫人也兴奋起来,她的眼睛流光溢彩,颇像一个即将奔赴赌场的赌徒。她亲自打电话给司机,吩咐他立刻把车开过来,她要带好不容易请到的气功师去看何局长。

车很快就开过来了。临出门之前,黑而瘦的夫人突然觉得这个叫做美友的女气功师服饰过于古怪(其实是过于土气,过于破旧),又拉她进屋去,找了一件半新的毛料风衣让她套上。所以,当他们再度出门时,出售哈欠的女人已是面目大变了。

她的搭档认为她简直像是一个俄国女人。

而"俄国女人"本身倒不置可否。她只是对眼前这辆乌黑锃亮的汽车惊讶不已。在没跨入汽车之前,她简直不能想像里面是什么模样:是圆的还是扁的?是像床一样开阔,还是像馒头一样实在?

现在她坐在里面了。很舒服,很眩晕。而且,她觉得还很适合她,因为这明显是打哈欠的好地方。她觉得如果能整日坐在这里头打哈欠,那真是太美不过了。

那样的话,她大概就不会想回乡下了。

汽车忽忽悠悠地走起来。美友觉得新奇无比。

不知过了多久,汽车在一幢老式楼房前停了下来。当汽车吭哧吭哧熄火时,出售哈欠的女人听到了自己的鼾声。原来她早已睡着了。

他们下了车。精瘦而高贵的夫人领着他们,鱼贯走进一个更加气派的家。

那位叫何局长的原来是个男人。他正靠在沙发上打盹。和这位夫人相反,他是白里透红,而且相当发福的。出售哈欠的女人不明白像他这样白里透红的男人为什么要躺在沙发上哼哼,为什么不出去抢抢镐头,或者踩踩水车什么的。她认为像他这样白里透红而且发福的男人,就应该去干力气活,去出一身大汗。

"局长啊,我为您找了个气功师,专治高血压的,灵得很哪。好多人都被她治好了。"精瘦的夫人面对局长笑头笑脸。

"哦?好啊,好啊。"

"我知道您心里着急。上面马上就要来检查了,您出不来哪行啊。对了局长,大家都在传,说这次同时也是来考察的,又要选拔干部了。所以我赶紧找气功师啊,关键的时候您得精神抖擞的嘛,您说是不是?"夫人又说。

"是啊是啊,说得对。你很周到。"局长感激地看了她一眼。

"这是我的工作嘛。再说,我跟局长多少个年头了嘛。"

"是啊是啊。"

夫人和局长寒暄了一会儿，就让局长仍旧躺在沙发上闭目养神，作假寐状。她自己则悄悄地在局长脚跟前坐下来，也闭上眼睛，然后示意出售哈欠的女人开始。

出售哈欠的女人于是上前，为这位尊贵的顾客作起法来。

鬼男人则趁这个机会大饱眼福。他不必再偷偷摸摸、鬼鬼祟祟了，而是堂而皇之，甚至有些趾高气扬地环顾起室内陈设。逐一扫视过去，他看见墙上挂着一面薄薄的类似电视屏幕的东西，不禁惊讶起来：

这是什么玩意儿呢？见都没见过！

由这个见都没见过的东西，这个从不知感慨感伤的男人突然就感慨起来，他想到一个以前从未想过的事儿，那就是：人生一世，谁知道自己活得像不像个人呢？或者自己以为是个人，其实呢，在别人眼里，不过是笑话而已！鬼男人于是有些心虚起来。他突然很害怕自己原来也只是个笑话。可是他扭头看见那个躺在沙发上的，坐在脚跟前的，以及那个站在躺的、坐的跟前正在云里雾里的鸵鸟般的女人时，顿时释然。他欣慰地对自己说：

谁又不是别人的笑话呢？

鬼男人琢磨着，调侃着，同时不忘两眼滴溜溜转，恨不得把室内风光尽收眼底。不仅仅尽收眼底，其实是恨不得把这一切席卷回家。

终于等到那个被他叫做美友的女人把生意做完了。

局长大人从沙发上爬起来，伸了伸懒腰，示意公务员从厨房拿来两只烧鸡，赏了他们一人一只。

两个人喜滋滋地走出局长的家。一上马路，两人便迫不及待地撕咬起烧鸡来。一边撕咬着,鬼男人一边就对这个被他叫做美友的独一无二的女人卖弄起来。他的一席话让他的搭档大开眼界,同时也莫名其妙。他说:

"你知道那个瘦女人为什么掏钱雇我们吗?"

女人摇摇头。

"你当然不知道!——你知道她为什么弄虚作假,让卖哈欠的我们去治高血压病人吗?"

女人又摇头。

"你什么都不知道!——那么,你知道她为什么要把控制做在她身上,而让哈欠从那个局长嘴里打出来吗?"

女人刚要摇头,男人鄙夷地说:

"你不用摇头了,我知道你不知道!"

然后他又说:

"你知道那个瘦女人为什么要搞这个鬼吗?不知道!当然不知道!嘿嘿,我来告诉你吧,这个瘦女人大概是他的副手,这个副手呢,大概想要越过局长高升,而最近呢,上面要下来检查工作,考察干部,瘦女人呢,认为这是个扳倒局长、突出自己的好机会,而局长嘛,也知道这种时候马虎不得,正在抓紧治病。所以呢,瘦女人就趁局长治病心切,带我们去做了手脚。嘿嘿嘿嘿。"

鸵鸟般的女人却仍然不开窍。她摇摇头,咕噜一声:

"这有什么用呢?"

"这有什么用?——真是木头脑瓜!她把哈欠灌到局长身上,开关捏在她手里,等上面来人了,正汇报工作呢,她就让局长哈欠连天,委靡,委靡,(他迅速搜索着,终于脱口而出)委靡不振,那上面不就对局长不感冒了?那她不就得分了吗?"

出售哈欠的女人茫然地看着他,拼命摇头。她显然还是不懂,不懂打哈欠有什么不对(她自己就是整天打哈欠来着,有什么不对嘛)?打了哈欠局长怎么就不能升官了(真是岂有此理)?还有,既然如此,他们为什么要帮那个瘦夫人搞鬼呢?

"哎呀呀,木头脑瓜,木头脑瓜!现在当官都讲究个身体好你知道不知道?身体不好就得退居二线你知道不知道?第一把手身体不好退居二线,第二把手理所当然就顶上去了你知道不知道?连这些你都不明白你可真是!——不过,话说回来了,你到城里才几天,你当然不明白了。"男人连珠炮似的说。

"那我们为什么还要帮她?"鸵鸟般的女人也固执起来。

"我们不是帮她,我们是在做生意!我们得做生意挣钱!"男人说。

出售哈欠的女人不做声了。她觉得累得慌,于是做了一副似懂非懂、爱懂不懂的表情。她稍微有些遗憾的是,她的烧鸡已经吞完了,她看看男人手里淌着酥油,冒着香气的鸡腿,狠狠地咽了一口唾沫。

就像前面说的,几桩生意做完,这个城市的上空就飘满了各种关于出售哈欠的女人的传说。

传说历来是神秘神奇,真假莫辨的,所以有关这个穿着俄国风衣,长着鸵鸟般体态的女人的故事,就越来越飘渺迷幻,美不胜收了。

人们早已熟知各式各样的气功大师。熟知他们能够起死回生,呼风唤雨,熟知他们的飞檐走壁,遥听遥视,甚至于种种更加奇妙、更加不可思议的本事,可是他们从未听说出售哈欠这一类的事,更未听说售出的哈欠可以治病,可以救人,可以应急,可以解围,甚至可以使人步步高升(一位夫人购买哈欠后使对手连连丢分,从而使自己顺利晋升的故事不胫而走,令人们惊讶惊奇,叹为观止,同时不胜钦羡,想入非非)。尤其那些一直在底层挣扎的人们,更是从这个有些荒谬的故事看到了一线曙光。他们想,如此不起眼的哈欠竟然能办如此大的事,那么一旦他们有难或者有求的时候,不就可以求助于它吗?何况他们还听说这出售的哈欠价格相当合理,即使是平民百姓,即使是物价飞涨的今天也买得起。而那些出神入化的气功师们,特异功能大师们,可没有这样平民化,这样轻易就找得着、买得起的,他们可是"藏之名山"的啊。

所以,这个平民化的哈欠大师在平民百姓的嘴里,越来越神奇,也越来越亲切。人们几乎一有难题、一有心事就会想到她。她所住的那所小旅馆日益熙熙攘攘起来。人们从四面八方蜂拥至此,为的是留下两百元,带走一串排忧解难的神奇哈欠。

鬼男人近来日益趾高气扬起来,不仅仅因为他以超人的想像力开办的这家公司如今效益如此的好,还因为已有一家实力雄厚的大公司准备购买他的专利。他们预备付给他五十万,买断他那出神入化的想像力以及他所发掘出来的神奇女人。这事儿他还没来得及和出售哈欠的女人说(因为她实在太忙了,每天都有那么多的顾客),可是他心里已经同意这桩买卖了,他甚至开始在计划五十万到手后如何换一种新的活法,如何使自己也成为人见人羡的人上人。

终于有一天,顾客突然稀少下来(后来才知道这一天有人预告下午将有一个飞碟飞临这座城市的上空,因此很多人都去寻找奇遇去了),鬼男人这才得以向出售哈欠的女人坦诚相告。他将那家大公司的意图对她说了,告诉她大约过个把月,她就要改到大公司去上班了。他并且说,人家既然是大公司,待遇就肯定差不了,待遇差不了,别的就无所谓了。

出售哈欠的女人似乎并没有听懂他的话,因为她只是继续在那里左一声右一声地打哈欠。她似乎是太累,又似乎是太久没有这样消消停停。心满意足地打她的哈欠了,所以其专心致志、不依不饶的劲儿简直是泰山不能移的。

鬼男人只好耐心地等待他的搭档。

出售哈欠的女人终于过足了哈欠瘾。她伸了伸那细长如柴的胳膊,站起来,走到鬼男人的跟前,问他:

"你说什么?"

本来兴致勃勃的男人被她这么一问,突然语塞。他并且心虚起来。他突然想到一个要命的问题:如果这个鸵鸟般的女人不同意呢?如果这个女人并不像他一样爱钱,或者说她压根儿就不喜欢钱,那他怎么说服她呢?

他原来是预备分给她两万,然后把她卖了的。

现在他突然担心他的计划根本行不通。因为他突然明白无误地想起来了:

钱对这个女人根本没有魔力。

那么他又如何推行他的宏伟计划呢?

出售哈欠的女人看他语塞,不由有些奇怪。因为他一向

是机灵机智,信口开河的。女人于是说:

"没事了?那我睡觉去了。"

"不不,有事,有事,你听我说,"男人连忙把搭档按到椅子上,开始试探性地说起他的计划来。

男人拐弯抹角,煞费苦心,总算把事情说清楚了(当然,他把五十万说成五万)。说完之后,他有些紧张地盯着女人的脸,生怕女人嘴里蹦出他此刻最不爱听的"不"字。女人却出乎意料地没有反应。男人等了一会儿,见女人还是没动静,不由有些纳闷。

他想她大概是没听懂,要知道她一向是反应不那么灵敏的。她也常常听不懂别人的意思,因为说到底她到城里才几个月嘛。

男人于是把刚才的话又摘要说了一遍,说完了他紧接着小心翼翼地问:

"你看这样好吗?"

"不好。"女人这回倒是干脆。

"为什么不好?"男人登时心急如焚。

"为什么不好嘛……"女人沉吟着,突然诡谲地一笑,"换过来就好了!"女人说。

鬼男人一听大喜,赶紧问:

"怎么换?听你的!"

"我给你两万。我把你卖了。"女人说,那张颧骨突出的脸上一派凛然。

你可以想像那一天鬼男人听了出售哈欠的女人的话如何目瞪口呆,如何狠狠地倒抽了一口冷气。他无论如何没有想到这个瘦得跟猴似的女人原来如此有智慧,又是如此幽默决断。而且从那天起,鬼男人是日益觉得这个瘦巴巴的女人原来绝非等闲之辈了,他甚至觉得她可以算是精明,有城府了。鬼男人以前曾经像提溜一条狗似的提溜她,而她也曾经像一条狗似的随他提溜,既沉默又驯服,而现在,他突然觉得,她以前的沉默和驯服只是假象而已,当她那样愚钝寡言、温良驯服的时候,她内心里其实也睁着眼睛,不时地观察扫视,琢磨研究,否则,就很难解释她如今的机敏与见地了。鬼男人觉得自己太大意,而且太低估了对手的智力。当然了,话说回来,谁又能想到这个瘦巴巴、傻乎乎,不知从哪个角落、哪个世纪冒出来的女人是个潜在的对手呢?

不管怎样,鬼男人如今是叫苦不迭了。因为出售哈欠的女人自从知道鬼男人的计划后,就再也不肯配合了。整整一个月,她不出售任何哈欠,更拒绝出门去做任何"功课",甚至连一般的招摇过市也不肯。她只是一直缩在角落里打哈欠,一边哈欠连天,一边一刻也不放松地窥视他。她偷听他的电话,乱翻他的东西,甚至悄悄跟踪他的行止。终于有一天,鬼男人惊讶万分地发现,自己成了自己计划的牺牲品——出售哈欠的女人不知何时已跟那家准备出资五十万的大公司达成了协议。协议的核心内容是:鬼男人作为出售哈欠的大师售给大公司,而出售哈欠的女人则作为鬼男人的老板,接受大公司提供的五十万元。

出售哈欠的女人在签完合同并且拿到大公司的支票后亲自向鬼男人宣布了这个消息。鬼男人被这个消息震得如同五雷轰顶。他当然不能接受这个事实,他甚至无法相信这个事实。他狐疑而绝望地瞪着眼前这个仍旧奇瘦却已面目全非的女人(其实出售哈欠的女人无论服饰还是言谈均没有改变,但鬼男人不知在哪一点上看出这个女人已面目全非),负隅顽抗地说:

"不可能!不可能!你别开玩笑!"

"不是开玩笑。"女人说。

出售哈欠的女人从紧挨着她站的那个男人手里(鬼男人这时才看到她的身边站着一个保镖似的男人)接过一沓钱,随手扔给鬼男人。

"点一点,两万元。是你定的数。"

鬼男人接过钱,迅速扫了一眼票面,看清全是一百元的,不由更加绝望起来。

这时他想抵不承认也不可能了。他几乎是带着哭腔地问:

"你真把我卖了?"

"是的,按照你的计划。"

"我的计划?我的计划是卖你!"鬼男人杀猪般地嚎叫起来。

"是啊,不过换了一下位置。这也是你同意的。"

"你得了五十万?"鬼男人的眼睛都红了。

"不是五十万,是四十八万。"女人说。

"你!"鬼男人抡起拳头,他多么想把这个浑身是骨头的臭女人揍散架了。可是女人身边的保镖已经上来,用一双钳子似的大手紧紧钳住了他。

出售哈欠的女人"嘿嘿嘿"地笑起来。

"这全是你计划的,我可不会这一套。全是你教我的。很好玩喔,不,应该说是妙极了!

"可是……"已经泄了气的鬼男人突然又叫了起来,好像抓到了救命稻草。

"唔?"

"可是我不会出售哈欠呀,出售哈欠的是你呀,所以被卖的应该是你!"鬼男人说。

"有趣的是,现在你也可以出售哈欠了。"女人哈哈笑起来。

"我?"

鬼男人这回吃的惊吓绝不亚于刚才。

"对,是你。"

女人说着,走到鬼男人跟前,示意他闭目,然后,做了一个手势,鬼男人立刻高一声低一声地打起哈欠来。

过了好一会儿。鬼男人才从哈欠瘾里醒来。他睁开眼,看看出售哈欠的女人,立刻又不甘心地叫起来:

"你别逗了,我这是买哈欠,不是卖哈欠!"

出售哈欠的女人不理他,她抬抬手,示意那个保镖似的男人(后来鬼男人知道他确实是个保镖,而且是专门雇来对付他的)过去,向鬼男人买哈欠。

保镖似的男人果然过去,掏出两张票子递给鬼男人。鬼男人命令自己不理他,可是手却不由自主地伸出去,将钱接了过来。

为此,鬼男人心里恼火得要命。

出售哈欠的女人于是满意地看到,鬼男人一丝不苟,分毫不差地上演了她曾经一再上演的场面:示意顾客躺下,有些夸张地吐纳,云里雾里地作法,然后是收,收,收……

然后鬼男人完成了全部过程。

鬼男人转过身来,惊讶万分地看看她,又惊讶万分地低头打量自己。他不知道这一切是怎么变出来的,不知道跟前这个曾经受控于他,现在却在指挥他控制他的女人是人还是鬼?是妖孽还是神通?

　　女人却"嘿嘿嘿"地笑起来,"怎么样?这回你也可以卖哈欠挣钱了吧?这回轮到你打工了。"女人说。

　　"那你呢?"鬼男人伤心而绝望。

　　"我嘛,我当你的老板啊。不过,我们还得一起替人家公司干活儿。"

　　"你不是有了四十八万吗?还干什么活儿?"

　　"有四十八万就不用干活儿了?"

　　"是呀,有那么一堆钱够你吃两辈子了,还干什么活儿?"

　　"那干什么呢?"

　　"吃喝嫖赌,游山玩水,要不,就干你喜欢干的事。对了,你可以整天坐着打哈欠嘛,你不是最高兴打哈欠吗?"

　　"打哈欠?可是我现在打不出来了,"出售哈欠的女人突然有些发愁了,"那功能全转到你身上了。"女人说。

　　见她重新眉头紧锁,鬼男人幸灾乐祸起来。他说:

　　"喂,你也发愁了?嘿嘿,这就对了,你本来就是打哈欠的主儿,非要逞能当什么老板?那老板复杂着呢,是你能当的吗?"

　　鬼男人的话似乎提醒了出售哈欠的女人,只见她渐渐眉开眼笑起来:

　　"对了,我当老板啊,我管你啊。哈哈,我顶乐意管你了。喂,我说,你乐意倒过来让我管你吗?"

　　鬼男人觉得自己被这个臭女人激得浑身冒烟了,他正想

发作,却一眼瞥见那个保镖如狼似虎地瞪着他,只好强压下火气,忍气吞声说:

"乐意,乐意,三十年河东,三十年河西嘛。服你管就是了。"

第二天,鬼男人就在出售哈欠的女人统辖下,搬进那家全称"环球联想公司",简称"环联"的十五层办公楼,成为这家公司的一个部。公司总裁满面春风地接见了他们,并当场将他们这个部定名为"奇招部"。总裁充分肯定了"出售哈欠"这项伟大的构想,要求他们好好利用这一珍贵专利,第一年为公司创利一百万元,以后逐年递增百分之五十。至于人员嘛,总裁允许他们扩展,并要求部门经理"冯美友"(办理工作证时,出售哈欠的女人急中生智,借用了保镖的姓)迅速发掘培养,争取再造就出几个杰出的出售哈欠大师,以利于扩大市场,增加客户,为公司创造更多的利润。

总裁满面春风,唾沫飞扬的时候,出售哈欠的女人深不以为然。她觉得城里人实在太"人心不足蛇吞象"了。大师也是可以成批制造的吗?太可笑了嘛。而且,拿出五十万,就要收进一百万,这算盘不是打错了吗?以她的逻辑,拿出五十万,就该收进五十万。为什么城里人在数字上,尤其有关钱的数字上,总是喜欢非逻辑呢?

不过,这些思想刚一出笼,她立刻就批判起自己来。她嘲笑自己又犯毛病了。自从她在默默中把城里人琢磨了个遍,并且差点儿被鬼男人给卖了之后,她就要求自己从嘲笑的立场转到模仿的立场上来。她对自己说:城里有城里的规则,要想不被城里人卖了,就得按城里人的规则来,否则,咳,你就等着倒霉吧。

她一想起差点被鬼男人给卖了,就倒吸了一口凉气。以她"三百年"来形成的逻辑,她可以卖了自己帮人,不可以被人卖了还稀里糊涂地帮人数钱。她觉得自己卖和被人卖是完全不同的两码事。前者受人尊敬,后者遭人耻笑。而受人尊敬和遭人耻笑可是太不同太不同了。

出售哈欠的女人于是要求自己面对总裁那唾沫飞扬的训诫,去掉不以为然换上一副深以为然。她果然做到了。她煞有介事地倾听总裁的指示,时而点头,时而沉思,时而欢欣鼓舞(对自己的表演能力她既满意又不无惊讶,她不知道自己原来也可以如此惟妙惟肖)。总裁对此显然深感满意。因为在他结束训诫离开"奇招部"的时候,他特意过去拍了拍出售哈欠的女人的肩膀,用一种满意的声调说:

"好好干!前途无量!"

出售哈欠的女人受了鼓励,似乎更加来劲了。她又适时地作出一副受宠若惊、感恩不尽的姿态来,惹得她对面的鬼男人大生疑惑,他心里好几个声音同时在嘀咕:

这女人是谁?

她哪来的这一套?

我以前真是把她看扁了?

更让他惊讶的是,出售哈欠的女人送完总裁回来,居然也拿起了准总裁的架势,正襟危坐,头头是道地训诫起部属来。自然啦,所谓部属,不过就是鬼男人和那个姓冯的保镖而已,可出售哈欠的女人并不因此而兴致大减,相反,她几乎可以说是兴致勃勃、意气风发地扮演起新角色来。

她颁布了一系列诸如工作纲要、工作纪律、实施细则等等"法令"。同时,她正式要求鬼男人和那个冯姓保镖从今往后不准再"喂啊"、"美友"地胡乱称呼了,他们必须一本正经地称呼她冯经理。

令鬼男人沮丧而且绝望的是,这个曾经被他像提溜一条狗似的随意提溜,在他眼里除了那连天的哈欠外一文不值的古怪女人,居然把她的新角色扮演得十分到位。不但到位,简直可以说是十分出色。

聪明的他自然懂得,主子越到位越出色,奴才也就得越到位越出色。否则,吃苦的自然是他这个地位刚刚被颠覆的奴才了。

展望以后的日子,鬼男人不由得鼻子一酸。他觉得他现在懂得那些文人的把戏了。什么仰天叹息,什么掩面而泣,什么怆然而涕下,他现在通通都懂了。

出售哈欠的女人以"奇招部"经理的身份进入"环联"以后,除了身材仍旧奇瘦奇长,摆脱不了那副永远的鸵鸟般神态以外,别的方面可说是日新月异,面目大改。如今她不再是头上乱蓬蓬,脚下光秃秃的了(她自诞生以后从来没有穿过鞋,进城以来也始终打赤脚,倒不是鬼男人舍不得出钱替她买鞋,而是她一穿上鞋后便晃晃悠悠的不会走路了),也不再是身上或者左一串右一嘟噜地破败得"天花乱坠"(她那时常常不顾鬼男人的反对,怀旧似的将她从乡下穿出来的破衣服一再穿到身上),或者一件绿一件黄地杂乱得五彩缤纷(这大多是那些对她感激涕零的顾客参差斑驳的馈赠),甚至那个精瘦而高贵的夫人披在她身上的那件俄国风衣,也早就被她鄙夷地从十二层公寓的窗口扔下去了(扔下去的时候她像孩子似的探头观赏,看见那件飘飘然徐徐下降的风衣飘飘然地徐徐罩住了一个白胡子老头,白胡子老头不知所以,东拉西扯,手忙脚乱地挣扎了好一阵子,她则忍不住哈哈大笑)。出售哈欠的女人如今浑身上下都是高质地的时装:上衣是羊绒,裤子是羊绒,里面的毛衣是羊绒,毛衣里面的内衣还是羊绒,据说连胸罩裤衩都是羊绒。至于鞋子,自然是意大利进口的时款了。单是价格就令鬼男人之辈咋舌三日,沮丧不已。

不过,还有一点尚能稍稍安慰鬼男人。这就是鬼男人料定这个鸵鸟般的女人,这个瘦得像根竹竿的不可思议的女人,无论她穿什么名贵料子名牌服装,统统不过是胡扯淡而已。你想,那样一个奇瘦奇长的鬼样子,任它什么绫罗绸缎、宝石珍珠,恐怕也打扮不出一个美人来吧。何况,除了哈欠——当然啦,现在还有钱——除了哈欠和钱,她又懂什么,她又能干什么呢?

她还能算是个女人吗?

既然她算不上女人,那么羊绒也罢,丝绸也罢,不是统统的胡扯淡又是什么呢?

鬼男人觉得甭说羊绒了,即使给她披上貂绒、狐绒、熊猫绒,她也成不了气候。别的不说,就说这个,呃,这个女人最擅长的丢眼风、使性子、发娇发嗲之类的,她会吗?再更进一步说啦,如今时兴的什么拥抱接吻,你恩我爱,床上床下的,她会吗?嘻,她行吗?

木头就是木头嘛!披了羊绒、狐绒也还是木头!

鬼男人这样想想,心里好受许多。他甚至由此想起一句老话:三十年河东,三十年河西。他突然有些信心起来。未必你就是铁定的赢家了，走着瞧吧！他愤愤地想。

愤愤然之后，鬼男人平静了许多。

不想过不了多久，鬼男人的信心就惨遭打击。

那天是个星期天。鬼男人照例在家里（他们住在相邻的两套公寓里。自然啦，鬼男人由冯保镖看管，两人合住一套小的，而出售哈欠的女人则住隔壁那套堪与总统套房媲美的装修华丽的大套房）边哼哼唧唧，边准备午餐（鬼男人自从地位被颠覆以来，工余也顺理成章成了厨师），突然听见隔壁门铃响。他探头出去，看见一个大背头捧着一大把鲜花，一边按铃，一边理头发、整衣襟，一副喜滋滋、急不可耐的德行。

居然有人献花！鬼男人顿时怒不可遏。她也配花？鬼男人觉得自己要冲出去捣烂那张大背头的脸了。

隔壁的门却已经开了，出售哈欠的女人笑嘻嘻，一脸蠢相地（至少在他看来）出现在门口。

"请进。"她居然身着黑色礼服，作温文尔雅状。

真他妈见鬼！

鬼男人拼命忍住，才算没有冲着大背头和那个瘦骨嶙峋的女人破口大骂。

门关上了。鲜花和蠢相同时消失在门的那边。

鬼男人垂头丧气地走回厨房。他操起那把剁骨头的菜刀，对着砧板狠狠剁了下去。

和鬼男人手下的砧板同时响起的，是隔壁豪华公寓里的音响，鬼男人别的不行，听觉却灵敏得像鬼。砧板上的余音未去，他就清清楚楚地听到隔壁传出的袅袅音乐。真他妈见鬼！鬼男人又一次咬牙咒骂。她也配听音乐？她也能听音乐？真他妈见鬼！鬼男人想起那套公寓里是有音响装置来着,不过出售哈欠的女人似乎从没打开过。一定是那个大背头干的好事。整个一个……整个一个……整个一个附庸风雅!

咬牙至此,鬼男人多少有些怜悯起自己来。他也算是读过几天书的,也能说出"附庸风雅"这样有文化的词来,可偏偏就栽在一个来历不明,瘦得像麻秆似的女人手里。

这他妈什么事啊!

鬼男人越想越窝火,越想越闹心。他此刻真想破罐破摔,和那个臭女人拼个鱼死网破算了。正动念间,那个冯姓保镖突然悄没声息地出现在他背后,阴阴地问:

"又转什么念头呢,啊?"

"没,没,没有,真的没有。"

"没有?我听见你牙齿咬得嘎巴响来着。说,转什么念头来着?"

"我,我,我是在听音乐。你听,你听隔壁有音乐。"

冯保镖静下来听了一会儿,说:

"是音乐,是音乐又关你什么事?"

"不关,不关什么事。只是,只是有个大背头溜进去了。"

"大背头?"冯保镖一听,顿时警觉起来,他想起了自己的角色,立刻跑进卧室,取了那根总是能使他焕然一新、耀武扬威的电棍,拉开门冲了出去。

冯姓保镖几步冲到出售哈欠的女人的公寓前,正在琢磨如何破门而入,门却自己开了。出售哈欠的女人靠在一个男人(果然是大背头)的肩膀上,袅袅婷婷(鬼男人认为充其量是颠颠倒倒)地走了出来。只见她珠光宝气,叮当作响,似乎能别首饰的地方全别上了,一派说不尽的风情与气度。农家出身的冯姓保镖哪里见过这个阵势，不由看得两眼都直了。

出售哈欠的女人朝他嫣然一笑（鬼男人说是龇牙一乐），更加风情万种（鬼男人说是丑态百出）、仪态万方地（鬼男人说是装腔作势地）扭着腰走了。

在他们身后，冯姓保镖惊诧之余一脸沮丧，而鬼男人，则更加咬牙切齿了。同时，他不无得意地发现，自己原来也会像老娘们那样刻薄怨毒、诅咒谩骂。

不过，鬼男人没有想到的是，在一段风光得意、踌躇满志、如花似锦的日子之后，有一天，夜深人静的时候，出售哈欠的女人忽然怀疑起自己来。她觉得自己现在的生活有点像做梦，不，严格说连做梦都不能算，因为她从来没有梦见过这种生活，从来没有想到有一天会如此踌躇满志、风光得意，从来没有想到自己除了打哈欠、睡大觉外居然还会当经理、搞销售，而且也会和男人约会，像模像样地和男人一起听音乐、吃晚饭，享受男人源源不绝的鲜花、美酒和情话。她觉得这一切好玩极了，和她原来那种慵懒散漫、独语独行的生活完全是天壤之别。最使她开心而且不可思议的是，除了大背头，居然还有一个半秃的但风度犹存的老头，也来轮番献殷勤。他们争着来送鲜花，送微笑，送情深意切的礼物，送一个又一个温柔体贴的夜晚，最后，大概连他们自己也不大相信的是，他们居然在前后脚的两个月光如水的夜晚，真心实意地向她求婚。求婚时态度之恳切，言辞之美丽，心情之急迫，好像连他们自己都被感动了。他们热泪盈眶，久久地深情凝视她，等待她那令人战栗的答复。出售哈欠的女人差一点就成了他们那无与伦比的深情的俘虏，若不是想到还有另一位可能的求婚者,还可以看另一幕更加感人肺腑的好戏,她也许一松口就答应了头一个求婚者。当然,她没有那样做,好奇心使她延缓了她的答复。她用一句非常老到、非常外交辞令的"让我考虑一下"打发了大背头的满目深情。而第二天当那个半秃的风度犹存的老头以同样的深情同样的不可自持跪倒在她的裙下时,她看着他那半秃的脑壳和直挺的腰(他的翩翩风度盖出于此),突然厌倦之至。她觉得自己无聊透顶、没劲透顶,她觉得自己讨厌极了。

晚上,万籁俱寂时,出售哈欠的女人开始回想往事。古老的记忆像水一样漫上她的心头。两百年、三百年以来的情景突然历历在目。那种像水一样流淌滚动的感觉于刹那间弥漫了她的五脏六腑。她觉得惬意极了、美妙极了。她很奇怪这种妙不可言的感觉竟然是久违了的,竟然已经好久不曾出现了。那么这些日子她都怎么过的呢?她怎么可以没有这种惬意美妙松弛自在的感觉呢?

她想起自己最近这一段的生活。她承认这种生活的确新鲜有趣,也的确有一股城里人所谓的春风得意、踌躇满志。可是在这种春风得意、踌躇满志的状态下,她也总生出一种古怪的感觉。她似乎觉得这种生活后面隐藏着什么。可是到底隐藏着什么呢,她也真是说不出来。直到今天,面对着那个半秃老头的半秃脑壳和笔直的腰,她才突然明白自己心里其实已经厌倦丛生:

她是根本不可能真正进入这种生活的。

她此刻才明白什么叫做命运。当她在默默中把人们的那一套琢磨透之后,她曾经以为她也可以如他们一样撕咬抢夺,云里雾里的。她的确也做到了,而且似乎做得不错。可是,如今,唉,她真是觉得无聊透顶,厌倦之至!

一觉醒来,出售哈欠的女人已经做出决定。她把鬼男人和冯姓保镖叫过来,郑重其事地通知他们,她决定各送他们一万元,然后任凭他们各奔前程。

鬼男人和冯姓保镖显然都吃了一惊。他们不明白这位变幻莫测、玄妙高深的女人又学会了什么招数。他们互相大眼瞪小眼,不知该不该开口,开口的话说什么好。

出售哈欠的女人只好又重复了一遍刚才的话。她觉得这两个男人是在装傻。她如今太知道这些城里人是如何假模假式了。包括那两个殷殷求婚的男人,她也并非不明白他们的算盘:如果她口袋里没有几个钱,他们会如此爱慕她那奇长奇瘦、鸵鸟般的体态吗?唉,不必拆穿罢了。

两个各怀鬼胎、疑神疑鬼的男人总算不再用狐疑的目光瞪着出售哈欠的女人了,现在,他们有点相信这个女人不是在耍他们了。鬼男人心里甚至泛起一阵狂喜,他想他的机会终于来了,这个曾经颠颠倒倒的女人终于又一次颠颠倒倒了。

果然,出售哈欠的女人在向冯姓保镖交办几件事之后(大都是财产处置一类的:将公寓退掉,将存款悉数取出等等。鬼男人貌似漫不经心,其实正万分紧张地竖着耳朵听,惟恐有所遗漏),终于以同样郑重的神情,吩咐鬼男人晚饭后到她房里来,她要再次和他交换:她要回那份哈欠连天的本事,他呢,则恢复他的自由身。

鬼男人彻底狂喜起来。他现在准确地摸到这个女人的思路了。他想这个来历不明的女人终于厌倦了,终于动念要回到她的来历不明里去了。那么,很好,很好,好得很,实在是好得很哪!哈哈!

晚饭后,鬼男人准时来到出售哈欠的女人的房间。冯姓保镖显然已经将他们这位冯经理交办的事情办妥了:一个装满现金的皮箱正趾高气扬地端卧梳妆台上。鬼男人凭着鬼一样的感觉,毫不犹豫地认定那个鼓鼓囊囊、神气活现的新皮箱就是"藏龙卧虎"的地方。他想出售哈欠的女人到底没有完全回到当初的懵懂愚蠢,混沌无知,她到底还知道带上她的钱——这么说,她是要远走高飞了?她要到哪里去呢?

出售哈欠的女人朝他咧咧嘴,淡然一笑,鬼男人不由一愣。他觉得这笑容很熟悉,而且有内容。他终于记起在哪里见过这种笑容了。那是出售哈欠的女人刚刚为他所用的时候。那时候她常常似懂非懂,似醒非醒,遇到某些特别的事,她偶尔会咧咧嘴,淡然一笑。那时候他就莫名其妙地觉得这笑容好像有一种特别的含意。

不过,此刻,他顾不得去琢磨这种笑容背后是什么了,因为出售哈欠的女人已经在示意他躺下。他忙丢开满脑子的想法,欣然从命。

鬼男人按出售哈欠的女人的吩咐躺倒在长沙发上,出售哈欠的女人自己则和衣躺到大床上。然后,鬼男人觉得一种飘飘忽忽的感觉渐渐袭来,于是哈欠四起,鬼男人渐渐进入了梦乡。

在一片依稀恍惚中,鬼男人看见一只瘦瘦长长的勺子朝他伸来。勺子伸进他的胸腔。勺子伸进他的肺腑。勺子伸进他的胃,伸进他的胯骨,伸进他的脚趾尖。勺子把他身上的什么东西舀走了。

勺子渐渐退出他的视线。

勺子终于不知去向……

鬼男人猛地苏醒过来。他眨眨眼,看见出售哈欠的女人躺在床上鼾声雷动。

他侧耳倾听,进入他耳膜的仍是高一声、低一声的甜蜜鼾声。

鬼男人于是大喜。

鬼男人迅速爬起来。

他蹑手蹑脚走到正在鼾声雷动的女人身边。

然后从兜里掏出一瓶小巧的药水。

鬼男人万分小心地把药水滴到出售哈欠的女人的鼻孔里。

女人的鼻翼微微动了一下,然后就不再反应,酣睡如常了。

鼾声继续如雷响起。

鬼男人窃笑,一脸猖狂之态得意之色。

接着,鬼男人走到梳妆台前,迅速打开所有抽屉,将珠宝首饰悉数挑出,一股脑儿揣进兜里。然后,又去打开写字台的抽屉,搜寻所有值钱的东西。

鬼男人打开衣柜,打开书橱,打开陈放工艺品的多宝阁,他甚至走进卫生间,看看卫生间的洗漱台上,有没有洗浴时随手取下的首饰。

当鬼男人确信屋里已扫荡一空时,这才将目光再次移到出售哈欠的女人脸上。看见那个蠢女人仍然鼾声雷动,一无所知,鬼男人不由鄙夷起来。他觉得蠢女人就是蠢女人,哪怕她曾经显得聪明,到头来还得栽倒在愚蠢上。

鬼男人终于志得意满地拎起那只"藏龙卧虎"的皮箱,让一串无声的奸笑留在这个很快就什么也不是的房间里,兴冲冲打开房门。

门开了。门口堵着一个人。

冯姓保镖冷气森森地瞅着他。

鬼男人着实吓了一跳。他差点失声叫起来。

冯姓保镖伸手捂住他的嘴巴,用电棍示意鬼男人跟他走。

鬼男人乖乖跟在他后面,进了他们俩的小公寓。

在他们身后,出售哈欠的女人睁开眼睛,露出一片笑容。她打了几个哈欠,以证实已从鬼男人处要回了她那哈欠连天的本事,然后,她爬起来,走到壁橱前,从壁橱深处掏出那件她进城时穿的破棉败絮般的衣裳,将身上的华衣丽服换了下来。

身着破棉败絮的冯美友最后念叨了一遍"冯美友"这个无意中得到的名字,并以此作为和这个她误入、盘桓了十来个月的城市的告别,然后,她再次和衣躺到床上。这回,她可不是在做出售哈欠的生意了,她要做一次深长的睡眠。她希望经过这次绵长醇厚的睡眠,一觉醒来,她已经回到她的出生之地,回到她那可以如水一样流淌滚动的故乡了。

而这时,在隔壁的那套小公寓里,鬼男人和冯姓保镖正在如狗一样撕咬。他们分赃不匀,已经鏖战多时,彼此都头破血流了。

(1994年)

跋

　　由于身体的缘故（严重的颈椎病，无法持续低头打字），这些年我写得少了，转而以大量的阅读"为生"。读哲学，读历史，读宗教文献，读中医典籍……阅读越多，感觉文学越小，感觉文学所能承载、能担当、能影响的实在有限。当年狂热地视文学为天下第一圣事的劲头自然不复，甚至是，和文学竟然有些渐行渐远了……直到重新检校这堆年轻时、中年时写下的文字，方才惊觉，无论现在思想有多大的变化，也无论将来生活与兴致还会有多少流徙变迁，此生的重头戏是已经交付给文学了。

　　俄坚格桑多杰活佛曾说我前世是个修行人。重读旧作后我想他也许所言不虚。虽然这个曾经的修行人此生是一边迷茫空寂，一边执著激烈；一边慵懒怠惰，一边辛辛劳作。或许正因前世修行时俗缘未绝，尘心未了，此生才又投到人间当作家，把前世未了的情义在今生以文学的形式重新铺陈演绎一番？

　　总之，虽然此刻我的思想较这四本书所呈现的已是大不同，我还是要庆幸年轻时选择了文学，并且深深感谢上苍赋予我些许才情，使我在重新检校时没有脸红，没有后悔年轻时误打误撞,以一颗枯寂与不才的心灵冒用了文学的名义。

斯妤
2012年元月于北京